U0120217

后浪

断头螺丝

何荣 —— 著

四川文艺出版社

别让静脉在你的圆珠笔芯里膨胀。

——谢默斯·希尼

自　序

　　每当我开始书写，我就戴上了 VR 眼镜，我拥有了旁观者的奢侈，再也不怕跌落与碰撞。假装不置身事内，让我觉得可以避开现实作用于个体的私人债务。我似乎变成了战争中因为播报需要、暂时被留作活口的记者，这种幻觉让人安慰。大江健三郎在《个人的体验》里，详尽地描述了自己得知儿子先天残疾后的内心斗争。在叙述时，忧心忡忡的父亲身份暂时被搁置，心力交瘁的叙述者在叙述里得以休息。挣脱了小我的沉重，他更加自由。每位写作者都惧怕肉身这座神殿的崩塌，因为这会带来双重损失——未写完的小说胎死腹中，永无机会重见天日。我们就像用残疾人专用车拉客的残疾人，运送着附身于他人的自我。

　　在罗伯-格里耶的小说《窥视者》里，手表推销员的时间被切割成无数小块，他要计算好在每家每户推销手表的时间，以便及时赶上船。这张严丝合缝的日程表，像是被拍扁了的收纳盒，分批次、小剂量地，囚禁了他的人生。他最终通过犯罪撕碎了它，撕碎了这无形的桎梏。他用暴力叩问工业文明的荒漠，手动终结了这日复一日、令人窒息的循环。而雷蒙德·卡佛《告诉女人们我们出去一趟》里的杰瑞，拥有一眼就望得到头的"美满"人生，出于某种"无以名状"，用两块石头干掉了"不配合"的陌生女孩。肉身易朽，汗液有热度，血珠有颜色。现代社会对高效、有序的病态依赖，稀释了生之存在的浓度。我在《相交》里写了完全没有直接犯罪动机的农民工，杀死素不相识的女高管；《赝品》里的普通男人周建国，翘班，绕了大半个城市跟踪老头，就因为他长得像多年前走失的父亲；《跟拍》里在街头抓猫的少年，举手投足间带有浓厚的表演性质；还有《狼狗时间》里，那些忽明忽暗的、承担了符号与分身作用的，狗。一定要说他们有什么共性，那就是，他们在生存焦虑之外，自我焦虑之内。他们因着太用力，拧断了螺丝的头部，丧失了有效的着力点，再无充当合格"机器零件"的可能。这颗断头螺丝梗在旧处，棘手、碍事，像一颗金属智齿，难以拔除。但它无为、富装饰性，符合废墟美学，所以我写下他们。写下那种和血腥味极其接近的铁腥味，写下那种类似于旧机器用久了之后的通灵之美。

另外，感谢恩师刘志权教授，感谢父亲，感谢相关编辑和老师，以及所有支持、帮助过我的朋友。

何荣

2020 年 7 月 15 日

目　录

跟拍

　　起先是一片人脸的汪洋，湿漉漉的，每张脸只上了一小会儿岸。接下来依次是：绷在风衣里饱满的胸部、堆叠的袜口、活物似的毛领，大衣腋下一片湿疹状起球。

　　一定有这样的夜晚，万物都十分驯服。黑夜是一块肉冻，被准确地切成两半。每个人都觉得自己穿行在昏暗的海底，过于安全。珊瑚礁一样的树木上方，有着海浪似的云波，日复一日，拍打着高处的堤岸。海面太远，这里常年不见天日，因缺乏光照，呈现内敛的暗褐。

　　画面中间是一条沥青路，只需凝视五秒，你就能看出它并不是笔直的，而是朝左歪了一点，让人很想拿手去摆正。倾斜的角度刚好过了能容忍的临界点，影响了整个故事的基调。镜头犹疑着，行人淬火一样纷纷闪过。它被几张鲜明的面孔吮住，动弹不得，似乎在进行一番内心苦斗。正如你所料，最终它挣脱了。

　　现在是两个人的后脑勺。马尾辫，黑皮筋。黑色棒球帽，长直发。这是一对师生。镜头在她们颅壳附近盘旋，瞄准一个看不见的靶心，准备随时狠狠来一下。沿街店面变作飞驰而过的色块，布满划痕。二人根据路况，颇有默契地避让着。镜头下移，车辐条虚了，毛茸茸的金属粉扑子，比实体胖大了一圈。树影一段一段，泼黑了路面。

跟厌了，镜头开始走神，时不时滑上路人甲的脸。它像一只被遛的狗，以师生二人为中心，向四周嗅。

车声一直都在。

某个按钮被揿下，一声猫叫，打对面绿化带里响起。

是背带裙让她停下来的，如果是套装就不会。学生也跟着下了车，她们开始交谈。路面太吵，讲话都用喊的。词语清脆，用发前鼻音的方式嗑开，像轮流演讲。同时停下的还有两位：双肩包少年，白衣熠熠；年轻女性，着皮粉色连衣裙。

老师，你看我干吗？我妈不让养的。

女老师想起来，某次家长会，阴沉的雨雪天气，小冰珠敲人一脸冷麻子。绷紧了丝袜的细腿，腿肚两道细长高光，像纵剖的刀痕。脚下自带两团尊贵的毛，人停下，毛还在抖。光凭色香味，就知道这位家长此生跟小动物无缘。

房东的脸近了，又被狠狠抢开。它高高荡起，又悠回来，像钟摆。

等钟摆频率慢下来，女老师开口了：我那里……能养。

如果撒谎可以把自己跟别人区别开来，那就撒。

此言一出，少年如得军令，直奔马路对面。他灵活地避让着，白衣被驶近的车灯染红，红到最红，又开始变蓝。他成功渡了街。

小猫在中间那条绿化带里，皮粉色连衣裙女性指出。这对师生没有看到，也没有搜索到任何与其体表特征类似的移动块体。因此，在她们眼中，少年正在把一个虚拟的物体朝绿化带另一头赶，如同魔术师赶出一只鸽子。

要是小猫被攥到马路上，正好有车开过来，就完了，女老师说。

女学生把这句话听成了指示，弃了电瓶车跟过去。跟少年过马路不同，你会觉得存在一条变动的、看不见的路，恰好被她找到了。路上似乎摆开一溜儿隐形闸机，搭成鹊桥，以统一的默契开合着，陆续放行。她顺利贯穿了它们，然后，马上，这条路就永久愈合了。

不久，精彩的配合出现了。少年与女学生一左一右，夹住绿化带。猫像一小截牙膏，被食指与拇指捏着，一点一点，挤往出口。

我看到猫了！年轻女性叫起来，镜架形成半包围结构，她像是戴着一只金箍头。一笑，一排马牙。

不用说，女学生肯定也看到了。因为近视，女老师成了四个人里唯一一个目前还没有看到猫的人。

在哪？什么颜色？

黑白。不，灰白，也可能是有点黄。

询问了小猫的毛色后，女老师觉得这个答案过于宽泛，跟没看到也没什么区别。

看到前面那丛灌木没有？就算猫被赶出来，也没有用，肯定会一头钻进去。这句话结束后，笼着猫的绿化带配合似的伏了地，贴得更紧了。

眼镜女连忙点头称是，女老师莫名觉得自己扳回了点什么。

为了保持注视，她们忍受着呼啸而过的公交、货的和轿车。每辆都嗖嗖拖着光的尾，捺到下一辆身上，接上头，不给她们留空隙。车灯甩成线，无数条，被更亮的线吸收，擀开，摊成光带，不断地补充、劈裂、衔接。对面的街景时刻处于飓风与地震中，剧烈跃动，无法分辨。

她决定过马路。

与学生会合后，她下意识地回了下头，果然，皮粉色裙摆以一种若有所思的无辜，漾开了。

这下阵营基本清楚了。

猫逃逸的路线完全符合女老师的推断，现在它在灌木丛里。师生断后，负责驱赶。少年是等腰三角形的尖，有多尖呢？他戳入荆棘，不顾刺痛，开始别扭地拥抱。几个回合，猫似乎与树丛融为一体，变大，或者变小。人凝住，脚底生根；植物活了，开始躲闪。类似于交叉感染。

至此，她觉得她必须看到猫，哪怕就一眼，不然总像没盖过章。她蹲下身，钻进一丛南天竹，脸差点就贴着土了。她嗅着尘埃的铁腥，搜寻着黑暗中最滋润的两粒反光体。

一无所获。

三人这才想起来身后这条汹涌的马路，它因着被遗忘，加倍愤怒了。车灯绵延成两条光缆，车身悬空，嗖嗖滑动。

如果前五分钟抓不到，你就永远也抓不到了。一个声音在她心里说。

如果前五分钟抓不到，你就很难抓到了。话语一出口，准星偏离了五厘米，不要紧。

我是怕伤到它，不然早抓到了。少年不为所动，双肩包赖在他背上，像壳。他又趴下去了，扒开灌木丛，手势粗暴。有些细枝被拽歪了，无法恢复原样。

喵。女老师的短信提示声，销魂蚀骨。

她觉得很不妥，当时就改成静音了。短信内容也飞快地读了，她挺佩服自己的。不是要找猫吗？干吗呢你。

女学生一直没有表态。

帮我拿着。

女老师接过带着少年体温的手机，接过这句颇具男子气概的命令，阵营氛围更加浓烈。手机不甚干净，屏幕满是指纹，启用了手电筒功能，顶部一束黄光，捅进树丛。植物的根系被照亮，沟壑纵横。换个角度，照亮另一部分。她感觉他们在挖矿，到底过去多久了？事件开始变得严肃，她脑中闪过女学生母亲焦急的脸。

越想抓越抓不到，明天再来吧。

女老师尽量心平气和，她甚至笑了一声。她想好了，可以给他留一个万年不上的QQ，或者改动了一位数字的手机号码，让他信过她，放过她。

明天它就跑没了。女学生没有把她的话当成一句谎，更没有把它当成一个可靠的、使着眼色的台阶。

她突然有点惭愧。

要不是怕弄伤它，早就抓到了。少年喃喃自语。他的意思是，可以用弄伤它的方式抓到猫？无论如何，那都有点可怕。

路人经过，三三两两，来去自由，松散似神仙。他们或携幼子，或牵宠物，停下来望一望，点评一番，就可以迈脚向前，甚至能啪地来一口痰。陌生人的眼神极有区分度，把三个人更牢地焊在一起，密室就这么产生了。

本来他们也是路人里的一个，为什么现在就不自由了呢？

至少要看到猫吧？一眼也行。有人开了先河，她也粗暴起来，把一簇钢丝般的植物往一边掀，影影绰绰有团白影子，她一下子柔软起来。咪咪，咪咪。

老师，你看到它了吗？

看到了，好可爱呀。咪，咪咪。

她声音嗲起来，她需要一点甜，这可以被原谅。白影子好像在动，她伸手过去，它还在。她再往前伸，它没有躲，轮廓形状都是死的。她心一沉。

那是一团白纸。

要不这样，让它待在这里，我每天带猫粮来喂。

又是一个谎，女学生都觉得不安了，看看少年，又看看她。

少年表情严峻，像不好说话的父亲。女学生是夹缝中为难的女儿。灰茫茫的大远景里，电子显示屏上一行晶红大字，缓缓滚动着。

这些束缚都是哪里来的！她开始憎恶那只到现在也没看到的猫，它不让她看到它，她怎么负责？

戏服很重要。要是穿套装就好了，配中跟小牛皮船鞋，那样的话，她与女学生肯定早已安然到家。说实在的，这很难办，她也不知道自己什么时候需要盔甲。

要是不抓起来养着，很快就饿死了。少年重复着这句话，打算再来一回，他在第一次蹲下的地方蹲下了，呼唤声里有强压的温柔。这将是一个无限循环小数。

她与他之间有一个高度差，她得以俯视他，有着极轻微的异性气息。近看，他的衣服并不是纯白的，而是掺了一点灰。也许，在白天更严苛的天光下，它会变成妥协的米白。也许，在他脑中，一直有个虚拟场景，让他甚为迷恋：

某个午夜，光线被滤净，风力刚够鼓起窗帘而不使其卷边。街声被隔在两米之外，少年贴墙而卧，将身体一侧压扁。月光掺了路灯，使室内明亮。各色高跟鞋倒伏于地，凌乱如未能及时清洗的高脚杯，杯口甚至流出一串皲了皮的珠链。鞋堆中赫然一只灰脏足球，针脚开裂，磨损严重。桌上练习簿摊开，纸页被风捻动。是还未完成的机器人头部，工具是一支 HB 铅笔和一管断头口红。少年醒来，坐起，光脚下床，去找在舞场上夜班的母亲。他一步步，变小，变远，被黑暗娩出，嵌入某处椭圆形光源。

也许，他实在找不出童年阴影可供咀嚼，就在动物身上捏造一个。也许，十年后，他会变成一个老手，擅长掏挖异性弱点，深谙操控之术。趁现在，她还能赢他，以后就说不准了。因年龄差产生的慈悲，突然被性别代沟取代。她决心离队了。

走神的时间长了点，她甚至开始想，重新打光，重新布景，他们仁还会身不由己地抓猫吗？人生中，总有不抓猫的时刻吧！到底是谁在怂恿这场表演呢？看来脱身比想象中的难。

在这场裹挟着绿植与人的台风里，猫无疑找到了风平浪静、绝对安全，且让人无法近身的台风眼。

她心不在焉地看着他俩，这个飞速捉对、牢不可破的双人组合。

是时候教会学生一点成人式的残忍了，毕竟她是三个人里唯一的成年人，最肮脏，最高效，最妥当。

同情心是个障碍。在少女眼中，心理残疾的少年甚至很酷。

不撕破脸是很难的，她等待着某个时机。

这是一个优质的夜晚。

云块成群东移，头顶巨鲸巡游，仿若置身水族馆。西天，小星如刺。

一张细格马赛克墙面，被树影切割成一副围棋残局。有风来，就换一局。

高压钠灯下的广场，通体油亮。衰老的舞者浸在甜歌中，是迟钝的、缓缓浮沉的蜜饯。有男人睡在电瓶车上，反骑着，上身翻过去，头枕车把。泥色胳膊横过来，举一支粉红甜筒。

醉鬼眼中，斑马线立体起来，变作台阶，或者琴键。飞驰而过的车流，拉扯沿街的光源，拔丝效果明显。

华润超市主黄，紫燕百味鸡主红，手佳按摩主绿。

洒水车过后，街道骤然璀璨若钢水奔涌。

镜头以物之名，拖延着时间。

时间？也许，自找猫开始，时间就被拦腰截断。这样下去，肉冻将会变成琥珀。航拍角度里，他们三个是半凝固的人形昆虫，被猫魇住，动弹不得。蜜色胶质逐渐转硬，车声都钝了。

画面起了奇异的颤动，有异物入侵了，是一个号码。中规中矩的姓名，来自不找猫的世界。她端着手机像端着滚水，忍受液晶的微澜，提防误操作带来的泼溅，直到顺利归还。

他以食指滑动解锁的一气呵成，饮下快要溢出的液体，安全解围。电话撬开嘴，灌入字句，雕塑变成了流体。他被迫开口讨论猫之外的话题。她甚至觉得，他飞快地导入了一套应景的人工表情包。

有破口了。

她指一名陌生人给女学生看。她开始通风换气。女学生放松了，甚至笑起来。陌生人是真的陌生，随机抽取。如果没有人，她们甚至可以谈论树、狗、灯箱、窨井盖。在他物被放大的同时，猫被缩小了。

脚边那丛南天竹出奇的安静，也许里面根本没有猫。

她十分怀疑，或许在最开始，猫就跑到其他地方去了。他们互相撒谎，困住对方，围堵这株植物，动刑，拷打，逼它交出不存在的动物。

转身后，她们的交谈还在继续，像没有字幕的默片。树倒猢狲散，是散，不是窜。她甚至看了他一眼，假装对这通电话不耐烦。她想：你能接电话，我们就能走。

这个过程，就算事后回想，还是觉得万分艰难。

她记得她大笑起来，有种破产后的释然。女学生难免会回几次头，那也是看猫，而不是看他。她们感觉自己上了岸，举动异常轻松，不用再担心水花四溅。远处的高楼向夜空抛出枝状亮线，五色变幻。树浸在路灯的黄光里，不那么绿，像被油炸过。为了顺利游过这条沥青大河，她们在马路边跃跃欲试。少女风开始抬头，用作某种掩盖。节奏太重要了，太快与太慢之间，有无数个滑动的点。遥遥望见两匹机械坐骑在对岸等，像失主太久的老马。

　　也许，他恨这个电话。也许，他比她们更感激它。如果没有它，他们一定还在找猫，直到彼此厌倦，面露狰狞。说不定，还会扮一回南泉禅师①。不用问，她也知道，下次女学生不会再下车了，至少短期内不会。她也是。猫叫本来就有妖气，像塞壬的歌声。

　　至此，她才想起租房合同第二页靠下方的那条规定。万一真找到，就难办了。谎都没法圆，真险。

　　车来，树影自路面咻一下跃起，攀上车身，严丝合缝，溜光水滑地捋一遍，放行。车过，吧嗒落地。连过几辆，影子来不及歇，开始喘。

　　有人投掷废弃的热敏纸，有人卸下手机后盖，有人调整肩带，有人回拨陌生来电，有人舔舐溃疡，有人咬烂吸管，有人投币 2 元，买下一个 36cm×42cm 座椅的一次性使用权。母婴店冲淡了中国银行的古板，接下来是：会议中心、饮马桥商厦、茶馆、科普研究所、按察使署旧址，以及，市立医院。

　　一切还来得及，夜晚尚未合拢。

　　她们逃出了镜头。

刊于《芙蓉》2016 年第 2 期

———————————

① 南泉和尚因东西堂争猫儿，泉乃提起云："大众道得即救，道不得即斩却也！"众无对，泉遂斩之。晚，赵州外归，泉举似州，州乃脱履安头上而出。泉云："子若在，即救得猫儿。"——《景德传灯录》卷八《池州南泉普愿禅师》

活扣

一

这是 1987 年解放新村一桩普通的家暴事件。

从地图上看，她跑成一个 L 形，停在桥头。娘家在东南方向，几星灯火，边沿起毛，勾丝，泪汤泡开金黄蛛网。桥下流水平滑无缝，盯半天，找不到一个可以容身的缺口。偶尔几个漩涡形成大洞，等她一脚钩住桥栏，早已顺流解散。她把这次失败归结为身体的笨重，进而归结为肚里这只小囡。阿是不想同妈妈一道死？她任眼泪干在脸皮上，蹒跚走回家。这个把戏她玩太多次了，他对暴力的使用却愈发漂亮，击打精准有力。她决定，从今后，不要武斗要文斗。她腆肚撑腰，从他书架上翻出一本 24 开漆皮硬面抄，开始写日记。

这本日记现在躺在王苏辛的行李箱里，在双流国际机场的托运带上缓缓移动。五个小时前，父亲跟他共用一只烟灰缸，又取笑了它一遍。

喔哟，厉害的！家庭内刊嘛！某位导师的口音，他模仿得惟妙惟肖。

一个回味性质的停顿之后，父亲爆出一阵大笑，烟灰抖在新地毯上，忙用脚一踏。

他瞥见这个小动作，他知道过不了多久，母亲就会发现，就会趁着老来得宠，唠叨半小时，隔空报1987年的仇。妇女报仇，分期付款，三十年都不晚。

是手抄报！你妈每次写好了，端端正正摆到孔雀电视机上。写今天看到啥，想到啥，做啥事体，乱用成语，再来几个错别字，我肚皮都要笑破了。不过转念一想，有人肯写嘛总归是好的，我们一大家子，忙着升官发财的太多了。

父亲的话要是挖全了，就是一座失意大冰山。他向来喜欢点到为止，年纪大了，点也密了。

母亲直直走过来，皮鞋跟嗒嗒嗒，一本软中带硬的《读者文摘》，每人头上啪一记。

啪那一瞬间，母亲脸上是有光彩的。这种光彩，他在赵婷脸上经常看到。当然，赵婷比母亲小三十岁，穿一身川久保玲真货，白富美，小女王。但老女王更仪态万方不是吗？尤其是农奴翻身当女王。一主二仆，重心是稳的，虽然实质上还是二主一仆。这么多年，虽然有点对不住，但母亲嘶吼起来，一地碎碟子的时候，他还是觉得父亲是对的。

秀才遇到兵嘛，我也只好拿枪闹革命了哇！兵瘾还没过足，人家哭开了，变成我虐待她了。

父亲装成个惧内的老尿货，还挺像。他假笑几声，觉得吃力，索性换了个思路，轻轻松松笑出眼泪来。他知道，真相绝对不是这样的，那一定是一种郑重其事的揍，某个民间宗教仪式。揍完，下楼遇见邻居，一颔首，还是绅士做派，打个手势，让对方先请。到了话剧团，握紧麦克风，伴舞的在身边嗖嗖过，深红天鹅绒幕布扬起细浪：我爱这蓝色的海洋，祖国的海疆壮丽宽广。高音的时候，眼底一潮，明明是自己揍了别人，仍然觉得是受害者。

这种揍，到母亲怀孕后期到达最高值，自打王苏辛出生，父亲就停手了。不知人事那段漫长的儿童期，父母不明显地较着劲。他还记得，小时候老是被人打，回来告状。母亲用官方手法处理过太多次，父亲看不下去，教他：他打你，你就打他，拼命打。打过，你就赢；打不过，就服输。好不好？知道没了后盾，他马上开始赢，变成幼儿园一霸，坐拥小美女们。十月怀胎的恩情淡下去，父子阵营越发坚固。现在是互相点根烟，再过几年，就可以一起去洗脚按摩了。

长大后，母亲也试过在他面前流过几次泪，翻翻旧账。他早就嫌弃这种一对一的小型演出了，但那时教育程度有限，年龄不够，还豁不出去表示厌烦。而父亲，却在他大学期间帮他开出一张"神经衰弱"病假条，盖着附二医院神经科主任（父亲的老同学）的章，让他可以堂而皇之地从六人间宿舍里搬出来。在一堆瞒着家里出去跟女友租房的青春痘男中间，拿着老爸搞定的病假条，公然在宿管大妈眼皮下大逃亡，简直太酷了。

终于攒够了在女孩面前当大叔的年纪，他常常想起父母之间的年龄差。1986 年，父亲 30 岁，情场沉浮几番，一副好嗓子摊上哮喘，写过几篇小说，最终做起装修。母亲 20 岁，一股市井人家的热情天真，就像他曾经飞快搞定又飞快甩脱的周蓉蓉，或者是研一时轮着换的几个本科小女友。遇到任何一个携带母亲病毒的女孩，他都想调教，用父亲的冷酷，让她们有一张被打怕了的脸。当然，他用的是精神暴力。比如说，抓住她们身上的一点小苗头，起哄，打追光，怂恿她们演，等她们进入角色，不可自拔，他就把电闸一拉。

20 岁的母亲，东吴纺织厂女工，家里的幺女，被外婆从小宠到大。四个哥哥正值婚龄，个个如狼似虎，家里房子紧张得很。他跟潘牧天说：我妈就是想逃家，早点嫁。我爸有房，条件好，能满足她。在他们眼里，上一辈的悲剧都是物质匮乏造成的，用经济学过一遍，基本都能厘清。其实这并不是最重要的，起作用的是父亲身上那股贵公子的落魄劲，阴郁兑上忧郁，太迷人了。而她呢？20 岁，一张白纸，谁见了都想赌一把，试试看，看能不能在上面写出《兰亭集序》来。

在博士宿舍里，他花了半天时间翻了日记。里面抄了不少诗，起先明显是父亲的口味，后面的就渐渐看不出来头。当时的父亲还保持着高贵的冷淡，里面没有他想象中的红笔批注。这本日记带着赌气性质，是一个极其别扭的马屁，代表了一位天资平平的纺织女工所能达到的最高文学水准，它藏着某种后来者居上的野心，磕磕绊绊写了半年，就自动弃了。半年后，母亲摸索出父亲真正的软肋所在，不再苦心孤诣，以己之短，攻人所长。下午导师在课上提到一个老眼，古代男人喜欢教小妾认字以娱晚年。他凑到潘牧天耳边：前提是，那个小妾不是朽木。他俩笑了很久。潘牧天以为他在影射校花朱倩。

有句话他一直没问出口：你当年，到底看上她什么？

1986 年秋，两人第一次见面。桐泾公园落叶纷飞如金镖，瞄准了人咻咻射。一个风筝摁在天上，一寸一寸滑动。新自行车铃凸出一拳大的镜面，钢圈跑起来，像两只小风扇。母亲讲车间争风吃醋的趣事，逗笑了病恹恹的男人。他笑得很浅，意思一下就收了。湖面的芦苇颇有风致，男人礼貌地走着神。他觉得自己像只鸦片鬼，面前这个操一口伶俐苏白的小女工就是缉毒犬，就是俗世，就是他极其缺乏的、珍贵的日常。

2011 年冬，豪客来 KTV 包厢，他第一次见到裴菲菲。父亲当年的念头，以 DNA 链的形式，重现在王苏辛脑海。头顶一颗迪斯科球，甩不完的光点。她是朋友带来的新手，坐在一群搞文学的穷痞子中间，满脸神往。粉红格子大衣，臂上工工整整戴一圈黑纱。他是一只好猎犬，嗅得出狼群里微弱的羊膻气。他当时就想过去直接告诉她：这些人，包括我在内，一点都不值得你羡慕，知道吗？你把你爸户头上的钱提个零头出来，就可以直接抽我们的脸了。一想到迟早会有人告诉她这个，而且可能会顺便玩她，下手没轻没重，他就开始焦虑，上了三趟厕所，把打火机掰得叭叭响。他不上有人上，算了，还是他亲自来吧。就当帮她打个疫苗，做个消防演习，让她死心，把她安全送回去嫁有钱人。

轮到他唱时，包厢里正酒酣耳热。有人吹口哨，有人哭，有人开啤酒，唱到一半，裤裆还被人摸了一把，他决定站起来：

流水很清楚　惜花这个责任

真的身份不过送运

这趟旅行若算开心

亦是无负这一生

水点　蒸发变作白云

花瓣　飘落下游生根

淡淡交会过　各不留下印

唱完，他回头一看，只见一对眸子乌沉闪亮。这种怦然，父亲当年肯定也经历过，不管他本人承认与否。不然，他后来不会表现出那么深的失望。

之后的四人行，已婚女硕士、大一学弟，还有他跟裴菲菲。他一眼就看出来，女硕士跟学弟早已"坦诚相见"过了。于是他拖住裴菲菲，好让某些隐秘动作顺利进行。他跟她，在一路成人用品灯箱的护送下，谈理想谈人生。

得手后，他也扪心自问过，自己这么做，是因为裴菲菲像母亲吗？或者说，他在试图修改父亲？那么，杨静怡呢？是因为她太不像母亲了，他希望把她的壳轰开，露出柔软的、类似母亲的内芯来？

二

董卿怎么了？董卿就不会念错字？

好了，我们不谈董卿。我觉得你心态有很大问题。

没错，我这个地方坏掉了。母亲扳开食指对准太阳穴：你可以打电话叫广济医院来领。

很久不在家，他感觉母亲胆子又大了点，应该是上次伺候父亲腿伤的缘故。她好像在练级，照顾父亲多一点，就理直气壮一点。她的势力范围在不断扩张。

何必呢？我不过是眼见为实，就事论事。

好的，很好！董卿没念错，是我听错了。辛辛，碗。他注意到，母亲的指甲油皱了，变作红辣椒皮。

你讲这么多，目的是什么？我估计你自己都不知道。

他小心地托住碗腹，放到饭桌正对电视的一面，排上两支她专用的红木筷。如果大拇指扣住碗边被她看到，这碗饭就废了。

我没有什么目的，很简单，我只是听到一个主持人念错字，我说出来，我没有什么目的。

对嘛，很简单，我只是告诉你她没有念错。

他听出来了，这个句式是他传染给他们的，他从成都像带回小吃一样带回了室友潘牧天的说话方式，全家感染。

她就是念错了。

我没听到。

那是你走神。

可能刚刚电视跳了一下，信号的问题。

你不要转移话题，电视跳了，声音就打嗝了，在我听来就是错误的。

那也不是她读错的。

你是不是觉得我跟董卿有仇，故意歪派她读错字？

我没有这个意思。

自打刘诗晨那件事之后，你从来……

好了，不要提刘诗晨。

心疼了？放心，我没有你想的那么小家子气。我倒是觉得她很不错，给我们女人长脸了。

董卿哪里得罪你了？刘诗晨又哪里惹到你了？

那些勾男人的小花头，谁不会玩？我不想而已。

这样吧，你叫辛辛上网搜这期节目的视频，看看到底念错没有。

哟，开始追求真理了！你刚才怎么不查呢？我一张嘴，就说我听错了。起码对错大家一半一半吧，你怎么就那么肯定呢？学问不如你倒罢了，怎么耳朵还分贵贱呢？

好了，是我武断了，一开始我没以为你会借题发挥。

又来了。道个歉，道完了还要来一巴掌。你的意思不就是说，你的错都是我导致的？

一件小事，用那么多心眼，何必呢？

你当太子爷当惯了，随便一句话拎出来都有问题。不信我们拎拎看。

你这是典型的被害妄想。

不好意思，我是乡下人，听不懂。

你有点过分了，我警告你。

不就是揍一顿吗？我怕你？辛辛出生之前，不是一直被你揍进产房嘛！

重磅炸弹来了，父亲决定停火。

我就是吃了心直口快的亏。别以为她刘诗晨是真的欣赏你，人家不说而已，因为你跟她没有半毛钱关系！对了，唐朝那个大臣，像镜子的，叫，叫——母亲丢过来一个盟党的眼神，口气欢快。

魏徵。

他想，她又要开始幽默了，以此证明他们刚才只是在拌嘴。老夫老妻的亲昵行为，你们年轻人不懂的啦。

对对，魏徵。我要是托生在唐代，当个女官，皇上也会表扬我！辛辛阿是啦？

他艰难地笑笑。

为了一个董卿，跟自家老婆犟起来了！啧啧，她是你领导？你家亲戚？你小学同学？

原来光凭声音就能拎人耳朵。

一碟细巧的麻油莴笋丝，父亲嚼得咯吱咯吱。他也搛上一筷，响得太阳穴疼。

也对，是我蠢，我只要装一装，自己少挨打，大家也少生气。我总以为，跟你实话实说不要紧，是我高看你了，我改。

母亲连舀了几勺汤，他严厉地盯着，还是洒了点。一点热汤溅在他手臂，像被蜇了一口。还没来得及发脾气，已经不烫了。

你是十月怀胎生的，我也是，我就是不服气。你动不动就说让我三分，为什么要让？凭什么让？你有什么资格让？大家平起平坐，这个让是哪里来的？

辛辛发高烧昏死过去，你呢，你在盘溪新村搓麻将。

你哭得一栋楼都听见了，邻居好心把我爸找回来。他心里抢先念一遍。

我要吓死了，哭得一栋楼都听见了，把人家老阿姨都吵醒了。

原来每次还有小改动，临时口头创作。

亏得邻居好心把你找回来，再晚一点，辛辛就大脑炎后遗症了。

以前她说的是痴呆，估计他很久没回家，母亲对他口下留情。

刚结婚那会，有次吵架，你拿把小刺刀抵着我脖子，说要我死。后来跟我说是开玩笑，你当时那个眼神绝对不是开玩笑！

这是个新料，太震撼了，非常沉痛，父亲居然恨到这个地步了。用他本人的口头禅说就是——何必呢？他不敢保证看父亲的眼神没有异样，因此埋头刨饭，细细拧下一只蟹爪，咬掉关节，一吮。叭，一截肥短的蟹肉射进口腔。

怎么就那么喜欢被人哄啊？还知识分子呢！我说句真话，往死里打；人家糊弄糊弄你，当观音供一辈子。当初你要是选她不选我，被揍的就是她！你去刘家找了四五回了吧，还寄了两首酸诗，人家理过你？

看来，"月落如金盆"时也不宜"夜深闻私语"，不然某天，你的少年情怀会被人践踏成泥。年轻时掏一回心，老来肠子都悔青。这个毛病他以前也有过，两代的教训他都看到了，绝对不会再犯了。

对了，辛辛刚才也看电视了吧？好嘛，大家都闭嘴，听辛辛说。

我说什么啊！你俩吵够了没？

一只烟头射向电视屏幕，栽下来。他必须走，有他这个高学历的包青天在，父母吵起来分外讲究策略，分外卖力。他一年回家几次，他们每次都抓紧表演。他们不怒，他都听怒了。他谢幕似的甩上门，飞奔下楼。一段楼梯居然要转三次弯，真要命，他极其怀疑门后那两位是不是双双松口气，开始卸妆了。

奔跑其实就是制造风，风瞄准他，将他跟路人区分开来。风里有烟尘。

塑胶模特的胸型极美，老人剥柚子细如剥脚皮，洗头妹被情欲腌得软绵绵，相邻店铺遵循着色彩避让原则，难免一家大红，一家大绿。他厌烦老街的旧，广场的新。水泥地砖编成麻花辫，抽打脚心。

体力耗尽，他踏上一座桥。桥体发暗，桥栏水泥崩坏，露出钢筋，桥身三个大字：金塘桥。河水黑如石油，映出天空羊羔皮样的内里。液态金属里狗尸沉浮。

他头疼的是，她永远学不会示弱。父亲不在的时候，他教过她很多次。他撒了许多谎，编派导师、小学同学、潘牧天，旁敲侧击地告诉她，可以好好利用女性身份，以柔克刚。她不是没有声泪俱下过，但欠缺耐性。她心里有个很短的期限，超过了这个阈值，如果父亲还是不理，她就拍桌大骂，破坏了楚楚可怜的垂泪剪影，让她，和他，前功尽弃。

骂这么多年了，有用吗？你们的相处模式走进死胡同了！

你少拿谈恋爱那套来劝我，哭就有用？我跟你爸都结婚三十年了，哭死他也不会心疼。

就算这样，你也可以冷处理的呀姆妈。（你怎么就不学学赵婷呢，人家一个90后，凭着玩消失，搞定了多少追求者？）

冷处理？我憋得慌！我憋死了，他清净了，凭什么？

人要学会处理自己的情绪垃圾嘛。对了姆妈，你可以去跑步！我有个同学，失恋了就去跑步。

他说的是《重庆森林》里的金城武，他用“我有个同学”的汉化形式，跟母亲分享了上百部电影。

那么完了，我一天要被他气好几次，我没气死，先跑死了。

他忍不住哈哈大笑，吃了母亲一个毛栗子。笑完了，悔得捶胸顿足，这么一笑，半天都白劝了。

父亲那边是没办法劝的，甚至开口都难。想到这一点，他更加懊恼了。

一只运沙船突突突开进他的视线，吃水极深。它不太像船，倒像工地上的一段建筑，连地皮铲起，放到水上漂。船尾翻动着不像水的水，还有几点珍贵的白浪。

他突然想起来，母亲日记中多次提到一座桥，每次被打，或者家庭矛盾激化，都会去桥边。他觉得这应该不是个文学策略，桥是真实存在的。那么，他脚下这座，会不会就是母亲日记里那座？他知道，他没法问她。她会警觉，觉得他别有用心，认定他发明了一种新式嘲笑，痛骂他是父亲的同伙。他掏出手机，开始查附近所有的桥。不对，得去搞张八十年代末的老地图。

三

给根烟。

奶罩带子又露出来了。她放任不管。

女学生一个眼神遣散了同伴，右手举过头，打个榧子，宣布两国领导对谈开始。然后，才以突然发现她的惊讶，扔过来一支520。

女老师接了，叼上，开始盯她，直到她帮她点上火。烟雾腾起，轮到女学生盯她。她任她盯着，时间给得足够，才开口。

你们是不是觉得——我这种过了三十岁的老女人，

这辈子除了在这职校等死，没别的出路了？她用烟喷她。女学生带着奇怪的微笑，忍耐着。

她选中她脑后的某个点，逮着不放。根据她目光的焦距，女学生甚至觉得，自己可以准确定位那个点的位置。

你以为我不想去泡吧、钓男人？女学生脸上的痞气渐渐撤了，移到她脸上。

奶罩带子还露着，上面有电码一样的暗纹。它不再是课堂集体起哄的导火索，而是示威。

你们欺负我。

……那句话不是我说的，你可以去问侯晓韵。

女学生看她一眼，眼皮一塌。

欺负我要养家糊口，不能跟你们一样出去疯。

套装偏小，前襟挣出两条法令纹，配上胸前两粒扣，她整个上身就是一张垮掉的脸：当年我在酒吧拿酒瓶爆人头的时候，你们在哪？

我好容易从良了，你们就开始欺负我。

梧桐影子捂住半截脸，下眼睑一颗小泪痣。她这身衣服不对，平底鞋也不对，她真该换身黑皮衣，七寸高跟，不然白瞎了这浑圆的烟圈。

女学生踢烂脚下一小块草皮。

东方大道两旁全是工厂，一路东风重卡，震得地都疼。王苏辛简直以为自己在玩《暴力摩托2008》，快要开吐了，才出现一块令人泪下的蓝牌子：前方五十米学校，减速慢行。

杨静怡蹿上后座，身上照旧一股口香糖香，他说过她是箭牌糖果小公主。

超他！超他！

在杨静怡的指导下，他甩掉了一个又一个他们觉得"无聊""一身中年味儿""该人道毁灭"的行人，哈哈大笑。然后，就爆胎了。

他俩轮流推着车，一头一脸灰。脚后跟踩着一截影子，老在余光里吓人一跳。每个从他们身边经过的，好像都是刚才被他们反超过的。

倒了血霉！杨静怡终于开骂了，比他想的晚了一些，就这点来说，他还是挺感激她的。

他让她骂，默记下时间地点，利息攒起来，下次吵架时还能有点筹码。

你就当咱们在拍公路电影呗。

去死吧你，国产公路电影！

他笑起来，她不好哄这一点，他也是喜欢的。还没笑完，后背就挨了咚咚四五下，内脏差点脱臼。

你怎么跟个压寨夫人似的！他凶的时候，她就笑。他向来觉得，在应付女人方面，跟父亲比，他是青出于蓝而胜于蓝的，进化论。

接下来这漫长的步行期，杨静怡给他讲了女老师的事。他饶有兴味，以至于错过了一个修车摊。

他不止一次想过他们离婚。

也许他会有个继母，像对门的女人那样，或者刘阿姨。红底高跟鞋、滴漏式咖啡机、扫地机器人、香薰加湿器，这些新玩意会陆续到来。也许他可以在客厅放摇滚，在饭桌上谈门罗，再也不会有人突然加大《今日说法》的音量。总之，重新拼装的家庭让人期待，他猜父亲也想过。很多次，他都想避开母亲，单独跟父亲谈一谈，告诉他，他是一头小狼崽子，很早就不需要母爱了，不用为了他煎熬。父亲也称不上是煎熬，在看了他初中时写的两三篇小说后，甚至非常欣喜。他青春期的叛逆也被视为魏晋风骨，发点脾气，父亲会默不作声推过烟灰缸。

本科时他住盘锦幼儿园附近，城中村深处。街道灰头土脸，走上去总感觉在指认犯罪现场。他打算一直灰着心到毕业，直到遇见小饭馆里的一位妙人。

她看上去三十出头，也许不止。短发，丹凤眼，围裙系出一点不太显的腰身。一开始，她只当他是个普通的学生哥。他带不同的女孩去吃了几次饭，慢慢地，她开始跟他诉苦——老公喜欢赌，她开饭店赚一点零花钱，都被输光了。他听了几回，自觉熟了，要求饭款打折。

这句话让她小吓了一跳，他比她认为的老到多了，手腕跟无情程度直追她老公。

他作出无赖相，等着接她一个娇嗔白眼。

请女朋友吃饭，好意思嗒？她不看他，带着饱满的伤感，瞟瞟他的新女伴，把视线控制在收银台高度。

他只是笑，他不想承认他穷，更不想承认他嫩。

她也笑，不出声，眼皮薄薄，下面藏着两粒眼珠，滑过来，滑过去。

姐姐给你打九折。

她作弊的神情一点不掺假，他只是说说而已。如果她老公不赌，或者，她老公换成他父亲，会怎样呢？这个问题让他走神了许久，最终导致了一次分手。

他还记得，十八岁的某一天，父亲突然闯入卫生间，在马桶对面坐下，要跟他谈谈女人。

他的直觉告诉他，他跟邻居老婆的情事已经败露。父亲似乎在暗示他，败露也没关系，迟早有这一天。接下来，他介绍了自己的口味，很隐晦，有过实战经验才能听懂。父亲以农妇采摘果实的坦然，平息了他心底的惊叫。

有点肉的，手感比较好。而且胖的那种嘛，一般都管不住嘴，比较放得开。

摊上这么开明的家长，除了要克制肉体反应，还要在老到跟羞赧之间掐准一个分寸，以示他在这个方面目前尚清白，但前途无量，是个可造之材。

他在洗手间的闷臭里，发了一身细汗。

她永远无法迷人，永远不能洗掉酱醋味，泌出醚味。他见过阳台上晾晒的透明内衣，颜色跟款式都不甘心。也许她早习惯不迷人了，眉毛横在脑门，像两撇胡须。眼皮上敷着紫，连同眼袋一起，组成上下唇，各含一枚荔枝核，瞪人的时候随时准备啐出。有一次，他顶嘴，她想打他，他那时身强力壮，很轻松就控住她的手。父亲冲过来，五颜六色的闪电里，他想起她刚才叫了一声老公，带着哭腔。

从此，她对他驯服得过了头。他常常为这驯服发火，他很想告诉她，男人没有她想的那么好，也没有她想的那么坏。他控住她的手，不代表他就不认她了，就白眼狼了。

她的日记里没有写他，一个字也没有。

知道为什么吗？

潘牧天等他追问，等太久，眼波一横，给他绵绵一掌。一次性杯子里的啤酒被碰翻了，他灵敏地避开尿黄色水流。

一个女人，一旦成为一个母亲，就没办法搞文艺了！至少你妈是这么想的，所以她日记里没写你。

你又不是我妈。他用力吹烟头，好让火光更亮。

咱们不是在推测吗？你可以亲自去问她嘛！

她又不会告诉我。烟头又暗了。

就是嘛！所以，我猜测！这个词 OK 吧？我猜测，她是这么想的。

我觉得她不是。

那你怎么想的？潘牧天没收了他的烟。

我不知道。他摸索一阵，找到了新玩具，一次性桌布，揪下一小片，打成蝴蝶结，系在一次性筷子上。

你他 × 玩我？我猜一百种，你都说不是。

我没他 × 玩你。他细心地扯蝴蝶结，好让两边对称。

有条黑影跃上他们的桌子，又下去了。

那你自己说，你妈为什么不写你？

我怎么知道。

你猜呢？

我猜不出。

几个回合词汇贫乏的拉锯战后，两人扭在一起，像两只拥抱的衣帽架。桌子倒下去时有个女的来了声尖叫，他真想给她发个群众演员盒饭。大排档的地面油腻不堪，很快，他就找到了容身之处。车灯轮番扫过，潘牧天的腹肌冲着他的脸，他们浑身刷了一层油汗，像是狠狠做过了。

最后是潘牧天赔钱，这个混蛋还算有良心，还记得上次是他赔的。

一说你妈你就急。

他偷瞄他两眼，脸上几团黑，看不清楚伤。估计自己也好不到哪儿去。

你自己对你妈呼来喝去的，我猜个理由，你都要搞我。你爱妈如命啊。

他嘿嘿笑了。

笑？你还笑！潘牧天凑过来，像是要吃了他，更像是索吻。

他笑得躺在地上打滚。

越瞪，他笑得越欢。

四

辛辛你过来！来呀！

拖延到一个心理极限，他才起身。要是一叫就到，就会像父亲那样惯坏她，对偶尔的迟到大发雷霆。

她背对着他，他从镜中看见她的脸，很严肃。她右手扬起，左手按住腋下，捉起一块肉，细细排查。

怎么了？

她不理他。

她特意把他叫过来，晾着他？也许是对他磨蹭的小惩罚？她一直挺擅长这种水滴石穿、可以渐渐把男人训练成哈巴狗的小惩罚。还好他烟还没灭，抽两口，笃笃定定等。

这里！对，就这儿，辛辛你摸摸！母亲扪住他的手，盖上半圆的边沿。

他小心地避让着，母亲的身体是温暖的。他熄了烟，丢进马桶，心里骂自己，慌什么！

阿有硬块？

神经病啊你，哪有？

电视上说有隔着棉花摸黄豆的感觉，你觉得是不是？

狗屁。什么都没有嘛！

他很想求助父亲，可是父亲不在。索性换一只手，指肚摩挲，触到了心跳。

姆妈，是肋骨呀！

她不作声，任他摸着。

不放心就去医院查嘛！哭有屁用啊！

直到进了地铁，他才想到，是不是该打个车。上次他带周蓉蓉去医院，就是招的出租。她哭了一路，他只好跟司机挤眼睛。对方没有给他一个兄弟般的微笑，而是一路冷脸，把出租开成了灵车。

花上几十块钱，被人载着，去看个像样的病。陌陌上认识的小姑娘都享受过的待遇，在母亲开始刷卡时就自动取消了。

在他犹豫的当儿，发生了一点小纠纷。

他蹿上去，硬是把母亲的半个肩膀拨进身后。

我们也是执行任务，请您配合。

喝就喝嘛！

他飞快搞清楚了状况，把保温杯从母亲的包底挖出来，以一家之主的豪气，咕咚一大口。喝完，一抹嘴，一瞪眼。在他张嘴咬那个高个子安检员之前，母亲及时把他拽开了。他故意赖着，跟她惊慌的臂力拔河，看她像个快要拉不住巨型犬的遛狗妇女，他感到莫名的甜蜜。

红枣茶是女人家喝的东西呀！我来喝好了嘛，你一个大男人抢什么！母亲捶他。他别过脸，笑了。

在一支中老年队伍里，他以青年人的灵敏，熟练地操作着自助挂号机。

姆妈，这个是主任，拿国家津贴的。要挂吗？

不要，肯定是男的！

这几个名字感觉都是男的。

你选一个稍微像女的一点的。

刘敏吧。他按下确认键，机器吐出挂号单，居然是1号。

等叫号时，她指给他看，那个穿黑风衣的胖女人，一定是女儿陪着来的。女儿长得不像她，估计是像爸爸。到这个时候，她还打趣他，问他，那个女儿像不像儿媳妇。他翻个白眼，表示自己很羞愤。

要是生个女儿就好了，这种地方，儿子陪着来难为情的。她想起自己的病人身份，伤感起来了。

他本来不觉得难为情，被她一说，开始难为情起来。偷偷扫几眼，感觉清一色都是陪老婆来的。他最年轻，身份可疑。幸好挂了1号，母亲的名字不久就出现在滚动屏上。

走过B06门口，他心惊胆战，刚才被他放弃的那个叫梁红兵的，是个不折不扣的女专家。而属于他们的B08室的刘敏，是一个作为专家来说须髯过于浓密的男人。

谢天谢地，母亲没有注意到隔壁诊室专家的性别。

他拿出劝女朋友两倍的耐心来劝她，号都过了，她还是不肯。眼看着2号走进去，他毛了，使出父亲那一套，甩手要走。果然，她这下乖了。B08 的门打开，光线打上她的脸，她赔着笑，撒谎说自己上厕所错过了号，热情地展示印着 1 号的挂号单。他觉得她快要成功了，门却在离她笑脸很近的地方，大声砰上了。

随着巨响，她似乎来了个下意识的立正，接着，她开始转头，眼神分明在承认自己错了。他肺都要气炸了，正大光明的 1 号，变成了想插队还被人拒绝的厚脸皮老妇女！他看不下去了，起身去厕所抖泡尿。

洗手的时候，他发现镜子里自己的表情太难看了。他微妙地调整了怒气的方向，他完全可以跟她解释，不，干脆就不解释，继续追加信息，不露痕迹地表示：那个医生实在太气人了，一点都不知道通融！哎哟怎么可能呢妈妈，我是气他，不是气你，你想多啦。他觉得自己的补救能力跟应变水平棒极了，信心满满地迈出去。

可她已经进去了。

父亲那一套虽然好用，但容易内疚。他想好了，她一出来就迎上去。可她进去太久，导致他刷微博刷过了头。等他回过神，她早就被男医生摸完胸部，悄无声息地回到他身边，还耐心地看着他刷了一小会朋友圈。她捅捅他，带着被驯化了的乖巧，说要去四楼做彩超。不用问他也知道，她一定把专家问烦了，觉得十块钱的挂号费回本了，才放人一马。

彩超结束，他才想起接过她的手提袋。绅士一把太难了，她死命夺回来，理由是嫌他粗心，会弄丢她的病历本。他能想象，在彩超室里，她平躺下来，眼睛警觉地盯着手提袋，一点也不像个病人。她甚至担心他在外面只顾玩手机，裤兜里那只鼓得要吐的钱包会不会被偷。直到凉凉的耦合剂涂上胸部，她才开始想自己，短短几分钟，就结束了。也许，在她心里，他永远穿着牛仔裤形尿布，含着香烟形奶嘴，这太令人沮丧了。

既然觉得他帮不上忙，只添乱，那叫他来干什么？起码，他比父亲有耐性吧？他怎么就不能照顾她了？他只不过想对她好一点而已，顺便帮父亲还还债。他生着气，下自动扶梯时特意站在她下面一级。他猜她会盯着他后脑勺，目测他有没有斜肩，掂量他头发油不油，检查他衣服上有没有线头，只要他在她眼前，她就不眠不休，死而后已。他恨死这一点了。

回家时实现了打车的心愿，付账时却被她的零钱抢先了，司机真没眼色。看见父亲，他觉得有必要交代一下，于是追着他的眼睛，等他问。父亲却没有。

他没有婚姻经验，他在想，也许小病不该大惊小怪？父亲的反应算正常吗？他把彩超单子压在遥控器下面，意思是你自己看。父亲却没有。

夜深人静，他来到客厅，拿起那张单子：

双侧乳腺组织最大体层厚：18mm，双侧乳腺层欠清晰，腺体组织回声增粗、紊乱。双侧乳腺导管未见明显扩张。

右乳外上象限可探及一低回声团块，大小约6mm×5mm，边界尚清，内回声欠均匀，CDFI：其内未见明显血流信号。

左乳未见明显肿块回声。CDFI：左乳未见明显异常血流信号。

双腋下未见明显肿块回声。

也许，他跟父亲，都不及这张单子了解母亲。

五

全景地图里，解放新村还没有开始拆迁，日光浓烈，水杉呈黛色。行人冻住了，鸟笼的遮布只掀起一半，苹果上留着永不生锈的齿痕。太棒了，被叫了暂停的世界，他索性把整个小区都看了一遍。小时候经常去玩的蘑菇亭还在，他甚至看见三个月前去世的摆烟酒摊的老李（面部贴心地做了朦胧处理）、电线杆上的麻雀，还有经常停在门口的黑色马6①。

跟老地图核对后，他发现家附近有三座桥，按东、西、北三个方向，分别是里双桥、晋源桥、金塘桥。里双桥建于1990年，基本可以排除嫌疑；晋源桥比较老，从地图上看有点远，不过按二十一岁母亲的体力，完全够用；金塘桥最近，是他误打误撞跑到的，仍待考证。南边，按外婆的说法是，在他五岁之前都是块荒地。

母亲的电瓶车很重，车把手上套着厚墩墩的棉筒，

---

① 即"马自达6"，一款轿车。

有股老式的粉香，谢馥春一类的。开一阵他就上手了，手机导航带着他往晋源桥赶。

冬天是严厉的。

基本上，一件外套的颜色就决定了你一星期内，甚至更多时间里眼角余光的颜色。这件驼色大衣让他对身边同色系的物件起了反感。比如：汽修厂的宿舍楼，楼盘广告牌，桥下的脏水。

站在晋源桥正中，左右延伸出两条无限长的钢筋水泥臂，汇入道路。如果不是微妙的坡度，你很难将桥跟非桥区分开来。它看起来更像是被挖空地基、注了水的普通路面。就这么一截悬空的玩意儿，安抚了母亲的自杀欲，让他得以来到这个世界？太搞笑了。桥栏还张着一条大红横幅：个人严禁养大型犬和烈性犬。

他不甘心，掏出手机，搜到这么一段：

晋源桥始建于清文宗九年（1859），据记载："清高宗南巡时，于横塘建一觀光桥，以通盘门至天平之路。"后毁于太平天国战乱，"今有沪商张晋源君，独资兴建"。桥于民国二十二年（1933）五月七日举行奠基礼，同年十二月八日落成，举行通车典礼，因"于路政上大有裨益，同仁等感期盛意，请以晋源桥名此桥，以志纪念"。此也了却了张晋源病中之宏愿。此后，因大运河改道，将原有旧桥改建成为市区通木渎、东西山的公路桥，于1992年12月2日竣工通车。从此古觀光桥在胥江上消失。

也就是说，就算母亲来过这里，也是 1987 年的事。母亲可能看过的那座晋源桥，在 1992 年就毁掉了。

他立在桥头，仔细抽一根哀悼性质的烟。

电话响起来，是父亲。

辛辛你在家吗？

不在，怎么了？他辨出背景声里有女人在哭。不对，父亲在哪儿？

他发疯一样往回开，蹚着红灯，飞起来。

家里有个正宗妇女很可怕，她会积极投身每一种热。马海毛围巾热、烫大波浪热、"大长今"热。还好，大部分都是无伤大雅的。九十年代末的练功热，她也没错过。会费都交了，印着教义的小册子也拿回来了，幸好被父亲强行阻止。后来，是音乐茶座，卡拉 OK，十元一位。那种老式舞厅，基本不怎么装修，似乎在静静等他们这代人死。前阵子，她宣布，她要去区图书馆门口跳广场舞了，他跟父亲感觉都松了一口气。

该死的。她一定是跳舞去了，手机放在家里。跳完，三五个未接来电排着队等她逐一回复，这种感觉很棒。

可是她忘记了外婆。

拉板车的外婆，个头小，话少。在几个舅舅家轮着住，被儿媳们轮着欺负，用别人用剩的洗澡水。他初三的时候，父亲实在看不下去，主动做主，把外婆接回来，跟他挤一个房间。高中时他彻夜看武侠小说，手电筒的光柱一歪，打到外婆花白的头发，就在五米远的地方。

大学玩陌陌，带女孩子回来，扶着腰冲刺，偶尔回头瞥一眼，外婆永远在酣睡，蜷成一只虾。有时候声响太激烈，她的安详让他疑心。于是每次做完，他总会过去推推她，确认她没事，顺便互相介绍一下。

阿婆，记得吗？丽丽呀，上次来过的。

阿婆，这是小猫，你们认识下。

来，莫妮卡。阿婆，外国名字阿听得懂？

她脸上从来没有被冷落的表情，因为糖尿病，外婆吃饭是跟他们分开的，她独自在小房间里，像马一样默默咀嚼着食物。也许她存在的作用，就是增加他本人的层次感——一个思想先锋、床技高超，却惦记着外婆的男人。她午睡的时候，他会观察她，她跟他用的显然不是一个时间体系。他很想进入那悠长又泛黄的时间体系里，变小一回，赶在脑发育之前，听她唱所有外婆都会唱的：

上海有个小瘪三，手拿小洋伞，身穿夹克衫，前山不走走后山，跌得屁股粉粉碎，挂个电话两零三，请个医生猪头三，票子看了三万三千三百三十三，看看不来哉，快点送到上方山。

找死啊你！一辆轿车贴着他擦过，他着实被吓了一跳。诅咒能抵御不祥吗？他骂得分外狠。他总觉得，一家不可能同时两个人出事吧？外婆替他把坏运气免疫了。

印象最深的一次吵架，母亲掷出一只枕头，突然朝着父亲跪下来：你不就欺负我从小没有爹爹吗！我跪着你了，我告饶了，还不行吗？她哭得像个小女孩。

后来他才理解，她顺带着哭了一次外公。她给他讲过外公，脾气温和，最疼这个小女儿。带她去逛庙会，买了一大袋五香花生，她一个人吃光了。外公叮嘱她：囡囡回家就去漱口，不要提我买花生的事，阿晓得？说着，她又哭了。他也就宠了她几年，却让她伤心了一辈子。

图书馆门口有两拨人，两种音乐。整齐的方阵，统一的动作，她们一定是在变相做广播体操，以找回以前做女学生的紧绷感，那种甜美的纪律与服从。服装颜色太严肃，黑压压。方阵里有兵气，方阵里没有生老病死。他穿行在一个个被舞神附身的女人中间，提防着被扬起的手臂打到脸，艰难地寻找母亲。

她似乎是众人的核心，要剥几层洋葱皮才出现。她倒是一眼看见了他，妩媚一笑，送胯，转身，证明你老娘也是有两把刷子的。他犹豫着，退后几步，点上烟。

她干脆不看他，只是加大了动作幅度。方阵的这个角因为她的缘故，翘了起来，压不平了。有一个活泼的小跳，手捧虚拟的花篮，朝右上方一送。这个样板戏动作配《最炫民族风》，太滑稽了。因着使劲，她脸上掠过一丝不易觉察的凶悍，又转瞬即逝。

她真的不好看了。

哪怕全身都使用豹纹元素，她也不性感了。他见过把豹纹穿得让人想犯罪的，很明显，她不是。她把他脸上的忧虑理解成窘迫，更加得意了。小赤佬，阿是有事找我？我耗你一耗，急你一急。哪次叫你我不得喊好几次？

广场上灰败的角落，一个小孩拉出触目的、金黄的屎。水杉撑着的那一小块天，显得高。一个男人冻得嗷嗷跑动，羽绒服鼓出一身假肌肉。寻人启事边上贴着寻犬启事。眼睑长泪痣的女人把自己关进过小的套装，像在逃的囚犯。四周的场景过于活跃，缺乏慰藉性的单调。音乐不停，她就不可侵犯。他等她从方阵里走出，变回他的母亲。

外婆在抢救，他在等她跳完。

刊于《西湖》2018 年第 9 期

相交

2013年6月30号，下午6点15分。假设你站在劳动路入口30米处，胥门烧烤店门口，东临盘胥路，西邻三香路。坐东朝西，好，不要眨眼，在心里咔嚓一下，让一瞬定格，切下横剖面细细研究。

除去被柱子挡了半边脸的，这张相片（也可以说是现代版《清明上河图》）里林林总总共十一个人，其中有四头小贩，两位白领，一尊退休干部，一名教师，三个农民工。他们出现在同一个画面中的几率极小，且时刻在变动，难以捕捉。如果你真的拍下了这个画面，那简直跟得上拍到哈雷彗星，可歌可泣。

这十一个人里，关系最亲的要数三个农民工。崔凤连，男，三十七岁，河南新乡人。一米七四，身材偏瘦，分头，脸上有一块拇指大小的胎记。崔鸣城，男，二十岁，河南新乡人，崔凤连的侄子。一米八，一身好肉，平头，左腮帮子上有个小酒窝。邵波，男，二十七岁，江苏盐城人。一米六五，略肥，板寸，毛脸。他们仨，按崔凤连的话说，是对面那栋蒙在纱网里的大楼的爹。这三人里头，崔凤连脑袋最活，崔鸣城脚最臭，邵波老二最大。三人为何形成这样短暂的组合呢？因为他们此时目的一致，要找个地方吃饭。崔凤连心中有数，径直杀向熟悉的饭店；崔鸣城左顾右盼，一心想着开发新据点；邵波最省事，直接盯着前面两人的脚后跟。

这个城市在搞建设，马路上到处开膛破肚，没走几步就一个水泥补的大疮。窨井盖动不动就撬开，里头竖着一支人，头戴安全帽，脸没到地平线以下，与行人的脚平齐，好像被轮流踩着脸。路边树荫下摆了一排仰天而睡的民工，睡得像一具具尸，一只只蛹。大中午的，他们把鞋一脱，往脑后一枕，把饭盒跟茶杯小心地搁在脚边，就开始他们自然之子式的午休了。耳边打桩机轰轰地响，不要紧，那是为他们梦里衣锦还乡敲的大鼓。平时的娱乐活动实在太少，且城市里样样都要钱，唯一不花钱找乐子的法子就是互相研究，互相爆料，增进感情，内部消化。每个人都把自己从记事起那点鸡零狗碎掏出来资源共享，讲到一半就被人打断的也有，打断了别人又被别人打断的也有，打断了别人又忘记自己要讲什么的也有，八卦泼水节。崔鸣城年纪最小，又爱赶时髦，又听不懂暗语，经常被围攻。邵波比较蔫坏，别人动口时他只是笑，笑着笑着就凑过来直捣黄龙掏人家蛋。崔凤连比较稳重，大家说笑话时都无意识地偷窥他的脸色，如果崔凤连也放开了笑，讲笑话的就觉得特别成功，听的人也笑得特别响。

收了工，他们三五成群的，到大排档吃点小菜，喝点小酒。劳动路这一小截，是崔凤连他们的据点。最出名的要数老山东排档。君不见，霸气外露的滚动广告屏，荧红大字滔滔不绝地循环往复：老山东排档，夜宵到天亮！真可谓：天长地久有时尽，此字绵绵无绝期。老板存心要做大做强，不仅在灯箱上下了功夫，而且在桌椅的选择上也显示出"立根原在破岩中"的决心。桌是白色塑料圆桌，中间还能放个转盘，正儿八经吃酒席都没问题。桌面铺上一次性塑料桌布，四个角在夜风里舞动，还挺飘逸。椅子是配套的白色塑料椅，两边有扶手，坐上去很有老板派头。杯子是正儿八经的白瓷杯，不是一次性的那种，且十只里面只有一两只有缺口。它在夹缝里讲究着一点档次，在粗犷里暗藏着一点贴心。可以说，老山东排档是这条街上的老大。虽说它是路边摊，半夜才出来躲城管，但它有本事让你觉得自己是贵族。只要你一落座，马上有人殷勤地送上热茶跟菜单。茶是褐色的大麦茶，菜单是硬面抄式的烫金菜单。他家就请了两个小妹，估计是走马灯式换人后留存下的珍稀物种。两人都手脚麻利，嗓门大，眼色活，端菜从来不会出现大拇指浸到汤里的低级错误。你初来可能不懂，但货比三家，吃遍这一条街的大排档之后，你才能悟出老山东吃客爆满的原因。老板亲自下厨，话不多，抄一柄大勺在锅里翻，带动半个身子都在颠，耳朵上还夹着电话：一份咸肉菜饭，两份砂锅不要辣？好！好的！菱塘新村正门是吧！十分钟一定到！老板娘瘦伶伶，两只小眼睛像是飞镖掷进肉里，尾留在了外头。如果哪一桌上菜慢了有怨言，她会让你尽情发牢骚发个够，一句解释也没有。结账时你会发现，你的饭款被大方地抹了零。这种粗中带细、辣里带甜的行事作风，干净利索地填了心里那点小委屈，让人立马闭嘴，心悦诚服。

崔鸣城嘴上嚷着要吃烧烤，崔凤连知道他是想去跟毛妹斗嘴。斗嘴是郎有心妹有情的前兆，崔凤连不喜欢毛妹。小年轻就是好，一天下来再累，看到母的还是有精神。毛妹无胸无臀无笑脸，头顶板寸，一身排骨。崔凤连不知道自家侄子是怎么了，连这种骷髅身架冷面妹都喜欢。崔凤连以为她给过鸣城什么甜头，一打探，原来手都没摸到！问他图个什么，他挣红了脸嚷：我、我觉得她像个大学生！一句话大家笑了好几天，把大腿都拍痛了。崔凤连没笑，脸黑了几天。此后只要崔凤连在，崔鸣城就没有吃胥门烧烤的机会。崔凤连从泪汪汪的二嫂手里接过崔鸣城，不能坐视不管。现在 QQ 短信满天飞，他们要搞地下可以，但不能当着他崔凤连的面。不然传出去了，说他把侄子教坏了。崔凤连对无形的东西尤其看重，对舆论也足够敏感，所以他才能稳坐工头这把交椅。之前的包工头玉龙就是坏在嘴上。崔凤连冷眼旁观，玉龙饭也没少请，红包也没少给，就是在堵人嘴方面做得不好，把几年心血给众口铄金了。他就不，他说得少，听得多，听到话头不对就暗地调整方向。他带的工人都是乡下伙计，没什么心眼，吃不住好话哄，也受不了坏话撺弄。崔凤连对企业文化还是很看重的。没错，乡下人实在，但有时小农精神作祟，又会走到另一个极端去，搬弄些妇道人家的是非。念初中的时候，崔凤连听教历史的王敬民（论辈分崔凤连还得叫他表叔）讲太平天国起义，一节课把黑板擦当惊堂木拍了无数次，一脸恨铁不成钢。讲着讲着就牵动了自己被"文化大革命"耽误了考大学，一辈子只能待在乡下当山寨陶渊明的伤心事。最后照例忍不住拿指头戳住他们一顿臭骂，印象最深的一句就是："几个种地的用种地的法子再去领导一群种地的，永无出头之日！"这句话真拗口，可是崔凤连就是听懂了。从那以后，他都尽量跳出种地们的脑容量局限，用非种地的思维来考虑问题。

如果你记性够好，一定不会忘记，刚才那张虚拟照片里，还有两位白领。其中一位是土生土长的苏州人，叫孟晓莹。女，二十二岁，家住新市桥北，就在盘胥路上，离这个路口大约两百米。孟晓莹跟爸妈和外婆挤在狭窄的两室一厅里，另一处大一点的房子是作为婚房备用的，租给了两对打工的外地小夫妻。另一位叫周丹，女，二十九岁，河南新乡人，是孟晓莹的上司。严格说，周丹属于新苏州人，两年前在西园路附近按揭买下一处房产，首付三十万，余下的八十万每月还贷，二十年还清。这二十年周丹已经被买断，吃死。她的老总李文峰心里很清楚，这位能干、强硬的女下属要不是做了房奴，断了辞职单干的念，未必这么忠心耿耿。

周丹跟孟晓莹为什么会出现在劳动路呢？孟晓莹每天中午带饭，动筷前总要邀大家尝尝。清蒸鲫鱼、扁尖肉丝、苋菜炒蒜瓣，都是孟晓莹妈妈做的。孟晓莹妈妈特别宝贝孟晓莹，女儿都二十多了还囡囡、囡囡地叫，有时候下班了还开车来接她。在如此绿色无公害的母爱中长大，孟晓莹心地单纯，人缘极好。连每日拿一对丹凤眼瞄人、有轻微洁癖的周丹也谨慎地认定，孟晓莹这个小姑娘可以交。陆陆续续吃了三个月孟晓莹饭盒里的菜，周丹实在过意不去，突然算总账地要回请孟晓莹。孟晓莹一连推掉了六回，今天终于被周丹得逞。其实孟晓莹不知道，这件事很险。如果她再推掉一回，周丹就会认定她在歧视她。

此时，周丹与崔凤连只相距不到五十米。严格来说崔凤连看到了周丹，但等于没看见。周丹这种气质型美女无懈可击，不属于崔凤连们的调戏对象。他们这类人适合哪一口他心里十分清楚，就像猫能嗅出鱼腥气，这是本能。崔凤连们虽然文化程度有限，但人类大学多少也念了几十年，你情我愿门当户对的道理再熟悉不过。一般来说，可以调戏的女人都是色香味俱全。首先，她一身劲香，香到快把你熏瞎，眉黑嘴红，杀气腾腾，活像个拿自己一身肉拼天下的穆桂英；其次，她上露奶来下露臀，黑色蕾丝内裤（简直是某处的拟态）配超短裙，随着大白腿的起落若隐若现。豹纹奶罩时不时在低胸装领口探个头，她还假正经地搡一搡，很为自己的魅力溢出而烦恼；再次，也就是最重要的一点，她全身上下都是廉价货，眉眼间黏答答骚哄哄，身份一般是发廊妹或按摩女，这才是崔凤连他们的菜。周丹虽然穿得少，奶子屁股都够味，但她的神情不对。崔鸣城最嫩，辨识能力最差，还拿一双红炭样的眼不识相地撺了周丹一小段。周丹一脸漠然，压根儿没把崔鸣城火辣辣的目光当威胁。明眼人一看就知道周丹身上穿的布虽然少，但剪裁精致，价格不菲，按每平方米算比房价还贵。作为一名优秀的主管，周丹的眼神具有自动过滤功能，一般来说，遇到扫地工、保洁员之类的物种她就会选择性失明。

　　崔凤连在外头这么久，知道女人赶时髦比男人容易，花个几百块就能装阔太。但假货就是假货，招摇过度就暴露出底气不足来。崔凤连看女人的两大心得就是肤色跟眼神。肤色白净的，百分之八九十是家境好的城里人，从小在空调房里捂惯了，捂出一脸死人白；肤色黑的，尤其是腮上两团红的，多半是从小在乡下乱跑的农村丫头，后来来大城市打拼，混得人模狗样了，但小时候打下的黑妹底子这辈子都洗涮不掉。难怪女人要美白！说是爱漂亮，哪会这么简单？这是牵扯到阶层划分的大问题！崔凤连把一口痰解恨似的啐在绿化带，他看透了那些渴望翻身融入城市的小女人们，慈悲地笑笑。至于眼神，就属于 VIP 白金会员级别了。如果你能从一个眼神判断她是城里人还是乡下人，说明你看人的功夫已经炉火纯青了。崔凤连别的海口不敢夸，这点觉悟他还是有的。乡下女人眼神要么傻乎乎要么恶狠狠，前者是未开化，后者是开化过头。前者很没眼色，一脸木黄黄，绿灯不敢过，红灯不敢闯；后者满身雷达，噔噔噔像要去杀人放火，眼白发黄，是一直不能得逞胃火太大的焦虑。是不是乡下妞，眼神最明显的区别是在你跟她对视的时候。城里姑娘不太怕对视，不躲，也不瞪，眼神坦荡又敞亮，还通风，是一种光滑、纯正的陌生。乡下妞就不同了，要么故意不看人，看地；要么就看过头，死盯。总有点背井离乡的别扭在里头，不够自然。

能被人当成本地人问路，从外形到内在，周丹是狠下了一番功夫的。问路这件事看似微不足道，你试试看，你一个外地人在大街上走，有人朝你问路吗？为什么问路都喜欢问老年人？年纪大的一般都是本地原住民，在外打工的老头老太毕竟是少数。当然，老年旅游团另算。不然你拣那落单步行的老人家问，准没错，一问一个准。你在一个地方待得够久，过得够安逸，一脸浑然天成的土著相，才能以假乱真、具备被人抓来问路的本钱。你要是天天过得猪狗不如，再怎么笑看着都不对劲，说不清道不明的小委屈，藏在眼角眉梢，稍不加以控制，就一脸苦相或凶相，像个永不落网的通缉犯，吓煞人。周丹相信，相由心生，心随胆壮，胆仗身价，也就是经济基础。经济基础这一点，周丹用她老家人特有的不服输精神基本搞定了，就剩上层建筑了。比如口音啦，衣服的色系啦，肤色啦，眼神啦，等等。周丹巧妙地掩饰了侉腔，加了港台味，嗲嗲的，又糯又软又减龄。你想想，一只"粉面含春威不露"的升级版王熙凤，如何在职场上利用自己的女性身份，为自己赚一点男人赚不到的彩头呢？当然是在语气上下功夫啦。她才不会字正腔圆去讲普通话呢！讲得标准，听上去死板；讲得油呢，贫！弄不好就土了，枉费了她的苦心。在大街的车声中，周丹任由孟晓莹挽着，像个被领导陪同的女外交官，脚边绿化带里跪了两排脏兮兮的矮冬青。她回过头，向刚才那对男女遥遥行注目礼。他们绕过孟晓莹，单挑她来问路，是种隐形奖励，精神价位上相当于一万五的年终奖。

城市里的楼群把地平线拉高，太阳被吞了，西天烧着猩红的一大块。热气还没散干净，有风补过来，一阵热一阵凉。6点47分，崔凤连开始走神。他其实不大乐意跟人一起出来，三人行必有孬种。一个人出门，受了点气，丢了点人，就算了。一旦身边有人，且是个喜欢看热闹寻刺激的，你就没法小事化了。他清楚自己也算半个老大，要是有人公然在他头上踩还装聋作哑，身边这些小兄弟会看不起他。在别人地盘上当自家人的老大，分外难。要是在老家就轻省多了，黑道白道双轨并行，老大是真的大！哪需要在夹缝里撑场面，打肿了脸硬上？每次出门，他都尽量不声张，独来独往，省下不少请客钱，还能打打牙祭。躲不过，就把人往劳动路带，这里消费低，热闹。请客咋咋呼呼一帮人，结账的时候也没多少钱。他敢打包票，他是唯一自费去过松鹤楼跟豪客来西餐厅的人。就算头一回去这种地方，他也有本事不露马脚。诀窍就是动作幅度要慢，留足时间观察邻桌，适当现学现卖。长此以往，他相信自己会永远地，与"乡巴佬"这三个字告别。此时，一只黄猫进入了他的视线，它贴着墙根走，尾巴半举，踩着一条看不见的直线。49分，他被一辆北京现代的倒后镜剐了腰。

崔凤连的理想状态是一只虚虚握着的拳头，随时准备去握手，也随时准备攥紧给对方来上一记。崔鸣城非常给面子，也不知是真气还是假气，总之一副谁动了他叔他就跟谁拼命的样子。因为崔鸣城这边戏做得足，崔凤连就直接拉架了。邵波照例不吭声，但他在一边忠实地守卫着，只要崔凤连一个眼色，他就会路见不平，拔拳相助，精准地插手崔氏叔侄与倒后镜主人的纠纷。他用他的沉默和大块头为他们提供了最坚实的后盾。不过这次情况有点复杂，这辆北京现代的主人，操一口本地方言，以每分钟两次的频率，骂他们"外来狗"。自从上次被本地警察劝了句"入乡随俗"至今，崔凤连再也没动过打110的念头，他认定胳膊肘是朝内拐的，哪里都不例外。

头顶一只麻雀，哧溜一下，飞了。电线悠过来又悠过去，一根细羽落下，被飞驰而过的摩托车仔吸过去，再寻不见。短短几秒，崔鸣城已经被邵波死命抱住了。双方早就不屑于普通话了，各自用自家最恶毒的土话互相攻击，恨不得片刻置人于死地。崔凤连这时才醒悟过来，这场纠纷的起因是他自己。

在崔凤连他们搅成一团人形锁链之前，周丹拉走孟晓莹，谆谆教导：人家美国人从来不看热闹！孟晓莹没意识到围观会有损身价，只是不住咂嘴：喔哟，那个男的凶得来！周丹冷笑一声，心想你不过听到几句脏话而已，你没见过我们老家人干架呢，那才叫惊天地泣鬼神！这几个小喽啰肯定成不了大气候！五分钟后，周丹偷偷回头，果然，人早骂骂咧咧地散了。

叔！他骂俺奶奶！

这句话一直嗡嗡嗡在崔凤连耳边回响，响一声就是一记耳光。看上去崔凤连一脸麻黄皮子没表情，他在心里早把自己抡肿了，抡圆了。崔凤连母亲前年才过世，他记得是夜半，老人家突然嚷嚷要坐起来。他跟汤桂荣慌忙披了衣服，一左一右把她拱起。她干睁一双眼，什么也不说。许久，突然，很沉醉地，头往他怀里一歪。他看看怀里的老母亲，再看看汤桂荣，汤桂荣也看他，没人敢唤她一声，都怕惊动了这神圣的睡眠。汤桂荣手捂着嘴，开始小声地哭。而他，只是把她极轻、极轻地，放回枕上。他很欣慰，他外出打工这些年，只有过年回来，基本上都是汤桂荣在她跟前尽孝，她居然一点都不记恨他，临终还是血浓于水地朝儿子怀里一靠。单凭这个小动作，他就不能容忍那个开现代的骂那么多句！你骂什么都行！就是不能骂我妈！我妈这辈子有多不容易你知道不！我不是尿，是看在我妈分儿上放过你！我妈生前最见不得我跟人动手了！开辆现代了不起啊！本地人了不起啊！谁不是十个月生的！你给我记着，下次我不叫你脑袋开花我不是我妈养的！

当然，这些血淋淋的话都属于心说，崔凤连不过今天多叫了六支啤酒而已。崔鸣城还在愤愤不平，崔凤连眼皮都不抬，他知道自有邵波去安慰他。他不动声色是因为还没想好怎么跟这位晚辈解释他刚才的尿，只能故作深沉地沉默着。他有点愁，找个什么理由来挡呢？说工资推迟到十五号？不行。工资经常推迟发，说汤桂荣查出子宫有囊肿？说小健没考上大学？因为这点鸟事就能不还口不动手？呸！每个理由都站不住脚！他有点恼自己了，既然事后心里捋不顺，当时就该上！崔鸣城还在跟他赌气，一颗头沉甸甸地埋着，只顾刨饭。他夹了一筷头鱼香肉丝给他，他也不去动，避嫌似的把周围的一圈饭都刨了，颤巍巍留了根饭柱子立在碗里，顶着一筷头菜，向他示威。崔凤连心头突然抽痛起来。这时，一个电话打进来了。

吃饭时周丹点菜有点作。小妹眼色好过头了，更助长了周丹的架子。她扬起戴着欧米茄的右手，用纯正的普通话说：小姐，帮我拿点纸巾谢谢。音量适中，语速不疾不徐，一听就是吃厌了酒店来小饭店打牙祭的女主管。孟晓莹如果细闻，还能在周丹举手投足间嗅见香奈儿COCO的余香，混着饭店里劣质菜籽油的气味。没过多久，周丹又要求来一杯热水，理由是菜太咸了，得涮一涮。她要求很多，弄得饭店里的其他食客也一脸肃然，静悄悄地听她发号施令。她觉出空气异样，象征性地环顾四周，拿张餐巾纸半嫌恶半妥协地蹭着桌面，蹭得那一小块油亮。她轻轻皱眉，带着污泥中的优雅，压低嗓门跟孟晓莹抱怨：卫生局那帮人阿是都吃闲饭去了？她特地讲了句带本地口音的普通话，可惜来此吃饭的都是外地人，除了后知后觉的孟晓莹，一个识货的人也没有。

她们这顿烧烤吃了一个多小时，吃得店里的伙计们人心惶惶，不知道这位高消费顾客还能翻出什么新花样来。头顶的小风扇不住摇着头，金属笼子包着一团雾。终于，一声买单令下，两张粉光脂艳的百元大钞夹在涂了蔻丹的指间，朝老板抖了抖。周丹用最漫不经心的姿势告诉大家，她钱包里，或者户头上，这种大钞多得不计其数，她只是低调而已。老板瞟了一眼钱箱，有点为难。两分钟后，其中一张大钞进了隔壁崔凤连的口袋。

周丹接过老板打隔壁老乡手里换来的零钱，点也不点，咔嗒一声合了包，起身，右转，出门，笃笃笃。她对这一气呵成的动作很满意，这正是她想要的节奏。干净、利落，不拖泥带水。就算在心乱如麻的情况下，崔凤连也不忘拿指腹冷静地摩挲着簇新的纸钞，以辨别它的真伪。他对自己的表现很满意，这正是他想要的节奏：稳重、踏实，不手忙脚乱。他们的第三次照面发生在咪咪外贸服装店门口，孟晓莹被橱窗里一件长至脚踝的雪纺白纱裙吸引，周丹歪头瞅瞅孟晓莹，抿嘴一笑，裙摆一飘，率先进了店。在她的两点钟方向，崔凤连一根烟到了头，邵波还没吐干净，这人每次逮了酒就不要命，崔凤连用来浇愁的黄汤都落了他的肚。崔凤连本来打算把刚才电话里的内容跟邵波说说，顺便让崔鸣城听听壁脚，不露痕迹地告诉他，他叔刚才尿是有重要原因的。这下好了，中间人扶了电线杆呕得人事不省，崔凤连错过了向侄子维护体面的最佳时机。

夜了，脏乱差被黑暗抹平了，城市开始妩媚了。为了补偿白天日头的毒辣，夜风贱兮兮地来献殷勤了。楼群围了个铁桶阵，听得头顶呼呼有声，地面却沾不到什么仙气。大商场方圆十米内还是冷气的地盘，出了这个圈就是火焰山了。崔凤连他们走过一排空调外放机，小腿肚像被焊枪喷了一遍。这附近有个纳凉的好去处，就是佳福国际大厦的地下车库。车库入口处是 L 形的，拐角处风特别大，崔凤连他们经常在这里铺张报纸挺尸。闭了眼，让风动，让自个儿静，胳肢窝吹透了，腿毛撂倒了，整条人被梳得油光水滑。除了有点轮胎味，跟乡下睡在丝瓜架下没什么区别！对崔凤连来说，今天不算个好日子，先是被车刮，接下来是那个倒霉的电话，他像是要犒劳一匹疲惫不堪的老马，枕着块砖头把四肢摆平整了。邵波脸冲着他的脚，开始打呼。他不放心地瞄瞄崔鸣城，一个红点，忽明忽暗。

地下毕竟是地下，走到入口就觉得遍体阴阴生凉，周丹用皮包作掩护，巧妙地整理了一下粘在后背的真丝衬衫。

就这样睡死算了，明天，后天，大后天，一辈子都不要在日头下干活了！就这么睡，死也不起来！

外面太热，这里凉得有点突然，一层细微的鸡皮疙瘩让周丹抱住了手臂。

有人来了。

十米开外，有一摊黑乎乎的活物。有烟味。

逆光，看出来是个女的，衣袂舞动，听脚步就知道不温柔。

近了，果然，挺脏的。周丹屏住呼吸。

近了，有点面熟。这女的好像在哪里见过，崔凤连怎么也想不起来了。

明天一定要跟物管反映！这里该装个灯！应该禁止闲杂人等进入车库，搞得乌烟瘴气！这样下去还能创建文明卫生城市？周丹锐利地盯了他们一眼，像她在开会时盯员工那样。

崔凤连凑到邵波耳边小声说：这个女的你有没有印象？鼾声停了，肿眼泡间冒出俩黑珠子。

他们在窃窃私语什么，她猜也能猜得到。这些民工……啧啧啧。周丹秀眉微蹙。

邵波摇摇头，又点点头。崔鸣城也开始看周丹，这个女人他肯定在哪里见过。

周丹突然气定神闲了，车钥匙就在手心捏着，金属齿朝肉里嵌——不要跑，慢慢走，它不会拿你怎么样。小时候遇到恶狗，大人这么教过。

三个人盯着周丹，风送过来酒味，烟味，汗味。

在国际博览中心，她多次主持过产品发布会，台下黑压压几千人，还有老外。上次跟老板去首尔，人家还以为她是日本人呢！她什么世面没见过？

邵波发现了身边两个人的专注，索性借醉喊了一声：哎大姐，认不认得咱们？

周丹停住了。她转了身，向他们走来，皮包夹在腋下，像一只盾。男人体味浓郁。COCO 香奈儿的味道只来得及冒了个头，就剩脚丫子味了。

轮胎味一直在，细嗅又没有了。

这个女的，手腕箍在金光闪闪的表带里，双足踏在七厘米高的鞋跟上，两坨奶子被两只半圆的钢圈兜着，一步一颤。

不颤了。她立定，双手抱胸，看着他们。她个头不高，他们坐起身，仰着脸，像狗。

她挨个儿看他们，像是在笑。笑得很浅，很久。精心烫过的发梢舔着她的腮。

其实也没多久，她觉得够了，到位了。一抬脚，笃笃笃，走了。

邵波不懂她笑什么；崔鸣城以为自己懂了，其实他还是个雏；崔凤连有点懂，不过既然她都走了，那就算了。

土掉渣的侉腔，到死都改不掉！她恨死这些男的不上档次的样子了！他们让她想起村上那个整天灌黄汤的倪小二，七天七夜不下牌桌的六指徐，跟后村寡妇不清不楚的死鬼老爹！一辈子他们都窝里斗，为了几个小钱！天亮了下地干活，天黑了上床干婆娘，一辈子都没出息！她原来以为周海平跟他们不一样，最后还是各走各的路。过年她回去看到他们一家，周海平满面油光，他媳妇一身大红。他们看她一身黑，连个对象都没有，都以为她过得不好，一脸淳朴的歉意。他劣质皮鞋上的灰，指甲缝里的泥，西装肩膀的头屑，都逃不过她的眼睛。李奇开板材加工厂了，周裕丰下深圳打工了，徐建功当兵了，那又怎样呢？不是暴发户就是困难户！再包装也藏不住那股土气！

她来这里打拼了六年，从小职员爬到高管，还是以月均一次频率，被民工、保安、无业游民等底层人士轮换调戏着。她弄不明白，到底是她哪里有漏洞，让这些眼尖的乡巴佬们看出了端倪，认定她曾经跟他们一样，是个插过秧挑过大粪的乡下妹子？为什么他们不去调戏孟晓莹？孟晓莹比她高贵在哪里？她去美罗商场刷卡买包，眼都不眨。一句"也就万把块嘛"，就让能一直尾随她的售货小姐眉开眼笑，对着这位外地财神一口一个"您"。她那时的潇洒真应该拍下来，让这些没出息的看看，她是他们配调戏的人吗！不是她忘本，那些黄牙跟烟臭实在让她恶心。没错，都是在人家地盘上讨生活的，可她手底下管着几千号人呢！他们算什么东西？瞎了眼了！是老乡怎么了？照样有个高低贵贱！她最不喜欢认老乡，老乡的程度参差不齐，穷亲戚太多，不是借钱就是求你帮他找份活，还喜欢翻老底，不小心就把你苦心经营的膜给戳破了！

那辆白色本田进入了周丹的视线，马上，马上她就能享受到人体力学设计的靠背、清爽的车内空调，以及鳝鱼般光滑手感的方向盘了。此时，背后又传来一句：大姐！哎！哎！

耳根被切了个小口，一股酸辣由此注入。她简直，嫌恶透了。

这不像她的声音。车库太静，有回声，听上去没那么咬牙切齿。谁会记得吐出去的痰呢？接下来，转动钥匙，点火，左打方向盘，一切就结束了。

你说谁乡巴佬？邵波噌一下站起来，朝她走去。崔凤连紧随其后。

周丹啪一下摔了刚开的车门，迎了上来，她与他们相会在监视器的死角。

崔鸣城远远看着两个冲在前面的男人，有点犹豫。他们不看他，也没有要他入伙的意思。三个男人对一个女人，他相信这本地美女不傻，他叔跟邵波最吃软了。

既然他们死不要脸，那就让他们知道自己几斤几两！就当是这些年来算个总账！周丹剔掉了口音里努力学来的吴侬软语味，换了一口呱啦翻脆的京片子。当然，摄像头不能录音。

崔鸣城跑过去的时候，崔凤连手里的砖头刚派上用场，他没数错的话，是七下。

他看着他们打。似乎有东西溅在他脸上，他不敢擦。

监视器左上方，有时是一只女人的脚，有时是一只男人的胳膊。车库 B 区 05 停车位正中那盏日光灯终于跳亮了，像是松了口气。

她获得一个奇异的视角，得以近距离观察车库地面的一粒沙石。

当然，很快，万物都失了焦。

刊于《青年文学》2014 年第 8 期
《小说月报》2015 年增刊第 1 期转载

夜车

候车厅极大，车厢极小。

要上车了，随便买点什么吧。握一只杯面，风衣翻出深色内里，行李箱轱辘咕吱咕吱响，她更正宗了，更像个风雪夜归人了。

列车停泊在夜的平面，是一小节被遗忘的会议室。六人座，她第一个到。车窗框出一个方形，细看，辨出一张脸。笑一下，那边也笑，好像隔了几秒。起身去灌热水，回来时对面多了一位，余光里只觉得皮肤很白。

三号是个中年男人，有一点油腻，感觉像刚从酒局上下来，正在奔赴下一场。四号跟五号四腿相对，为了方便伸脚，彼此错开。列车启动了，从车窗看去，二号白皙的脸庞变成液态石油上漂浮的月亮。

车厢的震颤让众人陷入频率一致的醺醺然。列车员的制服与一丝不苟的妆容出现在过道正中，两边的乘客更加坍陷。六号招手，买了一包泡椒凤爪。

杯面差不多了，就着泡椒的气味，她开始吸溜。六人座的小型自助餐厅，每个人都在咀嚼，唯有四号不动。

过道另一侧，与他们并排的四个人在打牌。

二号看了她一眼，目光坦率。她发现她的双眼皮非常漂亮，围巾的苔绿色让她的神情有点儿冷。五号的翻绒大头鞋上溅满泥点，和四号的阿迪达斯贝壳头运动鞋交叉摆放。六号基本被挡住了，一只穿着粉色呢大衣的胳膊，从四号肩膀附近伸出。

到站之前，这个格局应该不会变了。每次坐车，都会像摇骰子一样，跟各色人凑到一起。凭借工作、学历隔开的一些人，统统回来了，比如五号。也许她应该看看窗外。

窗外单调又丰富。飞驰而过的城市。厂房灯火通明。狗在走，脊椎骨徐徐游动。暗影里的白房子。路灯照不到的死角，积水熠熠生辉。桥身全程亮化。间或一片纯粹的黑，边沿整齐，是某块农作物。湖面极远，像朝此处涌来。出租车提示灯。独行的男人，拎一瓶二锅头。车龙。LED 显示屏矗立在荒野深处。消了音的交通事故。民房的轮廓与四号的后背交叠。车身的运动迅速地取消了旧景，甩出更新的，反而是车内的陌生人们持续着陌生，值得信赖。

泡椒味已经完全闻不出来了。

她从前座的椅背抽下一本杂志，从卷边与污渍上，她感受了沉甸甸的、多人份的无聊。像之前的乘客那样，她把这个默认为旅途的一个标配，被迫开始阅读。

马上，她就发觉自己的注意力其实在这光滑的铜版纸上，洁白，没有印刷错误，经得起反复挑剔，一群人的接力挑剔。这是一些旅游攻略、葡萄酒广告及自驾游路线。有人编出这个，想提醒乘客，在列车之外还有别的，就在不远处，触手可及。事后，没有人会购买广告里的葡萄酒，在货架上遇到，甚至会避开。怎么能让旅途中的趁乱偷袭得逞呢？她将高清分辨率的照片贴近眼睛，直到能辨出细密的网状小点，她感到拆解的快乐。

四号变成了时间本身。他的存在，箍住了六号，让她一直保持着比较端庄的姿态。她可以想象四号购买脚上这双鞋子的过程。不探头探脑，径直入店，气氛庄重，也许肩膀上还夹着电话。他穿过打折区，不看标价签，直接拿下被神选中的一双，试穿，买单。他应该是商家最喜欢的上帝类型，预算宽松，入手迅速，限量版的主要消费对象。设计师的理念在他们身上才能实现真正的对接，而不是湮没于满五百免一百。他身上所有单品的购买过程，一定全部伴随着这种铁蓝色的果断。将来有一天，他会像他父亲那样，享受躬身半跪的试鞋服务，女售货员向他展示脑后一丝不苟的发髻，黑色丝袜被两个脚后跟顶得发白。她突然想，她是四号想要避开的那一类人吗？远看像同类，近看总觉得哪里不太对。不管怎样，六人里排次序，她不在食物链底端。

四号高于她的又一铁证，是他面对五号的镇定。空间逼仄，四腿交叉，痦子近在咫尺，他丝毫不为所苦。他右手边的六号，每件衣服都自带一段滚动播放的DV：霉味扑鼻的仓库，黑色塑料袋，江浙沪包邮，快递员小哥在公司前台大喊"兰馨月儿"。瞄一眼老板，镜头推成特写，偷偷对光确认有无明显瑕疵。跟拍，女厕所，反锁出一个带马桶的试衣间。吊牌不敢摘，巧妙地藏在后领处。在闷臭里吸气，飞快地拉上拉链，在缩水、开线及起球之前，洗手台镜子里出现一位五秒钟公主。

她视线下滑，杂志上出现这么一段：

> 如今，商品化入侵人心。服装不再仅仅用来遮身蔽体，而是人与人之间的角力。再羞于承认这种角力的人，也会为某次会议上洗得发白的运动裤而不安。

她锐利地看了六号一眼，还有五号，抑制住大声朗诵的冲动。车厢过于明亮整洁，五号左脸的黑瘤子成为一件被多角度打光的文物，变作这个车厢的核心。她控制不住自己，隔几分钟就要瞄一下，以确定此物在短时间内不会发生任何形变。

视线兜远一点，与他们并排的那一桌，牌局已经散了。熨烫至发亮的裤缝线，黑袜子，黑皮鞋，皮鞋上一道高光。得体跟随性不矛盾呀，起码她懂得欣赏这一点。二号一个慌张的动作引起了五号的关注，三号的笑容像是横着切开了脸。

列车在黑夜里运送一截光，运送着被钉死在座位上的人。一位黑夹克男从卫生间出来，极其艰难地走过过道。车身摇晃，他走在飓风里，一帧一帧地支撑身体，留下无数个截面。一只巨型蜈蚣走过，一路褪下两排脚。

他经过他们，奔向属于自己的、凝固的六人座。那人形搭建的巢穴，持续了十分钟，或者半小时的家。你已经不再自由，随时会被邻座的乘客顺利认出。

此时，二号起身，打算去洗手间。众人进入备战状态。五号用力贴紧座位靠背，尽量避免不必要的接触。四号站起来，这个动作促使他旁边的六号也站了起来。三号双手抱胸，任女性在他双腿的 M 形里进出，这复杂的肉体迷宫。想着等一下还要再来一次，工程浩大，四号直接站在过道里等。

机会。

她跟着起身，组成一个小分队。二号打头，迷宫顺利了一点。依然有个败笔，臀部在五号的膝盖上蹭了一下，还好，时间极短，短到那恼人的弹性，最终滑向了轻松。卫生间亮起了小红灯，她得等。视角换了，她站在会议室讲台，台下是黑压压的，临时小团体。四号，双手插袋的老朋友。粉色小点是六号的手机防尘塞。两个被座椅挡住的半圆形头部，发型翘一点的，是五号。他们是她不太亲的亲友团。

痦子还在。

车身晃动得极有规律，这晃动时刻都在，提醒你静止的不纯，就连厕所这样的密室也难以幸免。她翻检保洁记录本，辨认着龙飞凤舞的字体。这一小块地方，于她来说，是列车上仅有的、未开发的区域。其他地方，她未免太熟了，连某位男列车员中式英语的发音方式都了然于心。金属把手清洁冰凉，向左扳，世界暂停。镜中，她被迫开始看自己。光腿是不真实的肉色，衣物堆叠至膝下，脸上带着被抽打过的神情，胸前两团恼人的软。

五分钟后，她归队了。这次她是正对着男人们进来的，五号学得很快，他不再避让，公然叉着腿。在她和二号缺席的空当里，三号和五号似乎结成了同盟。也许，他们觉得，是她和二号先结盟的？四号耐心地等她和二号坐定。六号像把折叠伞，吧嗒一收，脚背勾着腿肚子。

嗨，小兄弟！这几个姑娘，你想带走哪个呀？

终于，终于开始了。她的直觉又灵了。三号的学生时代，肯定也这样调戏过班上的某个大傻子。他眼光很毒，能在素不相识的旅伴中，精准地选中调戏对象。五号的笑是羞赧的肉红色，一双泥色大手互相搓洗。这个配合太烂熟，以至于他的笑没有卡准时间，稍微提前了。

四号浑然不觉，他是去性别的。银白耳机线源源不断地给他输液，可能是重金属，也可能是古典乐，最不济，也是台湾小清新吧。六号的透肉黑丝、劣质香水、洇开的眼线，对四号不起任何作用。这童贞之神般的面孔，屹立在六人座。

指针在洁净的密闭空间内，安全地瞄准了 11 点。夜行动物开始兴奋，窗外黑漆漆的世界里，蛰伏着无数被隔绝的、一闪而过的、遥远的骚动。防水布帐篷，收拢了 60 瓦灯泡的黄光。啜饮时喉结滑动，大铁锅爆炒时腾起烟雾，霓虹灯笔画缺失。如果她不去厕所，一直蹲守，大家继续静得像死，是不是这一切就不会发生了？人总能找出一些节点，来暴露本性。臀部那一下是导火索？她向他们展示了活体山峦，所以她也有罪？那么六号呢？

她在背包侧袋摸索，平摊一本小说，举至眼前。

反复扫描几行汉字，读不出任何数据。视线上移，停留在书页的空白处。虚掉的背景里，是可以放心观察的二号。发色偏浅，眼珠颜色淡，眼角描着上扬的细黑眼线。二号跟四号，同批次出产的电视儿童，肤色在单元楼里捂出病号白。两人应该同时出现在某个时装杂志内页，穿着情侣款，同样的冷淡，同样的表情俭省，带着不明所以的高级感。身后是一片荒漠，抠图十分仔细，头发缝里都抠干净了。而他们身边的五号与六号，这两方手泽肥腻的镇纸，压住宣纸的新雪气味。

三号避开近在咫尺的实体对象，谈论他的心得、尺寸、手感。一些虚拟的女体进入了他们的谈论，可能是三号凭空捏出来，也可能是几个合成一个的精华，又或者是，道听途说的嫁接物种。相比之下，现实的人却消失了。她想知道，这些意淫对象里，她、二号，尤其是六号，各被采用了多少？显然，这语境让五号异常踏实。被吞票的紧张，女安检员的冷眼，B4检票口与A2的不同，到处埋伏的中英文双语警示牌，头顶岌岌可危的行李箱，快要压不住的烟瘾，这一系列的不安，被来自厂房宿舍的下流话安抚了，这份亲切的脏。黑色痦子被面部表情带动，像一只蠕动的黑色甲虫。他们有着奇怪的默契，嘴上功夫很足，却没有一个人看她、六号，或者二号，仿佛她们是缺席的，任何一位女士只要开口反驳，就会变成主动对号入座。咣，咣咣，列车反复撞击铁轨，后入式。以往被调戏的女性鬼影憧憧，没有任何一个人给予三号有力的回击，他越来越得心应手。那些被他口头玩弄过的纵容者们，如今把难题抛给了她。

设想，不具备威胁性的三号。十七岁，也可能是十八，念高中，穿着运动服款校服，宝蓝化纤裤子，侧面有两道白杠。还没有成为老手，恋着某位校花，像怀旧电影里经常演的那样。要给他安插一个水性杨花的母亲吗？不然，这轻浮态度的养成，也未免过于迅速。没有伤痛垫底，很难被原谅。或者，落魄的父亲，中年失婚，借酒浇愁，窗前剪影，烟头明灭。天色向晚，火烧云燎了半边天，挺动人。一定有某个时刻，三号收起猥琐，肩负宗教式的悲剧美。这个时刻是他精神保险箱的密码，要威逼利诱才能获得。原生家庭不在车内，可以承担起恶之源，像一个精神厕所，隔得远，没有异味。再小一点，十二岁，这是一个临界的年龄。十二岁的、临界的三号，在夜里醒来，发育的身体肿胀着，听见独居母亲房间内的异响。

她听过那异响，足以摧毁任何一个十二岁。她看上去是完好的，其实遍布冰裂纹。真想给三号来一榔头，不然他会觉得自己已经毕业了，可以顺利过女性这一关了。没有一把枪抵着，谁会痛哭流涕地承认痛苦呢？邻座产生了两位男性听众，暂时还没有加入，不过笑点踩得很准，其中一个烟鬼拿烟敲着手背。一出不能快进的好戏，现导现演，三号兴致更足了。

她无处可去。小说大概一指厚，非常涩，很密，撬不动。耳机没带。二号左后方出现一盏小红灯，极远，故意停了一会儿，咻地消失了。他们是一脸倦容的归人，驶过另一些人的梦，怎么可以内讧呢？

三号和五号牢不可分，只能考虑换掉四号。一个不那么冷面的四号，介于三号和五号之间，不会捉弄人，也不被人捉弄。等于多了一个看客，而且面对面，反馈及时。他真的可以这么中立？更有可能，他会加入这个雄性阵营，表演古板与正派，朝另一个方向拉扯五号，制造更高级的喜剧效果。那样的话，她连掩护都没有了。

那么，还是六号的问题，罪魁祸首，蛋上的一条缝。总有一些同类，用自身作为诱饵，击破她衔来无数细节、苦心搭建的壁垒。睫毛蕾丝短裙，低胸打底衫，斑驳的玫红指甲油，这难道不是在招徕什么吗？更可怕的是，六号没有姓名、年龄、职业，只剩下性别，三号们跟着当原始人。

当然是胖一点的好，摸起来舒服！

又有人加入了，来自过道对面，笑得很内行。电光石火之间，她错过了什么。三号开始直视六号，准确说，是瞄。瞄一下，错开，再瞄。这种做派的女人不算难搞，他成功过。清点记录，有一两个甚至与她非常相似。

　　过程都是循序渐进的。最终的指向应该是，六号骑跨在三号上方，不断地吸入、屙出阳具。宾馆的房间变作透明长方体，围坐着一圈看客，甚至包括了六号与三号本人。目前，所有人，都在朝着这个指向，紧锣密鼓地努力着。也许，在二号眼中，她不过是高阶版的六号。总有一天，她会骑跨高阶版的三号。

　　黑色痞子是没有年龄的，十二岁也救不了。

　　病毒在蔓延。前座有男人探过不知情的脸。再探几回，就会知道，这里有一场真人游戏。零成本，杀时间，花样百出。

　　飞速前进的密室尽头，出现一位乘务员。令人期待的即兴中断，破坏了节奏。

　　贯穿车厢的行走，大约1分钟。制服是分量感极恰当的紫。丝巾在颈部结成一颗疣。V领是一支下箭头，指向两座得体的突起。饱满的大腿在短裙上拱出活的、瞬息万变的褶皱，丝袜张紧，绷出冷金属色。短裙下伸出两根手指，白皙修长，浅口漆皮平跟鞋是指尖涂的黑色指甲油。手指前后交替，运送这人偶款款行来。车厢中部有一片倒伏，无非是几个男人搭上了话，小范围咸湿，眼神里闻得见醉意，火烫目光焊出S形身板。她走近了，越来越近，近到可以为所欲为，不等你出手，已悄然错开，永生不得相见。她走入钢铁巨鲸深处，身体的轴心在你看不见的地方悄然曳动，每一个动作都带着范本意味。

休止符之后，节奏加强。六号重新登台，被追灯盯住不放。要的就是这种忸怩，就是这种多人参与的、集体开发的过程。台下烟雾腾腾，几万只男人的手齐齐挥动，庞大鱼群般默契。一个肉靶，多人共用。

八岁的六号，和表姐在晒衣服的大箱子之间嬉戏。她们用毛巾卷成条，包娃娃，一根毛线勒出脖子，另一根勒出腰，基本成型。表姐用废纸捏两只小团，塞在娃娃平坦的胸部。她在旁边看着，脸上莫名一红，表姐解释：这样穿衣服比较好看。无人时，她变成了娃娃。两方手帕垫在胸部，制造夕阳下的影子女郎。侧面曲线非常曼妙，她打量许久，非常陶醉。后来，后来当然是被母亲发现，拉过来，搜身，扯出手帕，扇耳光，骂不要脸。三个字一出口，女儿不见了，多出了一个陌生的小女人，眼神不干不净，像偷窥性事被抓包的丫鬟，视网膜还滞留着情欲的残像。才八岁，就不纯洁了，以后不知道要拿她怎么办了，母亲一边用鸡毛掸子抽，一边叉着腰想。半大不小的年纪，小孩子是当不下去了，离大人还早，这么想着，又在她身上来了一下。

小腿记起了久远的皮肉之苦，那鞭鞭解痒的痉挛。它们被妥帖地藏在厚斜纹布材质的萝卜裤下，再也不敢臭美了。

她趁乱摸清了过道另一侧的格局。按照这边的分法，那边有三个三号、一个四号。男人们看上去互相认识。

没有五号和六号，三号就是正常的三号。精英模样，外表拾掇到你刚好能意识到这种拾掇。黑皮衣肩部没有头屑，贴近了能嗅见好闻的新皮子味。

狼是帅气的，是贴着夜色的黑闪电。羊很脏，不洁的白毛，失真的眼珠，案板上翻开的内脏，肉汤表面的浮沫，几日缭绕不去的膻气。这些都如同黑色的痦子，腌臜到必须被摧毁、被吞并，被吃干抹净，成为帅气的燃料。十年后的五号，二十年后，一只老羊，依然不依不饶地被老狼啃。一时羊，一世羊。她叹口长气。

这个袜子，穿了冷不冷？

三号用手指捏起一小块透明尼龙织物，六号哎呀一声，伸手去打，晚了，是哑的。指缝里一个小黑三角帐篷，刚支起，就平了。对面三个三号笑声震天，五号笑得很慢，他小心地观察六号，随时准备收回这笑。

怎么能触碰展品呢？

她看向窗外。漂亮的宝蓝灯链，嵌进夜的黑丝绒，粒粒晶亮，完好无损，勾出环城立交的弧线。寒夜之景冰镇着她的眼珠。

曾经，她有一个改签的机会，但她放弃了。她替换掉自己，假装坐在另一班车上。那趟列车比较正派，当时夕阳还在。庞大的金属机械物在漫天宝光里缓缓驶来，车窗上有块方方正正的红。炊烟根根，田野的绿浮起晚雾的蓝。路灯新亮，随时会被天光湮灭，想用手拢住。

如果能罩在怀旧的赭黄里，结局一定不一样。

六号觉出裸露的危险，用手提包遮住大腿。包不够大，只能分批次遮，隔一阵就换另一个部分。手提包是人造革材质，软得像另一双假手。六号陷入充满褶皱的不安。三号似笑非笑，把食指和拇指举高，先搓，再嗅，接着送到五号鼻下，五号慌忙避开了。

老派的调情，来自老港剧里的风流少侠。录像厅深处的少年，暗暗排练着遥不可及的触觉。几十年后，这个场面终于得以正式还原。香滑粉腻的活体，浅表性接触，肉体冰山，半公开的密室，你推我挡，不会将手粗暴伸入屏幕的观众。他框起现在的自己，放入年代久远的黑白荧幕。

他真的对六号有兴趣吗？如果他们都退场，他还会碰她吗？

她悄悄捻动食指。

还吃！再吃下去卖都没人要了！

十二岁的六号，前几天还被母亲骂"小小年纪就来月经"，现在已经可以"卖"了。"卖"字摁上脑门，嵌入皮肉，形成一枚直达裆下的按钮。骂一次，就启动一回。鹬鸟的尖喙下，粉嫩的、光洁无毛的蚌肉猛烈收缩。

卖。粉红灯光，大额纸币，扫黄报道里一排乌压压的头。闪光灯在漆黑的头顶上留下一圈高光。六号消化掉这个字，继续嗍螺蛳。舌头探进，在海腥气里拆开一枚小圆盖，曝出一粒肉来。黏答答，乳头大小，用门齿切断尾部。为了更加无耻一点，她吧唧嘴，抖腿，举高右手，张嘴去接。六号突然成了个老手，不抬头，不用目光挑衅，每个动作都在恰到好处地宣战，将母亲的情绪控制在爆破点以内。她逐渐点燃边上一对杏眼，使其亮如射灯。

这个年纪最丑，成人身形娃娃脸，贪吃、爆痘、爱偷窥，太肥或太瘦。性事结束，母亲提起隔壁小房间里那具嗷嗷待哺的身体，有"一双不干净的眼睛"。欲望的袋子瘪下去，困意上浮。父亲的脑海里，固执地残余着某个冬日午后，树影斑驳，人字呢黑大衣裹着沉甸甸的小女孩。三岁，也许是四岁，擎一支冰糖葫芦，颗颗红亮——爸爸可以帮你挡一挡。于是爸爸谈起呼啸而过的消防车、农学院门口的煎饼摊、黄嘴小雀，以及，美国一个老头把遗产留给狗。生理卫生课上，父母是少男少女们想起来的第一对交媾的男女。可是那又怎样呢？就近选择嘛。还有一些，母亲没跟父亲提——她也偷窥过她，她偷窥她刚成形的胸、胯、大腿，她对异性的态度。她们相互偷窥，在潜意识中攀比。她依旧天真烂漫，穿大码童装，水晶塑料凉鞋，裤子膝盖处缝着防止磨破的长颈鹿布贴。但她已经正儿八经地开始排卵，每月一次。

三号此时也许刚刚结束一场苦恋，在香烟烟雾的形状里辨认前女友的身体线条，卡拉也不能让他OK。女友离开小镇，嫁给了南方的小老板，走的时候粉泪莹然。她带走了他世界里所有的适龄女性，他统统看不见她们，无论是纺织厂的小张，还是供销社的小李。更简短点，那个双眼皮的，那个罗圈腿的。就算他在大街上遇见六号，顶多轻描淡写地看一眼，不上档次的胸，不上档次的腿。六号会为这来自年龄差的轻视发愤吗？用表姐抽屉里的断头唇膏宣战，或者，踩着对同龄男孩的鄙视，让自己显成熟一点；再或者，把母亲衣柜的服装挽件上身，在穿衣镜里上演换头大戏。

交手的时刻极其隐秘漫长，春夜的某个时刻，乘客的包围下，优劣重新洗牌。她的左右膝盖各有一个小凹坑，显得脆弱，呼唤着强有力的破坏。两条交配的蛇，裹在渔网袜里，互相纠缠。猎物引诱着猎手。

母亲不在这趟列车上。

再继续下去，她会完完全全地替换六号。她会使这件事变成六号的逆袭，三号其实是被设计的那一方。他上钩越深，她赢得越彻底。

夜灯密集，车内明亮，乘客身处双重璀璨之中，景色被横着刷出细丝。这人人端坐的夜总会。真想打碎这整洁，把他们连根铲起，放进某个小镇的台球室，或者国道旁边的小饭店，穿更放松的衣服，吃更放松的食物。摸两把也没关系，女人的尖叫更像是欢呼。这再也回不去的，淤泥中的纯情。烟头挤爆了易拉罐，花生壳被踢成一小堆，瓜子皮撒一身，隔一阵，就拍几把。空酒瓶子总会倒下那么一两只，地下满当当的空烟盒、竹签、面巾纸、纸杯、啤酒瓶盖，大家愉快地跳着走。搂抱的男女身后，三号的轮廓被辨认出来。他在极远处的路灯下，读一本小说。那份认真与夜车上的调情无异，出格者永远只爱出格。

他的出现比预想中的晚。

迟到的英雄，有点馊气。他要求六号跟他换个位置，在本应该给出解释的停顿里，他又把要求重复了一遍。他的座位就在他们后面一排，他的出手绝非偶然。六号敏锐地意识到，受害人跟婊子，她必须选一个。

六号带着她庞大的童年走了，新人带着"这就对了"的神情昂然入驻。

她避开那灼灼的探照，他们这群懦弱的娘家人，一一在外来者的视网膜上成像，是罪犯存档拍照。五号缩得极小，四号更淡了，二号近乎透明。新人将压轴留给了三号，他前倾上身，扬起下巴，慢悠悠地整理衣服下摆。很久没有审判了，他要慢慢享用。

她保持着表面上的低眉顺眼，就像她刚才保持着表面上的视而不见。

他跟三号是截然相反的吗？不。很可能，他是他的另一个分支。独居母亲卧室的异响让他攥紧了拳头，他在她面前摔摔打打，他在她梳妆打扮的时候盯紧她，他释放出血脉中属于父亲那一方的鄙夷与醋劲。五岁，他用鞋底蹾死一对交尾的飞蛾；二十五岁，他一边冲撞一边气喘吁吁地命令身下人：说老公我好舒服！快说！

三号主动终止了与五号的友谊，望向过道对面的邻座，邻座们郑重地抱怨房价的不合理，他们没有给他留下哪怕一条缝。没有票根，没有任何证据证明他们参与过，散场后的观众最无情。三号开始看窗外，他的悠闲过于认真，以至于他发现了一个规律：近处的景物跑得快，远处的跑得慢。最远处，近乎不动，是固定的轴心。高楼上有奇怪的尖顶，亮如毒蕈。车厢是临时收容所，旅客从甲逃到乙，再从乙逃到甲。车厢里年轻人太少，婴儿缺失，像某一个灰扑扑的人生阶段。

自动门开合一致的时候，能够接连看穿好几节车厢。每个人都在心里或多或少地渴望清场，渴望拿掉这自己也有份的芜杂，观赏整齐划一的机械美。车门上方滚动播放着当前的时速，行李的杂乱打破了"梦之蓝"广告牌的有序。所有人正确地坐在红蓝混色的座椅里，受困于一种崭新的熟悉。

刊于《特区文学》2021 年第 1 期

赝品

张龙应

阴天太久，总想来点狠的。

比如点麻辣锅底，比如举手召唤冰啤。再比如，在三人不断错开身位，走向公交站台的时候，揪着刚才捆绑消费的话题不放。

维他奶的甜度还停在喉头，消防梯出现了。生铁颜色，焊接处有点肿，轻微锈迹，反而感觉更结实。它意味着，这条路已经过半，公交站近在眼前。该收了，欢欢却没有熄火的意思，龙应只好绕圈盘旋，准备迫降。

摩托车仔瞅见新面孔，很快就逮着欢欢围攻。

不用你就说不用，为什么还要加个谢谢？龙应拧开冰红茶，朝喉咙里倒。

欢欢终于脱身，朝龙应吠几声，趁乱薅过饮料，灌一口，让给大炜。大炜看龙应一眼，摆手让回，欢欢一气喝干，隔着马路投三分，偏了。

龙应走过去，捡了空瓶，狠狠干进垃圾桶。304 路进站，大炜喊：快快！龙应在一波电动车流后东张西望，大炜摸出一把硬币先投了，欢欢伛偻着，装老弱病残，拖时间。龙应蹿上来，顺手一掌，让他原地复活。车门捧着他们的背，缓缓闭合。

三人挤到车厢中部，六条手臂挂上吊环，头朝外，背靠背，临时小黑帮。意念中有一场扫射，车厢里狼烟四起，马步要扎稳，好等尘烟散尽，显出岿然不动的身板来。其实呢，无非是各荡各的小秋千，倚着肱二头肌，看野眼。

视野交叠处，有几块扇形的公共区域。哇哦！欢欢使出了纯正的大炜式欢呼，龙应只瞥到一截银灰柱体、一弯红嘴及一口白牙。因为角度偏差，大炜甚至什么都没看见。这并不妨碍他朝着八点钟方向比兰花指，学 S 形美女擦香皂。龙应看懂了，他是扮演欢欢，在大庭广众之下，洗淋浴。

他笑了几声，很快就厌倦了这种钻入他人身体的小把戏，三人阵里，这一块明显塌陷了。

有个女人收了束玫瑰，挺不好意思，像抱大葱一样抱着。花束举在龙应口鼻附近，没有香味。一卷不规则的红色，柔软、重叠，丝绒质地，富含水分。相比于这车厢，它过于正式了。隔一阵，龙应就瞄它一眼，它没有任何疲态。

公交车带着他们浏览马路中间的圆形大坑，360 度无死角，被白铁皮围起来，里面有许多戴着安全帽的小黄人。马路的表层被钻开，下层被挖空，泥水锈黄，非常蛮荒。一小截树根被砍断，断口带着愤怒的鲜洁。中年男人看挖掘机挖土。LED 广告牌晶晶亮，投在老远的一摊积水里。花白头发的老女人抖落烟灰，像是自盐碱地跋涉而来。

黄其龙搬去女朋友那边住，把滑板留给楼下的老张。老张收停车费更方便了，看见有车就咻一下飞过去。修车的刀疤脸沉迷打牌，车胎破了，只换不补。卷蛋饼的男人用一只抹水泥的小铲子翻动面皮，折叠，切断，动作讲究，人也秀气。他以前应该蛮有派头，后来落魄了。每次从他手里接过横平竖直的蛋饼，龙应都觉得这是他以往生活的遗迹，让人伤心。楼下车库有家理发店新开，十元一位，大炜去试剪，不比街上十五块的那家差。他们一窝蜂上门，老板问要剪什么样的，人人都说要上一个那样的，结果出来三个复制人。

复制人里，最晚一个离开饭桌的是大炜。

吃不完么倒掉好了呀。欢欢看不下去了。

大炜笑笑，用面饼去擦盘子里的汁。他打娘胎里就负责光盘了，他的胖是好人胖。

一个月后，头发又长了，他们打算再去复制一回。对面新开一家网咖，叫 1988，开业酬宾，一小时一块。周末，欢欢去奶站拿牛奶，三人顺道进去打怪，一不小心，打掉五十块。

回来的时候一栋楼都睡了，楼道灯照黄了楼梯，他们仨就像在密室里找金子。脑袋上的毛多活了一天，翘着。三人开了门，彻底被眼前的书、过期发胶、小风扇及二手洗衣机拉进不真实的真实。厨房堆着大炜收集的快递盒子，大的套着小的。装杨梅的小网篮里塞满各种备用塑料袋。欢欢的《桌游志》贴着墙角摞到膝盖高。这个房间越来越不帅气了，他们住太久，个个都住成了老奶奶。

黄其龙来过几次，他似乎比以前慢了一拍，好一会儿才复原。他来放风几个钟头，又回去了。龙应在朋友圈看到他拍的几张家常菜，还有女友烘的小蛋糕。他尝到了甜头，永远不会回头了。

菜场的地面是汗湿的黑色脊背。哪里都黏答答，哪里都不干净。千人踏万人踩的泥水，站久了，脚底那一小块生出一点亲切，不那么脏了。

番茄一个，土豆俩，鸡蛋……鸡蛋买了没？

龙应回头一看，大炜跟欢欢各抢一把芹菜，对砍。算了，等下经过凉皮摊，两位一定失踪，不指望。刘姐的卤菜店起码可以贡献四个菜，应该足够了。上次他们不就坐在一堆外卖盒子里吃满汉全席吗？

龙应盯着电子秤，防止他们做手脚。两个菜椒就要一块五？冬瓜西施用慢动作称了一遍，分毫不差，还饶了他两角。他脸一红，挤出一点无耻笑。两个更无耻的在猪肉摊前互踹，妈的，真想加入他们。

公共厕所门口蹲着一只病猫，拳头大，雪白，脑门正中一点米灰——一朵猫形蒲公英，过于细巧，吹一口气就会飞散。他看一眼，头也不回地走了。

豆腐白，猪血红，水面筋肉嘟嘟，切开的横截面是年轮。每次他都买散装米，数好人头，一人一把，捏紧拳头，平举到电饭锅上空，松开。米流徐徐，擦着掌心。操作过程非常精确，依然每次都剩，在袋底挤成小三角，放到发霉，飞出灰扑扑的米蛾子。剩下的土豆总是会发芽，大炜总是把它们埋进花盆，忘记浇水，最后干死。下次再买，再发芽，把上次种的挖出来，埋进新的。

龙应把充电宝插头拔下，插上电饭锅。葱绿，姜黄，蒜白，切完记得别揉眼。大炜过来洗菜，顺便偷吃。某个醉酒之夜，他俩深聊过，大炜提到他奶奶——在村口站着，等着"乖孙大炜"回来吃她腌的咸鸭蛋。那些蛋早臭了，家里人隔一阵就去超市买一批新的，偷偷换掉。他不记得当时自己透露了什么，可能大炜看见他的时候也自动想着谁，硌在他心上，也硌着大炜。

他把大炜洗过的菜又洗了两遍，才放心。

今天下午抄煤气，抄表的瘦女人用铁掌砸门，三人睡午觉，都没听见。还是龙应拼了老命爬起来，套上T恤，放她进来。女人捏一支小号手电筒，杵着十厘米左右的黄光，在水池下的柜子深处挖了一阵。女人走后，龙应在大炜跟欢欢门上各来了一脚：叫你装死！一脚过后，两间房内同时响起巨鼾。

床正中有一个人形凹陷，热乎气还在，却死活摁不回去了，龙应索性撩开窗帘，让内外时间线一致。楼下是一个十字路口，电线从对角凌空穿过，大街洁净如洗，沥青被踏得发亮。回头看房间，整个都被困在赭红的调子里。桌子是上了清漆的实木，更像是鞣制过的皮革。窗帘是奶黄，一只方凳，也是奶黄，轻巧，闺阁气，室内万年不见阳光的阴凉，让人很想翻过来晒一晒。房间就是这么固执，里总是里，外永远是外。上一个房子在彩香新村，色彩浓郁，每次进屋就像被染一次色，感觉自己越来越暗。人声在鼻子底下蠕动，行人表情清晰可见，他眯起眼睛，望向大街尽头。

周建国

大街尽头是一家面馆。

进门朝左，一张方案，老板把一只面团摔出肉响。炉火被鼓风机吹得啵啵吐，金红绢纱毛了边，下沿钩在锅台上。老板娘蹲在地上切牛肉，砧板搁得矮，两腿分开，脚撇成外八字，脚背把黑布鞋拱得满满，看得见脚趾的高低起伏。肉片不够老，截面是令人生疑的嫩红。切好，捏一撮，做浇头。房间很浅，像只簸箕，市井气涌进来，很快就见了底。快两点了，店里零星几位晚客。其中一位，瘦，高，后背一串脊柱珠子，伸一伸，咯咯响。

他付了钱，折回大街，试着重新加入棒球服少女、快递小哥、中年夫妻以及修鞋匠的行列。很快，周建国就与面馆没有任何关系了。此时，那个男人正走过汉庭宾馆。一个女人蹲在下水道口杀鱼，一手钳住鱼身，食指一抠带出鳃，秀气又凶狠。水龙头开着，水流笔直，绝细。女人捻动指尖，冲净血迹。某个钦定的时辰已到，她扬起上身，控住鱼腹，拿刀比画。他毅然放弃了开膛破肚的一幕，斜穿北街，以中和刚才的专注。他微微侧脸，以躲避想象中的喷溅。一小块洁白、过于黏腻的平静，在呼吸里起伏——鱼肚最后的残像被右边的居民楼取代。楼身干燥，是截然不同的质地，粉黄墙壁染着黛黑花影。背景换成青灰砖墙，男人暗了一个度，背着手，停在卖香瓜的平车前。保安横跨大楼的中缝线，杂货店涌出永远卖不完的商品，售楼处太空像太空舱。他错过了一段，男人摆摆手，走了。卖香瓜的不甘心，在后面追着喊。香瓜堆得很高，汁液饱满，等着被剖开、食用。在一只一只被卖出之前，无数的圆，被阳光灼烤，里面储存着没有尽头的时间，像死不了的活物。

　　一个抱小孩的女人问他是不是在找人。她被两支长长的金耳坠左右挟持，脖颈僵硬。小孩有点沉，在衣服堆里下坠，女人周期性地把他向上颠一颠。她颠了三四回，周建国想起该走了，还好，目标没丢，他开始小跑。再回想女人的脸，金坠子晃动得极其剧烈，干扰了记忆。

　　说实话，这一带周建国不熟，他的单位在城东，这里已经算城北。花鸟市场、二号桥、时代广场，这些地名他从未听过，他被魇在无穷无尽的新奇里。街道是开放式的，左右的景色卡片缓缓向后抽动。乏味的、线性的天空，像极了 LED 天幕屏，显示出蓝天白云的屏保图案。其间手机响了几回，球友约他吃饭，头儿通知他后天加班，老吴问他大学同学的新号，王俐让他去妇幼保健院领叶酸。这些消息围拢成一条缺席的人形，让奇异感更加强烈。

五月中旬的太阳了，周建国脑门冒汗，白衬衫后背湿成深色。偶尔的阴凉里，他跌回长期蛰伏的办公室，吸食白炽灯的幽凉。也许，他需要浸入那种人工光源里，冷却一下。三秒后，他再次进入烈日的狙击范围，忍耐着腐蚀性极强的亮。男人比他早一步经历着这些明与暗，拐上了幸福中路。周建国给王俐买电动车时来过，那时这里一片荒凉，桥还没修好，河上搭了木板让行人通过，板缝里看得见桥下的脏水，深褐色，鼓着小白泡泡。

在被选定之前，男人很普通。自从将他从拼图里抠下，这一块就永远拼不回去了。也许，可以借王俐一用。王俐是一只强有力的扳手，擅长决定乞丐的真假，人为判断哪一个值得投掷硬币。她会拎着刚在别人家买的草莓，悠着，公然走过被他们抛弃的熟摊子。摊主老张忠实的牛眼跟着她，展开了艰难的扇形，他莫名觉得沉重而她却十分轻松。佻达的恶、娇俏的促狭，那些她自己声称的、那些他额外观察到的，"王俐化"的一切。他努力穿上它们，感受着那种小一码的弹性。他透过王俐的滤镜看这个男人——眼皮薄，下巴方，黧黑面皮。眉骨有暗疤，耳边有黑痣。

不，不对。王俐不会在大街上选人，她会直接剪掉线头，而不是像他一样源源不断地抽出它，并且渴望抽完。身边有人挑了刚上市的樱桃，擦肩而过的刹那，一篮小圆珠子红红黄黄。他舌底一松，嘴里全是口水。王俐瞬间无影无踪，而那人已经在车站。

摩托车仔荡来荡去，他们不来烦他们。马路对面有人在电焊，阳光下，火星清凉透明，颗粒圆润。男人从口袋摸根烟，拉直了，栽到嘴上，点着，烟味隔好久才到。周建国抬腕看表，表盘有轻微磨损，指针纤细。下一站，富源小区。接下来是：实验小学、人民医院、新华书店、老年活动中心。站与站之间，字距均匀，印刷清晰，首发与末班时刻明确无误，无须费心猜测。

树影浅淡交杂，一块巨大的烂花绡罩下来，人们在里面钻来钻去。他和他之间，不断有人走动，构图瞬息万变。男人把袖子往上抹，后背抵着广告牌，使其产生了轻微的形变。广告牌上是一片广袤的绿，先从边角看起。好，稍微左移，不要太过。大胆一点，正常一点。泥色的左手入镜，没错，是六指，拇指外侧。

这么多年，只有他符合。

304 路进站，下来一些新的人，摩托车仔散了，他暴露在空气中。车门前迅速结了长队，男人在队尾。他跟上去，松松地站在外围。一个眼镜男比他站得更远，似乎是铁了心要压轴。男人的烟只剩短短的一截，还是宝贵地呶着。他找到个刁钻的角度，又看见它了。它很小，像男童的阳物。男人伸手时，总有点若有若无的羞赧。恰恰是它，繁育出了他。其他人过于光溜溜，丧失了可能性。他坚信，他没有做手术，他留着它，作为指认的标记。

他让眼镜男隔在他们中间，避免过于灼热的注视。车厢里一股车味，暗，凉，空调劲道。他吞下唾液像吞下一个浪头。他终于停下来了，他需要停下来。车厢的金属扶杆漆成鲜黄，遍布细密的防滑点，从他拳头出发，直通男人手心，令人眩晕。

倒后镜里有个男人在追公交，而记忆挂在车后，在加速的尾气里悠悠腾起，像破损的降落伞。

黄其龙

他追公交，完全是拜她所赐。

他突然想跑，想甩开人群，迈过某个节点，纵身跃入车腹。而她，跟在他身后，趿着细带凉拖，吧嗒吧嗒，懒洋洋。追上，追不上，都可以。

之前，他撞见过她俩几回，客厅有烟味。一开始她还会说哎呀我还有点事先走了，后来就没事了，他们简单点个头，烟也不用掐。再后来，红南京换红双喜，指甲油给掉漆的打火机上釉。

我以为你不会跟她这种人玩到一起。

哪种人？

他笑笑，重新开个头。你们是怎么认识的？

当时她在洗手池洗脚——王慧把左腿搬上不锈钢洗手台：像这样！她在洗脚，我刚好上完厕所出来，跟她两眼这么一对，两人都笑疯了。

这段他听过，既然刚才说错话了，那就再听一遍。

哎哎！你不觉得这样很可爱吗？王慧右臂伸了个半圆，大腿绷紧，好像在等着咔嚓一声。

还行吧，挺可爱的。

超可爱的！你想想吧，一步裙，职业装，脚这么一跷。她说下雨，脚上有脏水，得冲冲。

是吧。可爱。

化妆镜一尘不染，紫外线消毒灯长亮不灭，白领丽人跷起一只打破秩序的腿。这种慵懒的冷艳，被误读为儿时溪边洗脚的乡愁。

有些段落王慧讲了好几遍，有些却一点儿也没透露。2009 年那会，整个公司没几个人有支付宝，王慧有。她找她代付，王慧算错账，她伸过夹烟的右手，小心地避过燃着的烟头，弹了一下王慧的脑袋：你这丫头疯啦，帮人付钱还要倒贴？之前有人赌咒，说亲眼看到她从李总的福特上下来。那又怎么样呢？一个艳丽刁蛮的小母亲，在烟雾袅袅里，像对着李总笑那样，对着她笑。王慧彻底臣服。

窗外长夏漫漫，她的脚很白，盛在软牛皮纯黑凉拖里，冒着冷气。两根宽带子 X 形交叉，隐秘地影响了那年夏天王慧的审美。后来他收拾鞋柜，在四五双鱼嘴高跟鞋上看出它的影子。

又来了。大灯一关，王慧的眼神、动作、声音，都换成了她。

每次他都想着要不要来个大耳刮子，每次都还没等他想好，王慧就扑哧笑了出来。

说嘛说嘛，如果是她呢？

没有如果。

万一呢？

没有万一。

他受够了，打算来个了断。周五下午，他下了早班，走进玄关就闻见一种人工香，混着指甲油味。王慧从一地快递袋里蹦出来，穿着新买的透明睡裙，一把揪住他的领带。他一边护着脖子，一边朝卧室退。

好看吗？咱俩一起买的，一个款。她是粉色，我是黑色。

他虎着脸，勒令自己划清界限，不然以后王慧会更像她。皮带扣有点难解，他说：我来。之后，他还是忍不住享受起来，他没有想象中那么坚定。

怎么样？

什么怎么样？

王慧哼一声，背对着他。

她悄悄潜入卧室，通过王慧的脚尖拨弄他 —— 他一把掸掉。她又拨，直到他握住王慧的脚脖子，挠她脚心。王慧踢得很厉害，抓他腋下，两人滚成一团。

有人在天花板上。

王慧哇呀大叫起来，胸前两团一颤，顺势朝他怀里一倒，他笑了。

她在看着咱们。

你是不是想被她看呀？

不对不对，又偏了。他跟自己说，不要急。床头柜的抽屉把手上挂着令人安心的黄铜小铁环，他可以反复拨弄。一个冰镇的，客观的空心圆。

其实我不喜欢她。怎么说呢，她人不错，但不是我喜欢的类型。

他把一只绒毛公仔拿到床上来，非常仔细地抚摸它。一辆鸣笛的警车经过窗外，他耐心地等它开远。

当然了，你有你交友的自由。但是有一点你要清楚，我一点儿也不憧憬跟她有点什么。简单说吧，就算你俩站一块儿，重新让我选，我还是毫不犹豫地选你。

王慧想了想，避开了他的手，开始摸公仔。这种剖白像果实，收割了一次就要等很久，不能打断。

你认为她那么受欢迎，对每个男人都是通杀的，其实不是的。

正摸，公仔的毛是银灰色；反摸，是烟灰色。

其实不是的——那么，是怎样的？王慧没追问，他得提防着。她靠过来，在臂弯里，沉沉的。沉沉的，是双份大脑的重量。没多久，他觉得胳膊有点酸。

黄其龙，你说，咱俩要是分了，没可能了，你会喜欢她吗？

不会。

要是你根本就不认识我呢，会吗？

什么？

假如。假如你俩青梅竹马，假如你不认识我。

这个圈套他认得，他以前钻过，损失了夫人与兵。这一回，王慧的神态有点不一样，她幕后有人。

公交还是开走了，他们失去了站在爱心专座旁边正常聊天的机会。接下来是港式茶餐厅，两人中间插着一枝小玫瑰，是真花，总是遮住她的一小部分下巴。他侧过头，大着胆子，通过咀嚼的唇形，拼贴她私密的模样。结果其实也还好，主要的诱惑力来自：王慧一定也拼贴过。这一点让他觉得，他可以代替王慧深入她。

她带王慧去酒吧，玩过十二点，王慧打电话来，十句话里八句笑，还拍桌子。他喂了几声，换成了她的声音，报了个地址，叫他去接。他在舞池边上把王慧挖出来，拖上出租车。王慧马上就开始展示刚学到的，一脸刚被开化的自豪。她喜欢这样。她的意思是，有了她，就等于有了俩。但是，由奢入俭难哪。

不论如何，王慧将她一点一点地传送过来，现在终于完整了。茶餐厅的落地窗一尘不染，街景被裱了起来，立着，动着，但不靠近。乞丐离他们大概几十米，而行人很静，梧桐很老，公交车很新。

周建国

公交车很新，像刚装修好的客厅。陌生人来来去去，是会动的静物，他们并不交谈。

车辆航行在波光粼粼的路面，路面起伏不定，表层蠕动着密密的黑色柏油颗粒。乘客被这不易觉察的颠簸所控，关节松懈，搭扣崩坏，分解为一堆零部件，散在座椅深处。车窗外，贴着蓝色反光条的护栏不断跃动，如猛烈弹奏的钢琴内部。街道在困意中沉淀，分层。最上方是无尽、悠远的晴空，飞机线的末端融进细云；往下一点，蓬松树冠一团团，由无数披针形、卵形的小碎屑组成，蜡质绿，绒面绿。它们聚拢，摇摆，翻动，彼此摩擦，沙沙作响，偶有几片在碧天里逃窜；店铺与人群是暗色的底座，酒店通体深灰，墓地般严整。纯人工的商场，人工程度之深，深如热带雨林。彩灯密集如藤蔓缠绕，字蚁爬满招牌，火锅店门口矗立着色彩艳丽的巨型充气吉祥物。

前方停靠，第二实小。学校已是空壳，小操场空荡荡，滑梯破败。某间教室被推翻，露出私密的洁白内壁。断面是扯断的钢筋，感觉是铁笼子被强行砌进砖块里，又挣了出来。一小块蓝天困在废墙洞里。他也曾被困于此，翘课，逃家，那时晋源桥后面还是农田，一望无际，没有阻拦，而教室和家都有墙，都有边界。二十八年前，太远的大远景，镜头脏成晕黄，油菜花深处，他哭过他的兔子、数学作业，还有走失了的六指爸爸。

走失了的六指爸爸，碎如齑粉，撒入他的人生之汤，再寻不见。他无父的八十年代。漫长的清晨，上午，下午，黄昏，夜晚。奶奶身上总有轻微的尿味。田野绿油油，或者白茫茫。每次从幼儿园回来，他坚持执行那个羞耻隐秘的约定，里间阴暗，母亲的乳房饱满，清凉，没有甜味。他缠住她，吸干她，以防她再嫁。他痛恨她打扮，游乐园那次是苦肉计，刘叔叔是冤枉的。为了玩具枪、胡楂与笑容，他差点把一个外人放进来。如果你走是因为被嫌弃，那么我来帮你铲平障碍。寻人启事的照片旧了，里面的人一直很新。十岁，二十岁，三十岁。他慢慢接近他，超过他，可他从来没有停止找他。每次王俐要分手，他都会搬出他，扮演受伤的小狗，演着演着就真哭了。哭完了觉得空荡荡，感觉是主动卖了一次。下次哭起来会更难，份额终于用完。他不想再换个人重新捋一遍，不想再次在进阶中自耗，于是他娶了她。

车窗太多，四周太亮，无处可容身。司机运送一批人，当街示众。绿树后退，云一直跟着，有两层，轻微交错。路灯是卵白色，卧在枝杈间。蓬蓬裙隔开了他和男人，粉色欧根纱蓬蓬裙，装着一只粉色小姑娘，一束小人花，嫩生生，被一只手臂箍紧。笔挺的西装料子，老式复写纸那种深蓝，肘弯处的褶皱繁复，年轻爸爸的肉身饱满、实在，不会走丢，也没有变老。

郊区风味愈发浓厚，路面变宽。路口保留着大型绿化带，保守、笨重，旧风味的转盘花园。黄杨和冬青间种，点缀着女贞，拼成一些色块。吊环晃荡，报站频率均匀，男人一直没有要下车的迹象。他任由车身摇晃着自己，像是一路被人求情却无动于衷。他永远，不会上前问他，你是吗？如果你是，只要你是，虽然已经晚了，爸爸永远是爸爸。密云层叠，黑红交错，像翻开的内脏。他和他被关在车里，一起游街。他从来就没离开过，他通过他，远程操纵着这个家，如果可以称为家的话。他遛着他，让他从城西绕到城北，保持一米半径，不上前也不放弃，关机，忘掉晚饭。他强迫母亲一起等他，尽管他从来没有在场过。发小的爸爸要认他做干儿子，当时气氛太热烈，他拒绝不了。他只能像前方的马路一样，被开膛破肚，植入轰隆作响的铁轨。再过几个月，撤掉蓝铁皮，路面一如往常，地下已被掏空，不见天日的铁龙来回飞驰，他叫了别人爸爸，失了贞。市一中站，学生们上车来陪他，陪那个年年在自己成绩单上签字的他。他被发现过，被揪到办公室，这完全在他意料之中，最终，他让发火的女班主任红了眼眶。一车的蓝白校服，白是少年白，蓝是父亲蓝。无数次，他梦见他回来，他带着他到处炫耀，来介绍一下这是我爸。他觉得他应该在南方打工，广州之类的。他知道他可能不太体面，放心，我不会亏待你的，你儿子不是那种人。他是他永远的忠犬。他有存款，他可以让他过得更好。他会给他买几身好衣裳，让他搓搓小麻将，在棋牌室里吹吹我家建国。也许，他有另外一个家，另外一个老婆，另外一个儿子。对称结构，就像蝴蝶翅膀。日久他乡是故乡，旧地重游，旧地已被翻新，旧的是你。越不敢回来，就越不敢回来。我也是别人的干儿子，我怎么会怪你呢爸。母亲早被他问烦了，记忆渐渐丧失精准性，沦为半虚构，很多细节每次讲都不一样。有一点是确定的，他走的时候他还不会说话，他从来没有叫过他。导师，老总，岳父，都是他的演练对象，他早就出师了。每个人都夸他，哎哟小伙子真不错，每个人都享受过他亲生的服务，唯独他没有。让我们从头开始吧，是时候了。余晖漫上车身，乘客腌成蜜黄。车辆转弯，车窗进行了复杂的反光切换。是时候了，过去早已败了色，是时候进行二次粉刷了。趁他还没有为人父，趁他还是个纯粹的儿子。再不回来，他会被新生儿衬托得更老，变回照片上年轻的爷爷。别扭的年轻爷爷，就像远处的山脊，平缓沉静，线条还在，却丧失了颜色。夕阳无限好，天色一点一点被偷换，正如他和他快进了的人生。

黄其龙

光线极暗，桌面以下，什么都看不清，感觉是在齐腰深的浑水里蹚。台球桌绿茸茸的，边上坐着乌黑油亮的胖女人。

这是一家清吧，同事带他来过一回。上次，胖女人在台上唱歌，一把烟嗓，像条干燥的舌头，伸到台下，到处舔。这次只有几个老外在打台球。一只小射灯对准钢琴上方，那一小块在静静地燃烧，看上去很烫。十全街这么长，能找到这家，算是他的极限了。你不能把一个穿细吊带的女孩子带到电玩城、网咖，或者小公园。王慧可以跟你过家家，她不能。

酒水单写在一块小黑板上，每种都不太合适，还是等她从洗手间回来再说吧。落座不久，吧台小妹送来一扎生啤。他四处张望，在吧台的高脚凳上找到她，她扬起一杯红色鸡尾酒，朝他笑。

他跟过去。生啤搁下来的时候，泼出了一点。算了，就当是彩排。

这下面，是樱桃？

她晃一晃酒杯，杯壁挂一层红，飞快地淡了。洒水车驶过，唱着单调的《兰花草》。循环到第二遍，樱桃已擎至唇边。

张嘴。

他看着樱桃。樱桃纹丝不动，浑圆，饱满，中间一道浅沟。

她及时噙住它，一滴残酒自樱桃梗滑落。

你来这里，没跟王慧说一声？

不用。

她把杯口凑过来，歪着，有发丝扫上他的手背。两人盯着液面，直至酡红跌入金黄，散成好大一片。生啤受了伤。

右上方有台小电视，音量调得很小。中央五套，跳水，亲切的蓝莹莹。

你老家哪儿的？

王慧没跟你说过？

现在是我在问你。

鸡尾酒逐渐融入，生啤变作赤金色。杯底晕开一层浅霞，他抿了一口。一只小烛台摆在他们中间，火苗很乖巧，一寸高，静静啜着烛油。这个黄澄澄的黑洞穴里，他不是他，她也不是她。四周真的太暗了，得用探照灯扫一扫，祛祛魅。

你属龙？

不是啊。干吗？

那你为什么叫黄其龙？

因为我弟弟叫黄其虎。

她一愣，大笑起来。老外们被惊扰了，面面相觑，好一阵才重新弯腰推杆。他耐心地等她笑完。

骗你的。

我说呢，王慧没跟我提过。她拿过他的红南京，抽出一根，自己点了。有一瞬间，引信开始噼噼啪啪，又被摁灭了。

吧台是原木的，右手边有个很大的疤，像一张脸被拍平，嵌了进去。投影没有开，幕布挂在暗处，变成一扇裸窗，把墙壁挖出空白。吧台小妹眼影冰蓝，指甲漆黑，腰部有一只结实、不合格的小肚腩。靠门的桌边坐着后背笔直的少女，学生模样，纯洁，突兀。相比之下，他和她是出生于此、被使用太久的人形家具。从吧台望向街道，一辆车就是一只刨子，刨得路面溜光水滑。算了，两根湿柴，点不着的。他灌下最后一口酒，准备撤。

两人出了门，大街上异香销魂。烧烤出摊了，肉串起了烟，吱吱叫，她走不动了。他笑笑，带头坐下来。一张小桌摇摇欲坠，一次性筷子布满毛刺，两个刚收工的演员。

他点荤，她点素。烤好之后，变成她吃荤。

刚不是说不吃死猫死狗肉的吗？

她终于捶他了，像王慧那样。她的手很瘦，柔弱无骨，拳头小小一颗。捶完了，一个小凹坑，半天缓不过来。

哎哎，你不吃吗？

看你吃啊。

少来！烤韭菜，尝尝。

辣酱沾在她嘴边，他以为是口红，朝她比画，她抢过纸巾，胡乱抹一阵。烤韭菜的确不错，不过辣酱真的太猛了。他问老板有没有什么喝的，胖男人在围裙兜里摸索一阵，甩来两袋速食紫菜汤包，带着体温。热水瓶和一次性小碗就在煤气罐边上，自己 DIY。他偷偷环顾一圈，她应该属于食客里的女王，他挺乐意在这个地方伺候她，梧桐叶子在头顶晃着，树干上缠着电线。临时搭建的小棚子，有种兵荒马乱的浪漫，让人放松。

她被辣得嘶嘶叫，没那么高级了。她和王慧单独待着的时候，估计就是这样。叽叽咕咕，说个不停，好像在煮着什么。他一出现，她俩就关火。不远处的杂货店门口，脏兮兮的老头蹲在地上，拿白粉笔写美术字。地砖是九宫格，字是大楷，空心，工整到毛骨悚然：

一切反动派都是纸老虎

有人避开字迹，有人踩过它们，有人一只脚踏入，停下来看，又离开。这个夜晚就要结束了。还是有点新料的，王慧应该没听过，也可能是被过滤了。看来在洗手池洗脚，的确是某种乡愁。

也不过如此嘛。他把左手伸进裤兜，悄悄开了机。

张龙应

门铃响。欢欢回来了，身后跟着个寸头，自称姓陈，陈平。

我以前有个同学，叫陈安。寸头笑一笑，让了烟，龙应在围裙上擦擦手，点了。

把这个摘了。欢欢帮龙应卸了围裙，露出 T 恤胸口一只骷髅头。这下好多了，不像老爸爸了。

坐。

大炜一臂荡开桌面的杂物，清出一小块待客的区域，供上一只烟灰缸。刚洗好，水淋淋的。寸头很配合，赶忙弹一弹。一时无话，大家脸对脸，猛抽烟，客厅像是用了烟幕弹。过一阵，尼古丁终于起作用了，众人松动了些，照例加一圈微信。

龙应端着白斩鸡从天而降，香烟在指间袅袅，围裙又穿上了。他脸一沉，欢欢立刻变成狗腿子，把桌上的废墟请到沙发上，露出光秃秃的餐桌。桌上铺一张亚麻桌布，四角绣花。它来自上一任女房客，跟他们没有半毛钱的关系。跟他们有关系的是，亚麻桌布上加了一层PVC防水垫，油腻腻的，黏胳膊。不要紧，他们可以架着两手，悬空吃，像写毛笔字那样。除了龙应，龙应不摘围裙，不摘袖套，吃完了，一剥，还是一个干净芯子。

菜上齐了，芹菜碧绿，炖蛋奶黄，青花瓷碟边上破了口。大炜刚咬开一瓶啤酒，一只开瓶器飞过他们头顶，击中了储物间的推拉门，铿然落地。

怕啥？穷讲究！欢欢嚼一口花生米，拿过酒瓶就吹。

龙应一把夺过，撕掉瓶口的锡纸。欢欢朝寸头耸耸肩膀：做个记号，这瓶他不碰了。洁癖！洁癖知道吧？寸头起身捡了开瓶器，开好四瓶，排整齐，一桌人看着。他单独拿出一瓶，立在龙应前面。

啧啧！啧啧！欢欢朝寸头翻白眼。

兄弟辛苦！这一桌菜不容易！来，我敬你！寸头跟龙应碰了杯，大炜跟着碰。欢欢等他们碰完，哼一声，独自干了。

黄其龙说他不来了。

啧啧，王慧又给他煎牛排了？欢欢看看寸头，突然想起来得解释一下：黄其龙，以前合租的室友，搬去女朋友那儿住了。本来今天说好要来的，临时跑了。

他又不是第一回放我们鸽子了。

叫你别叫，你非要叫。叫他来干吗呀？欢欢把酒瓶伸到龙应杯口，龙应拿手遮了：开店的事。大炜拼命点头。

那事儿不是黄了吗！欢欢把筷子啪地一放：你们还搞啊？

四下静寂。

寸头啪地一拍脑袋，翻出一段视频，递过来。他们仨围着看。

这是在哪儿？

哎你们看，这老头偷东西！

哥们儿你这拍得太晃了，晃得人头晕。

这就没了？十秒？

寸头弹一弹烟灰，接过手机，翻出另外一段。欢欢把手机横放，换了更舒服的姿势。

画面剧烈抽搐，好比十级地震。逆光，感觉是室内，很黑，很多脚踩来踩去。光线亮了点，一个老男人被揪下公交车，丢在马路牙子上，双手抱头。有人用脚尖把他翻了个身，他捂住眼睛，自己给自己打码。地上几条影子，被人顶着走。一只女人的白腿从屏幕下方划过，很快就没了。

等下！停，停！倒回去一点！看见没，这，这儿！他长了六个指头！

真的哎！我长这么大头一回见！

哇好恶心！还会动！

这老东西喊什么啊！听不懂。

龙应听懂了，心口咚咚跳。他不看了，老家的口音让他不舒服。

转折来了。穿白衬衫的年轻男人努力分开人群：让一下让一下！你们不要打了！他是老年痴呆！壮汉终于完整入镜，主打人之一，文着正义的文身：谁啊你？你是他什么人？

视频到此为止。

然后呢？这就没了？欢欢猛戳屏幕，瞪住寸头。

内存不够了呀。寸头只顾吹烟头玩，火光亮得要滴下来。

这人肯定是他儿子，老头脑子有毛病，家里人看不住，跑出来偷东西了。大炜转身问寸头：对吧？

寸头像个哑巴导演，笑而不语。后来呢！快说！欢欢掐了寸头的脖子，使眼色让大炜上，大炜只是笑，不肯。

酒足饭饱，收拾的收拾，自拍的自拍。夜深了，外面有狗叫，混着电动车报警声。

欢欢晃到阳台，用牙签戳一粒龟粮，逗"贝贝"玩。这只乌龟经历了好几任房客，换过好几个名字。贝贝头一伸，他手一缩。十几个来回，人变成了电动人，龟变成了机器龟。寸头快看吐了，给了欢欢一脚，终止了无限循环。

众人齐心协力，将一只振动的手机传过来。龙应接了，打着手势去了阳台，他们继续喝剩下的啤酒，骂不在场的叛徒。大家抠拉环，干杯，三缺一。

寸头踢掉鞋，在床垫上蹦，一床杂物跟着跳。蹦到床头一张海报前，S形美女在洗澡，擦香皂。

喔哟——

喔哟个屁，这不是我贴的。欢欢满床抖被子，找空调遥控器：起来起来！都给我起来！

好歹消停了，大家并排躺着，温馨了五秒。有一些腿非要压在另一些腿上，争执又起。大炜放弃了，滑到床头柜上坐着。

谁啊？打这么久？

黄其龙女朋友。他手机关机，她找不到人，问他在不在我们这儿。

完了完了，肯定黄赌毒去了。

不打牌了？

算啦，龙应要洗澡，人凑不齐。喝多了，脑袋疼。过来，躺着聊聊。

终于可以一个人待着了，他把一头白沫子推得高高，在头顶形成一个冰激凌尖儿。水流冲过褶皱与毛丛，细小的肥皂沫包围了他，无数个针尖大的、绵密的小眼睛，流入下水道。他拖延着，细细搓洗自己。浴帘隔开了方言与六指，隔开了满身尘土的父辈、久违的"面朝黄土背朝天"，隔开了糖尿病与肝腹水。四年未见的老家人，借他人之身，跑到视频里来控诉他。

洗完两盆衣服，感觉还早，他又开始刷鞋。洗完一切可洗的，房间的大灯已经灭了。一屋子黑，大伙儿躺着，东倒西歪。寸头挺顽强，还在说。大炜时不时应着，声音虚弱，处于濒睡边缘。

经过床尾的时候，大腿被拍了一把：哥们儿，就差你了。来，讲讲你的秘密。昏暗的光线里，浮起一个浅色的笑容。

龙应！龙应我跟你说，大炜小时候吃过鸡屎，以为是巧克力。哈哈，哈哈哈。

你呢？你偷看女厕所，不要脸。欢欢呀，有啥好看的？镶了钻的？

他无声地一笑，回房间抱来毯子跟枕头，挤在他们中间，酒气和脚臭让他觉得安全。他在等待，像一只暗处的猎犬。等他们彻底失聪，等到鼾声四起，黑梦漫漶，他会在沉默的围攻下，用气声招供。

刊于《山西文学》2020 年第 8 期"步履"栏目

跳帧

最终，跨年聚会的形式敲定了——一起去他家吃火锅。他是本地人，房子是自家的，父母住在不远处的另一套。也许，那套房子里也有人跨年，老男人们和老女人们。女的喝红酒，男的黄酒白酒一起来，一圈人喝成几小撮，最后还要勾肩搭背，一起唱当年下乡时唱的红歌。有人在边上录长视频，有人打电话找代驾。

这边肯定不会变成那样。

他们在华润超市买了啤酒，听装的三得利纯生。相对来说，啤酒是比较年轻的饮料。火锅料全部选了一个牌子，打五折。包装上写着日语，产地是宁波。排队结账时，Peter 骨子里的东北基因突然复苏，拎起一瓶三两的红星二锅头。

九块九啊，便宜的。他握住瓶身下端，想接过来看一看，象征性地读一读配料表，他发现 Peter 没有松手。

主要是想我爹了。Peter 攥住酒不放，还没付款就开了盖。

酒气冲得李曼回了头，她翻翻眼皮，表示"已阅"。

他就是喜欢她这一点，不多嘴。就像他爸说的"解语花"，更年轻，更洋气。

何山桥跟西环路开始交通管制，荧光黄马甲、红蓝信号灯、蓝底白字警示牌，还有红白条纹的交通锥，色彩明艳如儿童积木，警服颜色却极深。禁止标志是红底上一道白杠，像硬币投放口。

要不要叫伉俪来？

要的。

他想，伉俪来的话，会厚实一点。伉俪是一对 80 后小夫妻，领证半年，前阵子刚在朋友圈晒了带父母的出国游。在一群未婚者里，他们可以被观摩，乐于被观摩。有人讲，有人听。说不定伉俪还会带朋友来，他们买了辆尼桑，后座起码可以坐三个。三道填空题，答案值得期待。二锅头蹿进 Peter 的血管，指挥他，马上给伉俪打电话。

他们买了很多半成品食物，像一些工业零件，无须摘除、清洗，开袋即煮。有人在路灯下卖冬笋，冬笋沾了泥，灰黄色，很硬，像某种啮齿类动物被砍下来的巨蹄，非常抗拒被吃掉。李曼说她奶奶会买这个回来，剥、洗、切、炒，做她爱吃的红烧笋丝。她讲这个并不表示她要学她奶奶，她就是想说，他们那一辈人，真是不怕麻烦，还会主动做一些麻烦事。比如上次寄过来一大包炸藕丸子，塑料袋底汪着油，浸透了快递单。经过两代的进化，李曼身上显然已经没有奶奶的遗迹，她能很轻松地讲起她，像讲起某件活着的文物。Peter 忠心耿耿地听，踩着每一个不太好笑的笑点，每次笑得都不重样。

　　拎着大大小小的袋子，他们走过新建好的公共厕所，厕所灯火通明，相比之下，小区显得破败。门口有只配电箱，朝马路这一面贴了镜子，镜面水迹斑斑。他经过时，稍微站直了一点。镜像很快消失了，换成了别人的。为了证明这是即兴采购，三人都穿得冷飕飕。Peter披了件很像电工穿的黄夹克，露脚踝，李曼甚至光着腿。就算是夜里，他们也足以跟那些正经出来办年货的人区别开来，他们买菜就像在南京路买鞋。

　　进门时收到宋轶的信息，说要晚一点，也许她是想等人到齐了再来。他们有小半年没见了，可能她想躲在一堆掩体后面，适应一下。伉俪在高架上，"车不堵到明年的话"，今年应该可以到。Peter把火锅电源插好，半跪着，像日本人那样，一只一只摆好垫子。王艺醒了，穿着李曼的粉色珊瑚绒睡衣，抱着嘟嘟。他经过时，被她绊了一下。

　　我像不像大妈？王艺提高声音，好让李曼听见他们在聊什么。

　　不像啊。他笑笑。他们是老相识，十来岁时就在论坛里认识了，认识了十来年。

　　我已经是一个大妈了。她仰着脸，从很低的地方看他。她去了法国几年，回来之后还是老样子，胖乎乎的，一把头发梳到脑后，穿着宽松的衣服。硬气、博学、底盘稳，难以搬动。谈话时，她会冒一两个法语单词，用英语解释一遍，然后才是汉语。这个时候，他才想起，她真的是去了法国。他印象中的法式浪漫，热烈，迷狂，她全部免疫。那根清醒、强大的芯子一直都在，软不下去。她悄悄长成了他最无能为力的那一类异性，却还是把他当成幼年玩伴，撒一点生硬的娇。

飞机晚点，我在机场给他写邮件，边写边哭。

王艺这次的男朋友是法国人，叫安德烈，疑似轻微抑郁，两人的冷战期长过巴黎的雨季。李曼听得很认真，抽空瞄了他一眼。他明白，他的老朋友让她困扰。太主动，太痴情，法国也救不了她。但她讲起情史来很坦然，听起来很丰富。那些男人，异国的，本国的，都突破了外形障碍，多多少少地，发掘了她的内在？

Peter 也过来听了，手握一杯饮料，像被下过毒。这是什么？他问李曼。

二锅头配 AD 钙奶。

这个坏 Peter！一条人醉得软绵绵，小虎牙一边一颗。轻微驼背，呆相，像个高中生，复读了好几年还没考上的那种，戆卵。

我妈当年留不住我爸，我也留不住安德烈。没人教过，我不会。

可能是你外婆没有教你妈。

李曼赶紧踢了 Peter 一脚，毒饮料泼了。他笑着看他们闹，撕开保鲜膜，摆上鱼豆腐和甜不辣。李曼是主持公道的小妈妈，反应快，讲义气，两眼瞪住 Peter，不让他乱接话。窗外黑漆漆一片，今年禁放烟花爆竹，没个响，感觉偷偷摸摸的。

这里能听到寒山寺的钟声吗？

我在这住了几十年，从来没听到过。

对了，安德烈对唐诗特别感兴趣，我教他背过《静夜思》。

王艺终于等到一个线头，迅速打了结，摇动笨重的纺车，继续纺线。线轴愈来愈沉，腹部肿大，不停地转圈，转圈，昏睡在看不见的匀速里。给李曼的时间太短，她拿不准要扮演什么角色，她的回应都刚过及格线。他出手了，他说了句有分量的，能压住场子的那种，相当于会议上一直沉默的老总突然开了腔。他想证明，自己是反刍了很久，才悟出这个道理的。别看他表面心不在焉，其实耳朵竖着呢。他不想有人觉得自己没有被慎重对待。

嘟嘟低头喝水，李曼假装被吸引了，趴在地上看粉色小舌头卷呀卷。

萌死了！

嘟嘟再喝点儿！乖，啊？

他的话被消解了，消解在粉色小舌头的重复动作里。每个人都用童声说话，叠词嘟当作响。客厅灯火辉煌，他像是走进了大型游乐场，到处是成人扮演的动画角色，嘟嘟是人形动物园里的猫形国王。他发现自己也在跟着发嗲，马上停了。

宋轶到了，简单跟他点个头，迅速加入了王艺的情史课。有那么几年，他跟宋轶关系很密切，有了李曼之后，宋轶似乎消失了。跟宋轶相处不是一件容易的事，无论见面前他如何告诫自己，他们最终还是会变成小团体里一对一聊天的异类。宋轶总是精神高度集中，她会仔细听他的每一句话，让他思想立正，不敢懈怠，然后就开始踢正步。这阵子，他忙着享受李曼的松软，实在分不出心来。休息是有惯性的，老站着太耗能了。

伉俪迷路了，导航真的害死人。Peter 喊起来：你们谁去带个路？

令人惊讶的是，在很短的时间内，宋轶就和王艺恋恋不舍了。她站起来，拍拍王艺的手背：我出去一下，回来你继续说。走到玄关，她又回头补了一句：我觉得你这次肯定是真爱。说完，就像没来过一样，迅速消失在夜色里。

有了宋轶接班，李曼终于可以走动了，她没敢再回去，让王艺一个人待在客厅。没关系，在宋轶回来之前，王艺还有手机。李曼过来把门虚掩上，偷吃，偷摸，每次朋友来，他们都会在厨房搞点小花样，平时他们很少这样。Peter 很聪明，避着他俩走，以免撞见尴尬。Peter 的可爱是有分寸的可爱，Peter 不属于任何小分队，Peter 是周游列国的二锅头小王子。

一百米开外，有另一种寒暄方式。他不在这边跨年，就得去那边跨年，谈楼盘、手串，还有移民。小时候他被迫混在里面，背唐诗，报出各国首都的名字。后来是小麻将，一局输掉十几块。在他们把他盘出手泽之前，他逃掉了。表哥没有，他在十全街开了店，把家族聚会当成见客户的训练，他让杯口低到不能再低，笑着点头：

托您吉言。他的酒不干净，里面滴了菜汁，液面一层彩色油膜，杯底有絮状物。他变了，他背叛了任天堂红白机、七龙珠、雷震子，还有霍元甲。

走岔了，他们绕到新区了。宋轶发来信息，准确地汇报着进度条。

李曼伸出食指，轻巧地关了火。每次她擅自做决定时，她总是带着这种轻巧，好像随时准备被喝止。她眼色太活，他总是不忍。他逐一清点眼前的几位，想着在黑暗中摸索的伉俪和宋轶。没错，四缺三。他期待的、无血缘的、其乐融融的画面，迟迟没有出现。

看哪个？Peter 很有服务精神，设置了自动选台，每个频道只有 10 秒的试看时间。试看结束，画面会有个短暂的停顿，然后再切到下一个。很快，几十个台全部轮完。最终，1986 年版《西游记》票数最高，胜出。李曼摁下快放键，画面慌里慌张，像飓风吹拂。他回想起小时候看电视剧的投入，笑得更响了。笑乏了，他开始怀疑，敲开门，那边可能也在看这个。他外婆还在的时候，经常把老剧当背景声，开着电视做家务。

你们小时候有没有做过那种作业，就是给爸妈写封信？在 1986 年版《西游记》失效前，李曼及时抛出一个问题。

没有。他和 Peter 回答得太过积极，几乎是异口同声。

李曼说，她小时候偷偷打开妈妈的首饰盒，不小心打碎了一只玉镯。玉镯看上去很水润，摸上去却是干的。

碎了之后，它断成了三截，感觉数量变多了，更值钱了。

听到这里，他大致猜出了结局，他觉得李曼一定是胜方，她一向是胜方。他扳回时间线，等着结局一点一点凸现。

他没有等到，片尾曲响起，李曼丢下玉镯，开始打电话。片尾曲响完，他也开始打，没有回应。在熙熙攘攘的寒山寺听钟大队里，混着他们的人，像走散的卧底。个个都薄薄的，很锋利。人群极厚，怎么也割不动，任何方向都是逆向。

他和 Peter 还是蹚进了黑暗，他们终于在一条河里了。他测算了寒冷的程度，好像在替宋轶他们试探开水的烫度。刚从开暖气的房间出来，体感不准，他甚至觉得醒脑且舒适。这个小区很不好找，保安像深宅的狗一样易吠。他们打算去西门，那里是金门路上唯一的入口，进小区的必经之地。如果宋轶他们不乱导航，不乱听外地人指路，他们肯定能接到他们。

烟忘拿了，他们就这么光溜溜走着，裸奔。小区很静，脚步嚓嚓嚓，像在切着什么。一排水杉，又高又直，下半段涂了白石灰，看上去齐刷刷被连根截断，悬浮在空中。车底下有柔嫩的小爪子，在冷硬的地砖上跑动。路灯一颗一颗，小如虫卵，藏在香樟枝干里。两边店铺大门紧闭，楼身亮处极薄，薄到半透明，暗处黑且厚。Peter 打开外放，是古典乐。小提琴内部源源不断地抽出锋利的金属线。钢琴蹦进去几个高音，冰珠子。

这首听着冻死人了，换一首。手机在 Peter 兜里发亮，一块长方形的炭。换成了一首软的，《珍珠塔》。Peter 说还记得吧？你外婆最爱听这个。是的，他外婆冬天总是把他的脚抱在怀里焐着。那时候，他还没有那么多刺。《珍珠塔》甜糯绵长，听着暖和。

Peter 往马路牙子上一坐，像个流浪汉。等半天，过来两个人，女人走得歪歪扭扭，两只鞋跟是冰锥，徒手抱一只小白兔。活的，估计是路边买的，新年礼物。大红指甲的末梢隐没在雪白的毛丛里，感觉是掐进肉里，出了血。风向不明，酒气迟迟闻不到，他们一路盯着她，完全不管她身后的男人。

女人来了，女人拐弯了，女人走了。

《珍珠塔》唱得极慢：

一别匆匆十余年，我常将舅嫂贤侄念。只为那连年兵乱干戈动，阻隔云山路万千。雁鸿音断难传讯，欣喜贤侄到此间。来来来，快随姑爹回家去，与贤侄接风摆酒宴。

李曼及时推醒了他，他没有错过迎客。伉俪进门后，就自动拆成了一男一女。"伉俪"这个名词的实体消失了，变成了眼色、微表情和语句中高深的停顿。他俩一直在打造这个词，这是下不来的虚拟舞台。现在，这个词变成了他们本身。女方是他们的老朋友，起码曾经是。男方不太熟，自我介绍之后，把复杂的姓写在手心，他们围过来看，纷纷跟着叫。Peter 还在卧室看 0.5 倍速的

《珍珠塔》，笑到像被电击。他瞟了一眼，人物一帧一帧地动，很科幻。最棒的是，伉俪带来了一个台湾人，说是刚从工地来，胸前口袋里还别着红蓝两色的记号笔。

是真的啦，我有换衬衫啊，因为要来做客嘛。唉？好，谢谢谢谢，放这里好了。

李曼飞快地备齐了菜，她像个漂亮女侍者，搓了个响指。他跟着吹了声口哨，晚宴正式开始。

伉俪没有坐在一起，女方坐得很远，动作很多，撩了李曼的头发看耳夹，还吃了王艺喂的虾滑。男方一个人坐着，嚼着年糕，可能在回味家里的舒适，以此抵消紧张。这人叫什么名字？他忘了，他一直等着谁先叫，跟着再记一次，一直都等不到。Peter 端着芥末让了一圈，送到每个人鼻子下面，制造出愉快的慌乱。宋轶在衣架上找到脱下的外套，反穿上。问干吗，说是怕衬衫上滴了油。莉莉，也就是伉俪中的女方，突然有了名字。莉莉穿着爷爷的羊毛背心，卡其色，V 领，说是以前在上海买的洋货，祖传古着，正宗 Vintage。女孩子们坐过来，一起上手摸。毛背心看着体面，对着光一看，全是蛀洞。

喔哟，镂空的嘛，你爷爷真潮！王艺从蛀洞 1 号里探出食指，换到蛀洞 2 号。

你穿你爷爷的背心，那你爷爷穿什么？台湾人问。莉莉答：他穿我的优衣库轻便羽绒服呀。哇有意思有意思！我感觉喔，现在年轻人都喜欢旧东西，老人家呢，反而喜欢新的。你们说对不对？

对！李曼从某个空隙里递上一盘年糕，她跑来跑去，一会儿当店家，一会儿当食客。

龙应在西塘的酒吧里跨年，叫我给大家问好。

真的吗？快，把视频打开！

Peter 启动了视频通话，把手机递给李曼。李曼直接把手机举到他脸上，他咽下食物，笑一笑。对面小窗口里是火山喷发现场，酒吧里红彤彤的，他们在蹦迪。好极了，这才是伙伴。

网络卡了，他的笑被定格在屏幕上。点阵图里的慈祥假爸爸，配着酒吧劲爆的鼓点，被一桌人传看，连宋轶也笑了。Peter 站起来，左右掌心各捧手机一侧：

神爱世人，甚至将他的独生子赐给他们，叫一切信他的，不至灭亡，反得永生！

台下一片喝彩。几个人掏出手机，录下这神圣时刻。另外几个笑软了，直不起腰。台湾人很快就笑完了，开始下小番茄。艳丽调皮的小果子，要一粒一粒轻轻夹下去，以避免喷溅：好了啦好了啦，我跟你们说，这种酸酸的东西做汤底比较好吃喔！

悔不该上次烫了个玉米烫，悔不该洗完头披着，还梳成中分。Peter 肯定在别的场合，捧着别人的照片，也朗诵过这一段，不然怎么会一字不差，倒背如流？他眼泪都笑出来了，李曼接过手机，晃一晃，还是卡的，算了，直接关机。耶稣脸顽强地亮着，连关机键都失效了？不，它最终暗了，黑了。不，它被发到了朋友圈里，静静啜饮着电波，得以永生。

阳台很小，又矮，只能看到对面同楼层的人家。他拎起烟灰缸，搁在外沿。刚点上烟，宋轶也出来了。

这不怕掉下去？

不会的。

宋轶不放心，把烟灰缸拿过来，两手捧着。隔阵子就举一下，让他抖一抖烟灰。她总是这样，守着他像守着水沸腾，好及时灌入暖壶。

真冷。他穿少了，冻得龇牙咧嘴。宋轶穿得也不多，她比较沉着，看不出冷不冷。

最近怎么样？

哪方面？

他很想说，你能不能别像老妈妈一样每次都问这些？他逃得掉他妈，但是他逃不掉宋轶。不过他永远都记得，她震动过她，他不能对不起那种震动。他什么都没说，他知道她不介意。她发现自己在下风口，被烟熏着，赶紧换过来。在她看来，他不是在抽烟，而是用一根吸管咂吸黑暗，吸进黑的，吐出白的。李曼探了个脑袋，又缩回去了。

他们像两个男人那样沉默着。西南边没有楼群阻挡，能看得见极漂亮的灯链，是新建好的晋源桥。以前，他载过宋轶经过旧桥，上坡时推着走，下坡时宋轶不肯坐，觉得太危险，于是他一个人怪叫着冲下去，孤零零地爽了一把，等了好久她才跟上来。偶尔，她会朝他诉苦，他以为她需要护卫，于是他护卫了。但后来他发现，她是想让他唱白脸，自己唱红脸。以前单聊的时候，她经常提的几个节点，早就磨损完了。这几年，他们吃老本，没能制造出新的节点。尽管如此，他还是十分感激她，她一字未吐，让他安静地抽完了整根烟。

里面在聊什么？

童年阴影。

你聊完了？

还没到我。

她怎么可能聊自己呢，在这种场合？她烟酒一律不沾，总是睁着一双灼灼的眼（他真想把它们关掉）。眨眼的时候，都能听到相机的咔嚓声。有些东西，放在保险柜里就可以了，但她就是随身携带着它们，像携带着滴管、反应试纸，以及高倍显微镜，弄得身上一股实验室味儿。如果宋轶身上以前有 20% 的他，那么现在，可能只余 10%。

室内爆出一阵欢呼，有人被罚唱歌了。宋轶戳戳他，示意他转身看表演。阳台的门是玻璃的，中间一道横杠，分出了上下两块显示屏。琥珀黄里浸着几个人，大家看着都很甜，嘟嘟在他们中间灵敏地跳动。

一时失志不免怨叹

一时落魄不免胆寒

那通失去希望　每日醉茫茫

无魂有体就像稻草人

人生可比是海上的波浪

有时起有时落　好运　歹运

总嘛要照起工来行

三分天注定　七分靠打拼

爱拼才会赢

台湾人唱得果然原汁原味，这首歌他爸以前经常唱，还把谐音标在歌词本上。这是他们的童年回忆，他爸的青年回忆。

哦耶耶！Peter 在怪叫，他体内的怪兽出笼了。他和宋轶对视一眼，笑一笑，像一双宠溺的父母。

我？我哪里有童年阴影嘛！小时候家里穷，我跟阿公去摘番薯，路上就偷人家芭乐吃啊，我一个，阿公一个，我们还偷过释迦。你们女孩子真的很敏欤！你爸妈念你是为你好啦，我妈也一直……释迦？释迦就是一种水果啊，等一下，我搜给你看。

这人还真像《雷雨》里的周冲。宋轶双手抱胸，幽幽地叹口气。

爸爸，这是不公平的！[①] 他用台湾腔念了出来，两人大笑。

宋轶突然想起了什么，抬腕看表，是的，她还保留着戴表的习惯。十二点多了，钟声已经安静地响过了。

---

① 话剧《雷雨》中周冲的台词。

干吗？想听？

我都行啊，无所谓。

他在手机里翻检了一阵，按下播放键。宋轶听了几秒，笑着捶他：这是教堂的钟声！他任她捶着，把音量开到最大，开门，醺醺然踏入显示屏内。

他们在划拳，他也加入了，很快输成了倒数第一。这些年他在读博，小时候在新村里练就的把戏全部荒废了。倒数第二是 Peter，满脸高原红，像是被煮熟了。Peter 平时不这样，Peter 是一个被逮住的嫩贼，文雅，无耻，永远一脸平静的僵尸白。

他简直太快乐了，他感觉身边的人都充满了哀愁。他抬起手随便一指：你，不要去考公务员了！ Peter，不用接你爸的厂子了！你！还有你！统统辞职！我养你们！

李曼，也可能是宋轶，俯下身来，用力拍打他的脸：还说没醉！眼都睁不开了！你还记得你叫什么吗？

我叫刘子骥，南阳高士也。

教堂的钟声仍在响，周围一片哄笑。

诱捕

走廊尽头是阳台，金属栏杆齐胸高，光线太强，远处的绿树已经过曝。

右边教室的门开着，豆绿水磨石地砖，深棕踢脚线，黑板是墨绿亚光平面。过于勤奋的擦拭与清扫，使得所有物品都产生了轻微、均匀的磨损。少年站着，捧着书高声朗读。指缝里可以辨出书的封面——一本短篇小说集，来自斜前方的女教师。他的专注让朗读变成了单人话剧，听众们被故事囚禁，愈发厌恶实物。座次表横平竖直，每一格里关着一个四号字宋体加粗的人名。朝南的窗户全部打开，淡蓝涤纶遮光窗帘缀了浅灰金属边，被风鼓荡，漾出生硬的液态。八角形小光斑在天花板上乱窜，是某只手表的反光。参考书卷了边，荧光笔笔帽遗失，饮水机的白色塑料壳旧出象牙黄。白炽灯质地薄脆，看起来永远都不会亮。

隔壁是另一间教室，跟这间几乎一模一样。整栋楼都是这样的教室，给辨识带来了很大困难。刚开学时，很多学生都是靠楼层与班号才顺利归位。后来，他们产生了一种下意识，也就是，放松自己，对直觉不做任何后天干扰，在微醺的自动化里，找到班级所在地。爬楼时喘气的激烈度、奔跑时耳畔景色的位移、某块污垢的形状等，这些感官小飞镖来自一千七百四十二个大脑，将整栋教学楼牢牢钉死，让它变成了格列佛。

很难想象最初的那种空了。

你一旦在什么地方待着，你就会一直在那儿。最开始，办公桌下的大理石地面黏着脚底；一周后，你陷进工位，用一些小物件装饰巢穴；再过半个月，你出生在这里，桌椅是义肢，一切都吻合你的身体线条，甜蜜的八小时之家。茶杯在刚好拿得到的地方，打印讲义得去文印室登记，食堂早晨供应胡辣汤，女澡堂单号开。

偶尔，她还是会在心里把这些全部拿掉，包括她自己，让一切恢复到第一天的样子。

第一天，办公室地板刚拖过，水渍未干。工位隔断还没有做，四壁单薄，显得寒素。房间形状清楚，空间疏朗，有种"在听"的仪式感。探身朝窗外一看，树木团团，像发酵的绿云。她是刚来的新人，身上还沾着毕业晚会那天落下的金粉。教师培训结束他们去聚餐，她甩掉凉鞋光脚跑，黄其龙拎着鞋追，陆冬阳跟张保安在后面笑。开学典礼和教职工大会还没起作用，他们的肢体语言很一致——被驯服是可耻的。之后，有人开始聊房价，有人睡眠不足经常打呵欠，有人买了辆二手电动车方便上下班。办公室逐渐被填满：烧水壶边上放着便携茶包，立式空调挨着滴水观音。墙上表格未撕净，老板椅的保护膜早已发黑，废硒鼓堆在角落，越堆越高。这里再也空不起来了，越来越像一间缺乏自律精神的集体宿舍。说白了，她需要一间审讯室，永远人迹淡漠，说话有回音。大雨打在玻璃窗上，水迹印在少年脸上，发蓝。在那个房间里，与现实有关的一切，都不会发生。

女人早就下楼了，少年还在找那把花铲。以前他们一起埋过金鱼、兔子和麻雀，起初是她挖，不知从哪天起，变成了他挖。

阳台晒着破球鞋，穿过头了，烂得龇牙咧嘴。花铲死活找不到，他在收纳盒里乱翻，翻到一把剪刀，奶黄色，小巧玲珑，感觉不太行。他摸摸刃口，的确是金属的硬度、冰凉，有杀气，不含糊。他揣上它，把手机锁屏，反插在裤兜里，出了门。

楼下没人。分类垃圾桶一字儿排开，绿化带里有棵小矮树，挂个鸟笼，里面一只假鸟，红身子，绿脑袋。雨停了，雨气还在，光线暗沉沉。快递员一身化纤蓝，塑料感很重。有人拿着苍蝇拍遛狗，狗跑歪了，就啪一下拍正。巴掌大的理发店门口转着巴掌大的三色柱。不行，他得去找找她，他太大了，不能在原地大喊"姆妈你在哪"。

他走过一号地下车库门口，里面有一间是他家的。他一直把山地车停在楼梯口，下楼夹上车就蹿，贼帅。女人给电动车安了遮风帘和暖手筒，一辆加厚棉坦克，大妈专用。他跟她说别来接了，同学会笑。实在没办法，也坐过一两回。两腿箍紧后座，后背笔直。路太颠，他晃得像截弹簧。趁她不注意，双臂张开，呼扇几下，飞呀飞。

第五个地下车库，小区已到尽头。墙外是河，墙内杂草丛生。女人蹲在墙角，小小一尊，发丝披了一背，手脚折叠得很妥帖。猫被放在乱草上，侧卧，身下垫块小毛巾。毛巾干净平整，白得很严厉。一辆本田倒车，少年让过。啾啾啾，小黑鸟飞来了，眼上有一小撮黄毛。旧楼寡淡，春花开在停车位的间隙里。男人要是在，估计会抽根烟，一根还没好，就再来一根。不扰人，不突兀，有派头。这种体面，他暂时还做不到。手机在裤袋振了几回，他硬是没去动，他不能。这是个葬礼吗？这是个葬礼。他校服的洁白来自她的搓洗，而且他之前摸过那猫，见者有份。那时它是热的、活的，毛茸茸。这触感拖住了他，他站了好一会儿，还是不敢上前。

养不活的啦！男人一开始就预言，少年看看女人，再看看男人。男人在吃早饭，吞咽动作很大。生煎的脆壳被臼齿碾碎，混杂汁水搅拌成糜状物。女人总是能在体面的大街上，找到这种小可怜，缺眼睛的、后腿被撞的，捡回家，在快递纸箱里垫件旧 T 恤，用针筒喂羊奶，养活了就笑，养不活就哭。

现在她在哭，这种哭很多，很相似。她像一只狡猾的水龙头，稍微拧不紧就滴滴答答。体温掺在眼泪里，滚烫地流出来。这样下去，她会越哭越冷吗？小时候，他总是很惊慌，会跟着哭，会伸手去堵她的眼睛，仿佛那是两个泉眼。现在他不再试图拧紧她，任由她冲刷着自己。"让她一个人待着就好"，爸和男人都跟他这么说过，错不了。

少年似乎料到女老师会找他，一声"报告"喊得不急不躁。她给了他一张椅子，摊开作文本。现在是眼保健操时间，"一二三四、二二三四、三二三四、四二三四"，一条清脆的台阶，在空中攀爬。窗台上，老韩的篮球鞋晒出一股橡胶臭。保温杯贴着骷髅头，鼠标垫污脏发亮，枯干落灰的三八节玫瑰，包装纸上用马克笔写着电话号码。她和他，是这个大型垃圾堆里仅余的两位人类。

陈志炜，你写的是真人真事吗？

到底是不是呢？他想了想，"真"有很多种，姆妈哭猫的那种是"真"吗？每次都当着他的面，每次都很"真"，每次都像是最后一次。女老师把他的迟疑理解成了痛苦，挥一挥手：算了，别想了，过去的事就让它过去吧。

周记本上，白纸黑字的过去。千禧年后的解放新村，少年还是小男孩，跟邻居家的小女孩很要好。他们的妈妈都在东吴纺织厂上班，午休时吃对方饭盒里的菜。小男孩的妈妈会打毛衣，给俩小囡一人打了一件，都是红的，只有胸口的图案不同。小男孩是小公鸡，小女孩是小鸭子。小鸭子的妈妈说哎呀这怎么好意思呢，快谢谢阿姨！小公鸡被一把拽过去，狠狠塞了一裤兜大白兔奶糖。他剥出两颗，叼半截在嘴里，龇半截在外面，骗她说这是保安老李的假牙，撵得她吱哇乱叫。为了赢她的五块钱，他进了女厕所。紧接着，她又进了男厕所，把钱赢了回来。冬天，他在男澡堂里被她爸平举着"开飞机"，团团白汽就像筋斗云。他想，如果她爸能替代他爸，也不坏。那时他爸已经有了另一个家，经常夜不归宿。被反复描写的画面是红毛衣被河水浸透，非常沉。胸口的小鸭子溺水而死，沾了污泥和水草，最终被烧成灰烬。几年后，他自己那件也变小、褪色，消失在岁月里。最后一段，他写：

　　如果你还活着，我会跟你一起上下学、一起吃饭，一起被同学起哄；也许以后，你会成为我的新娘，虽然十六岁的我，完全想象不出那个画面。但是那不重要，只要你活着。

　　纸很短，到这里就没了，一页刚好写满。她总觉得还有，翻过去看，的确是一片空白。她很想问点什么，这些料根本就吃不饱。这次练笔是扩写《诗经》里的老句子：昔我往矣，杨柳依依；今我来思，雨雪霏霏。她想看看00后们如何填充、翻新它。很多学生都把这两句移植到爷爷辈身上，在充分缅怀了赤豆糖粥、纸扎风筝、陀螺等标志性道具之后，让他们病重或去世。为了切题，百分之九十的练笔开头都有一株柳树，在结尾时落上了雪。这篇不一样，文章很松，但又很紧、很真，真到让人心痛。开学时她就注意到他了，他交了篇很短的随笔《三英里红绿灯》：在我家和学校之间，红绿灯三英里，垃圾桶七只，梧桐树十九棵。开头这句直接把她抢得跳了起来，特意拍下来发在朋友圈里。这学期将不再难熬，这个小才子会一直陪着她，时不时给她惊喜。她特意去班主任那里看了学生信息登记簿，发现他既不跟妈妈姓，也不跟爸爸姓。那么，在他身上，到底发生过什么？

男人抛来头盔，少年接了，扣上搭扣。两只头盔碰了杯，一起朝游乐场前进。滨河路路宽，他们开并排，少年问男人是不是又买了情侣票，男人说省钱嘛！你妈不理我，小姑娘也不理你，刚好凑一对！少年喊一声，蹿出去，留给他一个后脑勺。男人加速，反超，回头对他笑：跑啥？跑去轧朋友呀？

不懂事的那几年，他叫过他一阵"爸"。后来他发现这么叫太麻烦了，一大家子都被这个叫法弄得很别扭，包括男人自己。他又不能退回以前叫他"刘叔叔"，于是他取消了称呼。

男人跟前妻有个女儿，比少年大七岁，娘俩早就去了国外，用着另一套时间体系。视频的时候，女儿会时不时蹦出英文单词，告诉男人，Mommy 最近有了新的 Partner，这次是个大学教授，老派又绅士，完全不像上次那个半夜潜入帐篷摸她的老色鬼。女儿走的时候，男人藏了条小手帕，上面还留着机场送别时的眼泪。后来，唇钉和文身出现了，她说起同学们在 Party 上吸大麻，他听得胆战心惊。她小时候动不动就发烧，拿起体温计对光一看，汞柱升老高。实在没办法，他们把她抱去乡下看神婆。长途汽车旧得快要散架，一车都是郊区的农民，人人结实黝黑，看上去永远不会发烧。老母鸡在麻袋里咯咯叫，扁担一股鱼腥气，直杵他的脸。女儿缩在臂弯，被来来去去的人挤着，很红，很小。几位有点年纪的围过来看，都说你们养得太金贵了，小囡就应该贱养，不然就被阎王爷收走了！他心里咯噔一下，赶紧赔笑。神婆要了生辰八字，告诉他，他不太适合生女儿，命里相克。没错，她们精巧，脆弱，难以捉摸。而且很快就长大，扑棱棱飞走。

游乐场很旧，游客很新。摩天轮向天空撒开圆形大网，座舱是缀在边缘的泡沫浮球。男人跟少年坐进一间六面体小屋，两人脸对脸。四周透明，底座吱呀吱呀。高楼矮下去，一张实时全景地图徐徐摊开。

快看！那边有条河！

京杭大运河。

真的吗？

不然呢？

之后，男人就不吆喝了。干吗硬给别人夹菜呢？各看各的，也不赖。稍不留神，他还是会滑进以前跟女儿相处的旧世界。在那个世界，西装蓝，蝴蝶结红。说话就像唱山歌，甜、脆，有问有答，你一句我一句，扔过来扔过去。爸爸爸爸，叽叽叽叽，昼夜不停火的粉色机关枪瞄准他，击碎心壳，流出巧克力里的酒心。公文包上印着飞机，长长的尾迹连着"×××职工大会留念"。裤兜深处藏着奶糖，糖纸上印着肥美的大白兔。

这里是新世界。柱状大厦周身遍布钢蓝小鳞片，巨蟒与钢筋酣战至今，难分难解。近处的老楼天台很平，感觉还能再往上摞几层。小操场是一只外红内绿的塑胶鞋垫。人工湖在灰背景上掏出大洞，嵌进一块人工蓝。高压线塔精致如剪纸，电网细如蛛丝。摩天轮转得慢，景很快就老了。阴天，没有夕照，天上一层云皮，风一吹就皱。西边隐隐透红，东边山脊起伏。光线悄悄变灰，少年的侧影已看不真。四下渐黑，天地间一只无形大手慢慢握紧，万物昏昏然。此刻，环城立交的路灯突然大亮，像煤气灶上拧开一圈小蓝火。冷不丁，主干道的一长串大灯又着了。金色液体四下奔涌，注入动脉，渗进毛细血管。转眼间，整个城市陷入大炼钢铁的红彤彤，他和他，仍悬在半空。

一截冰凉的圆柱体摁在腮帮子上，男人一个激灵。他掰开少年的手，是罐啤酒。少年从兜里掏出另一罐，拔了拉环。

喔哟不得了！你从哪儿搞来的？

别跟我妈说。

行不行啊，你喝这个？

从小就跟着我爸喝黄的，这个小意思。

摩天轮上喝啤酒，你蛮浪漫的嘛！

喝你的吧。

听他口气，男人感觉自己才是儿子，不，孙子。不过他不生气，有个忘年交挺好，处得松垮垮的，以后散了也不痛苦。女儿让他死了一回，他得长点记性。这小子面冷心软，人不坏，如果当年那个计划外的二胎留下来，没准就是他这样。俩人把啤酒罐举高，恶狠狠地碰杯，酒花四溅。脚下的夜空晶莹，黝黑，比头顶的更加纯粹。闹市区是银河，体育中心附近是一大团星云，零星几粒小星散落远郊，是旧发电厂、农家乐，还有湿地公园。

你是怎么把我妈骗到手的？

讲话放尊重点好吧？哪能叫"骗"？

不说算了。我妈也好骗，只要不像我爸那样的，她都觉得是好男人。

你爸哪样？

我爸根本就不适合结婚，他就适合一段一段地谈，永远都是新的好。

你才多大？你懂什么？

比你懂。你爸妈又没离婚。

少年站起来，将啤酒一饮而尽。酒淋了一身，湿漉漉。校服白衬衫下摆露一截腰，瘦骨嶙峋。座舱很矮，他几乎站不直。男人拿烟盒敲敲椅背，跳出一根，被少年一把截走。

给个火。

行啊你，烟也抽上了？

你别管。你几岁抽烟的？没我大吧？

座舱变成毒气室，缓缓下降。接下来的问题是——

你跟你老婆怎么认识的？

再给你一次机会，你会跟我妈结婚吗？

第二次结婚跟第一次结婚有什么不一样？

女的是不是都很烦？

男的是不是都会秃？

你们这个岁数是不是都喜欢骗小姑娘？

你这辈子最后悔的事是什么？

你老婆跟我妈你更喜欢谁？

你死后要捐赠器官吗？

你搞网恋吗？

你有没有出过轨？

你以前说你打架第一名，真的假的？

你去过洗浴中心吗？

你听过初音未来 ① 吗？

你女儿要是嫁给老外你有意见吗？

你觉得我这个人怎么样？

夜街就在女老师的房间隔壁，一个更大、更吵闹的房间。羊肉串香混着尾气，路灯的黄光从傍晚七点照到清晨五点。偶尔会有消防车经过，鲜艳，体积庞大，警灯慌张地闪烁。三点左右，楼下有女人哭喊，带着酒气，还有眼泪的咸味。女老师直接从床上蹦起，一把拉开窗

---

① 虚拟歌姬。是 CRYPTON FUTURE MEDIA 以 Yamaha 的 VOCALOID2 语音合成引擎为基础开发贩售的虚拟女性歌手软件角色主唱系列的第一作、VSTi 规格的电子乐器；或此软件的印象角色。

帘。西边，小区入口，黑乎乎的女人躺在盲道上，黑乎乎的男人跪在旁边。也许，就在几小时前，KTV 包厢里，女人喝多了，很软，得托着。托哪里好呢？有几处凸起，是趁手的着力点。肉体是液态的，用手兜着，还是不断地溢出指缝。最终，女人被喝成空壳，失去意识，醒来后躺在路边哭，哭这个夜晚的不可逆。男人瘫软在地，咂摸着那不可逆的余味。女老师的耳根愤怒地红了，她悄悄下楼，躲在一辆别克后面。夜里挺冷，她两手抱着自己，看上去像个点了夜宵下来拿餐的饿鬼。哭声就在耳边，传达室的蓝玻璃框出一个真空世界，保安穿戴整齐，伏在桌上玩手机。她退到小区旧衣回收箱背面，拨了报警电话。

女老师准确地报出事发地点，告诉他们，这里有个女的在哭，应该是被人欺负了，哭得特别惨，吵得我们睡不着觉——根本就没有"我们"，但她希望警察认为有。打铁要趁热，体液应该还没清洗，现在介入还来得及。借助别克的掩护，她继续监视他们。男人挺瘦，半跪在自己的内疚半径里，看上去很擅长善后。女人仰躺着，像只翻不过身的甲虫。哭声转为呜咽，眼泪在她脸上左右分开，流入两侧鬓角。有几次，男人似乎想去扶她，每次触碰都像烧红的烙铁烫上皮肉。女人拳打脚踢，滚得浑身是土，喷出难懂的方言。路面有痰迹，盲道有硌人的防滑点。时不时有人经过，不是瞎，就是聋。路上的车开得飞快，像是嗅探到了什么。如果在荒漠里，女人可能已经被男人拖走了，乱发牵扯着灌木，沙石磨破了衣服，人体变成红蜡笔，一条粗糙的血迹紧跟其后。女人甚至可能被扛起来，反弓着身子，像头待宰的猪。幸好，在这一小块微小的文明领域里，她可以守护她。

估摸着警车差不多到了，她活动一下身体，当着他们的面走出小区。她现学现卖，套用了路人甲的聋与瞎。得尽量走远一点，不能让男人知道她就是报警的那个。她是小区常住户，她可不想在老巢门口被人蹲点报复。夜街光影流丽，女人已经体会不到它的美了，这里是伤心地。这条路去年夏天刚修过，路边的树是新种的，还不太像树。垃圾桶、报刊亭、车阻石、经过的人和车，统统是死物。如果你曾经在课堂上义正词严地教育学生"遇到事儿不能装死"，你就不能在凌晨三点对这对男女视而不见。台下几十双黝黑的眼睛，齐刷刷盯着你，昼夜不休。

女老师拿不准警车从哪个方向过来，只好站在两个路口正中，像一位等救护车的家长。她悄悄拍了张夜景，为大脑里组织好的朋友圈文字配图——

凌晨三点，听到女人的哭喊，声嘶力竭。披衣下楼，看见女人躺在地上，男人在边上跪着。实在不放心，还是报了警，希望她没事。

几位密友应该会在第一时间点赞，估计还会直接在私聊对话框问："然后呢？"70后的女领导照例会在下面跟一个大拇指，个别同事也许会来一句"两口子吵架，你想多了"。这些都不重要，重要的是，她可以在班里分享这件事。她希望以此证明，之前盯着她不放的那些眼睛不是想象，而是活体。一周五节语文课，周三下午两节作文。早自习七点半，晚自习六点半。每周两次例会，一次教研。她需要活体。一个优秀的活体至少可以陪她一学期，最好是怪胎，无人问津，被她发掘，施以"印随"①。

1号线共24个站，少年一般是从玉山路上车，往木渎方向，一口气坐到底，再走到对面，坐反向地铁回来。就这样反复几次，消磨掉空出来的周日上午。地铁里很亮，人很多。车体一节一节，首尾相接。对他来说，乘客是一群黏糊糊的生物。有时候，他会带上速写本或者随笔，从人群里随便揪出一个，拓在纸上。他喜欢画他们、写他们，但他不想做他们。之前他在摩天轮上俯瞰，现在他在地底畅游。他不喜欢地面，虽然那里有男人，有姆妈，还有女老师。他们总是小心翼翼地靠近他，像在烤火。伸出手来，又怕被燎焦了，何必呢？

他坐在车厢角落，跟坐在家里沙发上那么自然。家？哪个家？他的家换过好几回。小时候，他的家是爷爷的小书房。他在金鱼缸里注射红墨水，把奶奶手串上的金珠子挨个儿咬扁了，想看看它们是不是空心的。后来，他的家是天台。家徒四壁，只有一个地板，哦不，

①　印随，指刚孵出来的幼鸟跟着初次见到的移动物体行动，把这个物体当成学习的对象。

是楼顶。他躺下，跟蓝天脸对脸。姆妈一直说他衣服前面还算干净，后面怎么老是黑乎乎的。于是他脸朝下趴着，让前面也黑乎乎的，这样就公平了。他在衣柜深处翻到以前他爸给姆妈买的钻戒，钻很小。姆妈现在手上戴的是男人送的，很闪，在香港买的，蜜月加血拼，没想到她还留着这只。他想戴戴看，可是每个手指都太粗了，于是他把它戴在第二个脚趾上。他穿拖鞋，脚背这一块很白，跟钻戒很搭。他把脚举远了看，啧啧啧，真不错。姆妈说以后她的首饰都留给他老婆，他耸耸肩，不接话。少来这套！大人都很烦，动不动就问他早恋了没，有没有喜欢的女孩。他们觉得这么问很潮、很幽默，每次问完都笑，下次还问、还笑，无限循环。

一个人的时候，他把大脑清了场，试着问自己：你，喜欢那个女孩吗？

她也是生物兴趣小组的成员。那次做琥珀标本，其他女生都自动结成一对，她落了单，被安排跟他一组。他知道她是四班的，化学竞赛的时候他见过她，她最终干掉了他，拿了第一。不知怎么回事，那天酒精灯火太小，温度不够，别的组都搞定跑路了，他们才开始打磨松香。她跟他一样沉默，直到他碰翻了烧杯，两人都没说一句话。她蹲下身，去捡碎玻璃片，结果手被划破了。血滴在白瓷砖上，圆圆一大颗。他看一眼，腿发软，匆匆把全身摸了个遍，也没找到创可贴。明明是放在外套内袋里的！她用纸巾按住伤口，仰头望向他，好像受伤的是他，她只是个漠然的看客。

你在这等着，我去教室给你拿！

他狂奔下楼，刚才视线里的血点子还飞在眼前。几楼了？拐角写着大红数字：三。快了！他一脚踏两级台阶，撞开教室后门，把书包翻个底朝天。找到了！他冲到实验室，她不见了。血滴还在，圆圆一大颗。琥珀标本已经打磨好了，晶莹蜜黄，里面包着一只乖巧的小甲虫。他举着创可贴，到处找她，在空荡荡的楼道里大喊她的名字。

她已经走了。

怎么了？不是说了让她在这等吗？她是不是怕他会亲自帮她贴上，揉一揉，再吹口气，像偶像剧里那样？放心，他不会那么肉麻。他会把创可贴给她，让她自己贴。不干胶已经撕开了，他只好把创可贴贴在门上，那里凭空多出一个伤口。如果有一天，有人揭开它，会发现下面什么也没有。也许，只是愈合得太好了，像没受过伤一样。

夕阳看着暖，其实已经冷了，像做琥珀标本的松香。他被包在这蜜黄里，像只乖巧的小甲虫。他忘不了那血，雪白的纸巾上洇出一大片红，他甚至没来得及问她一句：疼吗？

之后他们又见过几次，她的手已经好了，他失去了那天的情与境，无法再开口。

男人坐在少年曾经坐过的椅子上，寒暄了两三句，就直接表明了身份。

哦，原来是继父？我就说呢，孩子跟您不是一个姓，跟妈妈也不是一个姓。

他跟他爸姓。我呢，自己是有个女儿的，跟她妈在国外，挺大了。

女老师点点头，把周记本推过来，正对着他。男人赶紧朝前坐了坐，拿起一次性纸杯抿一口。水很烫，他象征性地咽了一下。

孩子很有才华，每次周记都写好几页，您看，正反面都写满了。

看不出来嘛！这小子在家高冷得很！门上贴着"请勿打扰"，他妈不敢问，我就更不敢了。

孩子跟您关系怎么样？

还算是……挺好的，哈哈。

他是叫您爸爸吗？

男人的笑停了。怎么说呢，叫过，后来又不叫了。男人也不清楚怎么回事，可能是叛逆期到了？这个问题有点复杂，他避开女老师的眼神，摆摆手：叫不叫都行，我无所谓的！

那他有叫过吗？

有……吧。

那他现在还叫吗？

没有。

多久了？

哎哟我还真的记不清了，大概有十年了？

也就是说，六岁之后，他就没有再叫过您"爸爸"

了，对吗？

是六岁吗？还是更小一点？男人很困惑，他觉得自己坐在审讯室里，徒劳地打捞细节。唉，当初就不应该答应来学校，毕竟不是亲生的，人家难免要问东问西。说真话就像在撒谎，撒谎反而像真话。

那他平时都叫您什么呢？

没叫什么，没有称呼！这小兔崽子，没大没小！

您刚才说，孩子跟您关系挺好的，那他为什么对您没有称呼呢？

孩子不叫，我也不好勉强的，毕竟……我不是他亲爸嘛。

可是您说他小时候叫过？

对的。

那孩子小时候愿意叫，后来为什么不叫了呢？

我怎么知道呢？你要去问他呀！

他跟您关系一直都很好吗？

呃……算是吧。

好，还是不好？

好，好。

是这样的，您看，他周记经常写到自己很孤独，这儿，您读读，还有这儿。

男人只看见一大段一大段的红批注，有的甚至比原文还要长，这还叫周记？这简直就是评语大全！年轻老师就是不一样，干劲足，足过头了，倒像个班委。

他周记里写到他小时候有个小伙伴，一个小姑娘，跟他玩得很好的，两家大人也认识。您认识这个小姑娘吗？

我不认识，他没跟我说过。

这个小姑娘后来淹死了，他很伤心。您没听他妈妈说起过这件事吗？

没有没有。

我想跟您好好聊聊这个孩子，他文学天赋很好，一直在班里独来独往。我希望能够多关注一下这种比较敏感的学生，我也希望家长能配合。我本来是叫他妈妈来的，他妈妈好像没有空？

他的家长会一直是我开的，从小学就是。

为什么他妈妈不去呢？

他妈是那种心思重的，开过几回，回来愁得睡不着觉。她就叫我来了。

妈妈都是很细心的，细心才能更好地捕捉孩子的情绪。

是是是，我太粗心了。

孩子怎么看待这件事？他希望您来，还是妈妈来？

哈哈，他当然希望我来！他还叫我别把老师的话告诉他妈！

您告诉了吗？

怎么可能！你看我是那种打小报告的人吗？

如果老师的意见传达不到，那家长会的意义就不存在了。既然孩子信任您，愿意让您来开家长会，您可以有选择地传达一下，我保证，这不会伤害您和孩子的感情。

有选择地传达？报喜不报忧？

您完全可以不让他知道。

懂了，就是当内奸嘛！好的，我试试！

家长一般有两种，关注过头的，关注不到位的。这两种都不利于孩子的成长。

是是是，您说得对。

家长会不是一个走形式的流程，更不是用来挑拨亲子关系的负担。

没错没错。

您说您还有个女儿，亲生的，是吧？

是的，现在都上大学了。

那您女儿的家长会一般都是谁来开？

她妈。

也就是说，您女儿的妈妈是愿意开家长会的？

哎哟，我哪抢得过她妈？老师都是直接跟她妈联系，我都不知道什么时候开家长会。

看来两位妈妈教育方式不一样。

对对对！之前那个特别强势，母老虎！现在这个比较正常。

就是不大愿意来开家长会。

嘿嘿，那倒是，那倒是。

孩子和妈妈沟通多吗？

不多！"请勿打扰"！

那孩子在家里，没有亲近的人吗？

我们也想亲近他，他不理我们！

您知道吗？心理学里，这是一种自我防御机制。他内心深处，还是渴望亲近的。

老师啊，再怎么样，我只是他后爸呀，他怎么可能亲近我呢？

那孩子跟他自己爸爸关系怎么样？

不怎么样，还不如我呢！

女老师摇摇头，盯了他一小会儿。男人努力想让自己笑一笑，还没成功，女老师就直接站起来送客了。离开办公大楼，男人呼一口长气，啐一口绿痰，把颈椎晃得咯咯响。他出狱了。

少年刚进地铁口，就看见了女孩。

她像这个早春一样，绿，新，同时又隐隐透出寒意。早春之后是晚春，花谢花飞。接下来是热烈的、带着腻烦的夏。夏太窒息，秋是解脱，松快、爽利。最终，一切死于冬。他太了解这个流程了，所以，早春最好。

1号线的主色调正是早春的新绿，他是1号线专家，可他从来没在这里遇到过她。她还是穿着校服，码数有点大，看上去她好像穿的是他的衣服。他不确定她有没有看见他，毕竟整节车厢只有她和他的穿着完全一致。他们的校服肩部左右各有一块很大的白色，像翅膀，随着动作起伏，彼此呼应。但他们中间隔着很多人，形形色色，他过不去，她也过不来。为什么要过去呢？这样就很好。女孩背着黑色双肩包，用受过伤的左手抓着地铁拉环，始终看着窗外。窗外，漆黑的隧道里，广告画面剧烈颤抖犹如飓风吹拂。

地铁隧道里的画面不是一幅幅画面组成的，实际是由数百根近一米高、分布着近600个小光点的光柱组成的。这些灯柱分布在地铁速度相对稳定的一段隧道中，每隔1.2米放置一个。当列车静止时，人们只能看到每根光柱上各种颜色的光点，在列车开动后，看到的则是连续的画面。

地铁隧道广告的原理其实和动画片和电影很相似，都是通过人眼的视觉暂留来成像；只不过电影和动画片是人眼不动，图像在变换；而隧道广告的画面固定，人随着车厢在高速移动。

他把搜到的这段话读了好几遍，直到手机屏幕暗下去。600个小光点？他又回到了摩天轮上，头顶和脚底光点密布，他悬浮在黑暗正中。座舱升级了，拉长了，不再是一对一。这里没有冰啤酒，也没有香烟。但这又有什么关系呢？有女孩就够了。女孩站在他前面，他看到的画面跟她基本一致，就是晚了几秒。车身震颤，他们在同一个频率摇摆。他和她不需要清场，乘客在他们该在的位置上：穿运动服的阿婆、中年双胞胎、发胖的小学生、闷闷不乐的男人、长得很像的老头老太。他这次带的是速写本，厚厚一大本，快要画完了。他画过的那些人，并没有老老实实待在纸上。他们只是在纸上歇会儿，然后照样买菜、接孩子、吵架、上班，他只是抓住了金蝉脱下的壳。他翻开速写本，写下日期，打算就这么空着，他不会画她。抓蝴蝶、毒死、做成标本，这种事他在生物兴趣小组已经做得够多了。

过了乐桥站，人渐渐少了。他失去掩护，趁乱退到车厢的另一头。座位空了出来，女孩没有坐的意思。他和她，成了整节车厢仅剩的两个没有坐下的人。她发现他了吗？是不是在等他先下车？就像她上次那样，流着血，直接走了？她一定不知道，他没有目的地，他可以一直陪她坐下去，如果她不介意的话。列车飞速行进，没有季节，没有天气，没有时间，甚至没有地点。你这一秒在桐泾北路，下一秒你就不在了。头顶的人工光源死死扣住你，但你分分秒秒都在逃逸，逃向宇宙尽头。无数光点在隧道两侧护送着你，它们形成广告牌形状的星云，这种感觉很妙。车体是一节一节的，首尾相接。每一站大概两分钟，一小点一小点，连成一条永恒的虚线。

这永恒持续了大概十五分钟，直到人工录制的女声提醒他：

前方到站，终点站：木渎。请全体乘客下车。终点站"木渎"到了，请全体乘客下车，欢迎再次乘坐苏州轨道交通1号线。

女孩走向3号出口，自动扶梯像坦克履带，驶向刺眼的出口，少年远远跟着。他本来应该直接走到对面，坐反向地铁，但他没有。他不想马上就掉头，把刚才那一段逆向来一遍。他不想正负相加，抵消得零。

3号口出来是一条老街，店铺污脏破旧，后面几家已经拆了一大半。女孩走进斜对面的一家，玻璃门在她身后闭合，"欢迎光临"这四个字不是对他说的。他站在地铁口，把两只手插在兜里，笑一笑。到此为止了，他需要停一下，一根烟的工夫就好。这是电影的最后一个镜头，他盯着女孩消失的地方，保持不动，直到想象中的画面全暗，字幕出现。此时，玻璃门被恶狠狠地推开，一只黑色双肩包飞出来，落在尘土飞扬的路面。紧接着，女孩出现了，她漠然地捡起它，好像那是别人的东西。

少年退后，一头钻入没有女孩的人工黑洞，开始飞奔。没事的，他一直在保护她。在他的周记里，他们小时候一起玩，她六岁就淹死在河里，成功地避开了所有捕杀。此后，再没有人能够伤害她。

替身

写剧本有什么好处？好处就是，写完你就成了老大。你可以在 S 大学门口贴海报，选演员，你可以夹带私货，选几个你觉得顺眼的。再选一个你觉得不顺眼的，当反派。借个场地，收点饮料钱，保证老板不亏，事后还有余钱请演员们搓一顿，那你这段时光就打发得有意义。

现在还停留在剧本刚写好的阶段，也就是快要成为老大之前。他打了几个电话，组了个局，让死党过来帮他把关。龙应第一个到，接过厚厚一叠打印稿，掂一掂：这次来真的啊？这句话他们说过很多次，每次都泡汤，很不吉利。他嘬口烟：少放屁，先看完。

小王的民宿开在小巷深处，靠楼上两间客房赚钱。楼下是他们的小据点，书架上摆了几层原版书、精装画册和英文杂志，墙角堆着空酒瓶和易拉罐，一个废吧台改成的"失物招领处"，放满了别人落下的小玩意儿：塑胶公仔、眼镜、打火机、铝罐护手霜、旅游手册、发蜡、水晶球，等等。经常有住客下楼提意见，说烟味太大。龙应提议装个抽油烟机，老板牌，再贴张纸：老板的老板牌抽油烟机。小王在做咖啡，嗡嗡声里丢过一个笑脸，表明那不可能。

人很快齐了，自动坐两排。他被摁在首席，稍微挣扎一下，就从了。剧本印在雪白的 A4 纸上，是这个房间里最显眼的一道高光。有人把它举起来看，挡着脸。十秒之内，四下阒静。一艘全神贯注的潜艇，潜入暗无天日的军事化阅读。一缕发丝滑下，食指捻动纸张，像是突然悟到什么似的敲击额头，烟头袅袅燃烧，没人想起来去抽一口。射灯洒下细金砂，在正下方堆出一只小金字塔。杯底还有一小口咖啡，举起来却怎么也喝不到。巷子里过了几辆电动车，青石板路颠得震天响。他挨个儿看着他们，有点羞惭，只好在想象中代入他人视角，再把剧本过一遍。

等他读完，抬起头来，大家已经复活，都在讨论角色原型是谁，结果是人人有份。

那我们不就是乐高积木？被志炜重新组装一遍，拿去卖钱？

你哪只眼睛看见我卖到钱了？

什么钱？哪里有钱？快快快，分我一点！

我戏份最多，应该拿大头。

那我呢？每次都把我写成丑角，是不是该给点精神补偿费？

你本来就是丑角好吧？哎哎，怎么打人呢你！

我觉得这里应该加一段，你看这里，这儿，两人应该发生关系。

他后背一凛，摘下烟。除了刘诗晨，大家都在笑。"发生关系"，好玩好玩！嘿嘿，嘿嘿嘿。刘诗晨老早之前就看过电子版，那会儿他还没写完。两人聊到深夜，在雪片纷飞的观前街路口分别。她对他说：好好写，这个本子很难得。说完她就骑车走了，像是去了一个"很难得"的地方，再寻不见。

嘿嘿嘿还在继续，一些肢体动作开始冒头。小王调了几杯鸡尾酒，颜色很卡通，被一抢而空。康康把剧本翻到结尾，倒着看。被拉来凑人头的生面孔们，加了微信，拉开啤酒拉环。点卯结束，几份稿子反扣在桌面，转眼死党就失踪了好几位。巷子里烤串味儿杀进来，呛眼睛。咖啡好了，直接倒进剩着残酒的高脚杯，免洗。龙应喝一口，哇地吐出来：要死了！这就是美酒加咖啡？门口有小姑娘探头探脑，被这里的匪气唬住，没敢进来。

就这里。

刘诗晨坐到他身边，用手掌按住25页，压上几个来回。这下剧本再也合不拢了，主动张了嘴。稿子都改烂了，刚才那一遍已经是极限，再看他会吐。

干吗要发生关系？

你说呢？

我不知道。龙应你觉得呢？

龙应凑过来，把25页扫了一下，拍拍他，慢慢浮起一个笑：我嘛，当然赞成发生关系啦。

加了这个要怎么演？你们搞清楚哦，这不是拍电影，这是情景剧。

怎么不好演？一张大床，纱布挡一挡，配点背景音。

嘿嘿，嘿嘿嘿。

关键是，为什么要加？

为什么不加？从头到尾都软绵绵的，提不起劲。

加了就有劲了？

加了就有了个着力点。观众一时半会儿理解不了，就会下功夫研究，这么一来，这个故事就不会被轻视。

我不在乎被不被轻视。

我是在谈它，不是在谈你！

刘诗晨使劲敲敲剧本，它应声动了动，像是活了。

你以前那个《置换》，没人敢轻视。只要有点文学素养的，读两页就知道，里头有东西，不寻常。现在这个呢，我不知道你是不是故意走亲民路线，总感觉蹦不起来，疲了。

以前我狠，就写得狠一点。现在我软，就写得软一点。我一不倒模二不量产，有什么问题吗？少拿"以前的我"跟"现在的我"说事儿，我最烦这个。

又来了，你俩怎么一见面就要吵？真是的，喝茶喝茶。

我晚上不能碰这些，会失眠。她拎起剧本用力一抖，哗啦哗啦，仿佛要抖落里面的沙粒跟石子。楼下下来两个住客，一直朝这边看。十一点了，估计是去吃夜宵的。

马猴他们不来了，加班。你发个电子版给他？

他自己买的书几年都没拆，你指望他看电子版？

死人写的，活人写的，两样的嘛。

不，这场面不是他想要的，他重新续了根烟。也许他应该去做个横幅，红底白字：剧本《他与她》（暂定名）研讨会。再请几个年纪大的镇场子，老中青年龄层参差分布，有张有弛，没准儿还能谈出点干货。研讨完了，再去协和菜馆研讨点别的，最后 K 一轮歌，拼一轮酒，其乐融融。

剧本嘛，还是要看演员怎么演。你不能现在就说它软绵绵，对吧志炜？

咱们又没有片酬，找谁演？

总能找到几个大学生吧，时间多的，有情怀的，想锻炼一下演技的。

演得好了，场场爆满，不就有片酬了吗？

实在不行，咱们几个演，怎么样？康康，上！

康康弹出来，举起双臂，走几步，转个身，口哨跟喝彩声稀拉拉。细看，腮帮子抽搐，是在嚼口香糖。

我觉得他可以。刘诗晨双手抱胸，凑过来低声说。

这个男主角不算私人订制，有一定的伸缩性，但绝对不是康康这种。康康被鼓动，开始跳舞。一个又一个浪头在他身上滚过，波及四肢，他痛苦又快乐地处理掉了它。嘘声四起，康康专心指挥手脚，从头到尾都没笑。

你看，只要他入戏，他可以是个很好的演员。

他的确不赖，关键是那个"核"不对。

我跟你说，其实没有什么"核"。

康康演呢，也可以。但是他演，一切就变了。不不，不是我跟他太熟了，跟熟不熟没关系。

他得找个人，天生就是男主角的那种，而不是"演"得像。既然大家都不是专业的，那就靠天吃饭呗。海选一大拨，总有个让人眼前一亮的，连表演经验都不需要，直接用二十几年的"本我"吃现成的。

你还记得《死结》吧？

记得。

怎么会不记得呢？就是他们搞半天，最后流产掉的那个。不过没关系，那个剧的遗体已经被大卸八块，充分地废物利用了。小花头被分而食之，变成大制作的一部分，倒也不坏。

《死结》里只有死，没有生，所以它活不下来。

哎哟你能不能别再拟人了？死就死了嘛，一篇废稿而已。

这篇里也没有生。你发现了吗？女主角失去独子，然后遇见这个残疾老男人，两人淡淡的，啥也没有，就这么结束了。

所以你要让他们发生关系？

为什么不呢？这是一种生，生殖。老男人很可能已经不育了，所以是一种无效的生殖。

先别急着玩概念，我就问你一件事，在中国，这种事发生的概率大吗？

你什么时候开始关注现实发生的可能性了？要是这样，那《置换》算什么？鬼故事？

《置换》跟这个显然不是一个逻辑。

你是有意要避开《置换》的逻辑，写个接地气的，对吧？

我没想着要避开什么，我写这个东西的时候，脑子里就只有这个东西。

写的时候肯定得一心一意，关键是，现在写完了，进入修改流程了，能不能别再强调原汁原味了？你得把它放到你的整个创作里，重新审视它。

什么叫"重新审视"？就是把跟以前风格不统一的地方统统去掉，是吧？

不是不统一，是矫枉过正！你这次有点朴实过头了，你没发现吗？

我就搞不懂了，你为什么不喜欢朴实呢？一个朴实的剧，丧子之痛还不够？还要"发生关系"？不突兀吗？

"朴实"才突兀！失去独生子，这么快就好了？用你的话说，在中国，这种事发生的概率大吗？电视剧你可以这么拍，四十集以上的那种。日常镜头多一点，洗衣做饭买菜，各种细节疗伤。可你现在不是在拍电视剧，舞台就这么大，你得搞点不一样的。你想想吧，一个朴实的剧，来这么一场戏，不牛逼吗？你好好想想。

她站起来撑住桌面，盯了他一会儿，出去了。外面黑漆漆，有些沙沙的杂音。下雨了。雨声像在咀嚼什么，嚼得还挺香。她在的时候太吵，她走了又似乎太静了。

哎哎哎，都在搞什么呢？你们有意见赶紧提啊！

生面孔里居然有对双胞胎，不知道是谁带来的。他找到一个切入点，问：你俩谁大谁小？两人对视一眼，其中一个举起手：我大，我比他先出来。

真的看不出来，太像了！来一根？都不抽？不抽蛮好，健康。你俩看了这个吗？

他把剧本朝前一送，两人摇头：没有，没人给我们这个。

哎哟不好意思，招待不周！他把桌上反扣的几份抠起来，双手递上去：多批评多批评！打印店很黑，平均下来打一份要八九块，早知道就每人发一份，每份签上名字，这样大家就不好意思乱扔了。老朋友问什么都是"好好好"，新朋友呢，看了跟没看一个样，只进不出。

屋里挺热闹，这让他想起写剧本的过程。三天两夜，他一个人在小黑屋猛敲字。键盘变成了钢琴，他在脑波与 word 文档里，进行复杂的多声部弹奏。现在他又回到那个小黑屋，只不过身边凭空多出这些人。刘诗晨是一个单调的噪音，而他们是无主题混响。

他点开微信，在好友列表里搜寻。一百多号人里，有三分之一负责写，有三分之一负责评，观众严重短缺。他飞快把通讯录滑到底，又滑到头。这些头像和名字，整整齐齐地躺在一起，像一块赛博公墓。

有躲雨的客人冲进来，直接点了单。看样子挺兴奋，东看西看，四处拍。手里的购物袋被淋湿了，牛皮纸上一层密密小疹子。跟他们比，他感觉自己像个流浪汉——大哥大姐行行好！读读我的剧本吧！

双胞胎手里的剧本始终停在第 2 页，龙应不见了，也许他跟康康又躲在阳台喝酒。不知什么时候，房间里多了两个小学生，穿着平江实验小学的校服，戴着红领巾。小王忙起来了，一只托盘里放好几样饮料。香蕉牛奶给小朋友，樱桃酒给这位女士，莲子银耳羹给那位女士，黑啤是这位男士的。

终于，一个戴着画家帽的女孩发现了这个房间里的私人出版物。她拿起其中一份，问：我看看可以吗？他笑一笑：当然可以。一个彻头彻尾的新人，带着新人大礼包的那种。小学生在剧本的空白处写了游戏账号，唰一下撕去大半张纸。他再笑一笑，没关系的，电脑里还有母本，可以无限繁殖。零落成泥碾作尘，这是它命运里该有的一个分支。他端起一杯不知道是谁的残茶，倒在自己杯子里，一饮而尽。雨还在下，人们身上带着被灰尘打湿的腥气，这气味让他平静。他待在这个优雅的菜场里，像个落魄贵公子。不久，手机屏幕亮起，是刘诗晨的消息：来楼顶天台。

楼顶天台，龙应和康康都在。四下黑淋淋的，他们没有打伞。刘诗晨说我们集体再来一遍，你听听看。好，25页，从"我当时真的不知道他会翻过那个栏杆"开始。

喊"停"已经来不及了，人物像一叠扑克牌，直接甩在他脸上。他很想问是谁允许你们这么做的，他问不出口。小黑屋里的他被扯出来，脱光了，暴露在阳光下，暴露在这下着黑雨的天台。故事以一种完全不属于他的腔调进行着，他甚至觉得它很可笑。刘诗晨恶狠狠地吃掉了女主角，男主角被康康撑得很大，失去了那种神经质的轻愁浅恨。龙应则像个玩票的临时工，连着读错了好几处。

读完，三个人望着他，他望着雨。他们以为他在回味，耐心地等。雨很体贴，细密无声。往下看去，房顶的轮廓清晰可见。剧本被打湿，卷了边，印上黑手印，永远地旧了。他的戏在天台被蹂躏致死，而他目睹了这一切。

怎么样？是不是加一段更好？

他虚弱地挥挥手，表示他现在不想谈这个，转身下楼。楼下人声鼎沸，纸飞机满天飞。有一架飞到他脚边，是第三幕的开头部分，他一脚踩扁了它。房间里甚至还多了个蓝眼睛的小婴儿，应该来自大洋彼岸。此时被空运到此地，参与这场乱糟糟的盛会。戴画家帽的女孩不见了，双胞胎还在，一个在翻画册，一个在拍另一个翻画册。没有人发现他，他直接去了后院。

咱们先聊聊，你用不着马上做决定。她紧跟着他不放，顺手插上了后院的门。后院的芭蕉很肥，黑影是个倒着的"人"。石凳冰凉，一枚冷冷的印章，盖在屁股上。

聊什么？

这两人之间要是没有性，那这个剧就是大路货。

这是我的剧，我心里清楚它是不是大路货。

这是个绝妙的机会，知道吗？就差一点点了。刘诗晨换了迷人的气声，眼神依然像钩子。你前面的铺垫很到位，女人守寡很多年，这个引信很明显，又很隐蔽。谁能想到她和这个老男人会有点什么呢？

你不觉得这样很恶心吗？

不恶心怎么活下去？当尼姑吗？

要是这么写，这部戏就成你的了。

管它是谁的，戏只能是戏的！

她现在好像在发高烧，得用冰水浇一浇。刚才在天台她也伙同别人浇他了不是吗？现在轮到他了。他瞄一圈，龙应和康康都坐得挺远，处于安全区域。他听到子弹上膛的声音，漂亮、清凉的金色子弹。接下来，他就要扣下扳机了，而她浑然不觉。

你是不是觉得，女主角的经历跟你类似，所以你更有发言权？

他像刚才她盯他那样盯她，她很顽强，还在死撑。这双他十几岁时就认识的眼睛，此刻瞪圆了，像双管猎枪那样指着他。他相信他也在指着她，他不能手软，这一切都是为了剧本。她轻轻松松就把女主角抢走了，凭什么？那是他的！如果你不能抛开主观情绪，那我就必须无情地剔除它。任何人都休想以任何名义侵犯我的主权。

不出所料，她的脸慢慢灰了。他继续发力，他想看看，她到底在这个意见里掺了多少私心。他相信她没忘，4月28号，附属第二医院。他们几个在妇科手术室外，帮她点了鸡汤外卖。没事的，小手术。我妈知道了肯定心疼死了！哎呀，那就别让她知道。在家靠父母，在外靠朋友嘛！我们几个照顾你，绰绰有余。当时她就哭了，就像第一幕结尾的女主角那样。没错，她也失去了孩子，虽然还是个胚胎。孩子的父亲——那个懦弱的吉他手，在那一刻也彻底死绝了。

我没觉得我跟女主角有类似之处。你觉得有，是不是？你一定觉得有。

类似怎么了？人跟人多多少少都有点类似，我跟女主角还类似呢！

你？你可没打过胎。

所以呢？

所以，比起你，我跟她更类似。

更类似不代表更有发言权。

如果你想随随便便打发掉这个剧，可以不加，我没意见。满意了吗？

她猛地站起来，走了。没有预料中的摔门声，门是雪白的，像立起来的剧本，在雨中犹疑地开合。涮洗还在继续，水滴沉甸甸，落得到处都是。他烤着他的红烟头，这世界上最小的火。在离他很远的地方，坐着跟女主角类似、也就是跟他类似的人。他刚刚刺穿了她，就像刺穿了自己。他在后院走动，张开四肢，让暴露面积更大，很快，发梢就滴水了。很快，他就返回室内，逮住了她。

咱们心平气和地谈一谈，行吗？事情很简单，我不想加什么性关系，为什么你坚持要加呢？

我一直都很心平气和。我都说了好几遍了，我坚持是因为，我发现，你根本没想过加上这个之后会怎么样。我可以跟你保证，效果惊人。

我想过，我觉得很别扭。

你可以回去想，不要急着否定。

我觉得你提的这个意见太细了，如果你有这个执念，你完全可以自己写。

你想说什么？你又发现什么了？

你不觉得，你现在已经不像一个提意见的人了吗？你更像一个创作者，比我还要霸道的创作者！你知道你为什么这么狂热吗？你需要繁殖你的观点，你需要在我的戏里繁殖你的观点，强迫我接受它。既然如此，你为什么不亲自写呢？为什么要在别人的半成品上"画龙点睛"呢？你有没有听过一句话，当一个人的创作欲得不到满足的时候，他会在别人身上进行创作？咱俩是老朋友了，我了解你，你自己去写嘛，把这个绝妙的点子加进去，不是皆大欢喜吗？

我问你，什么叫"亲自写"？自己写的占百分之多少，就可以称为"亲自写"了？一个作品是不是百分百出自一个人之手，很重要吗？你让我自己去写，好，我告诉你，在我来这儿之前，这个点子根本就不存在。我是看完你的剧本之后才冒出来的点子，这不是我的点子，这是你的情节在我脑子里下的蛋！这个点子只能加在这个故事里！

他意念中的食指悄悄松开了扳机。子弹被体温焐热，似乎不再适合射击。康康骑在凳子上，一会儿看看他，一会儿看看她，一脸警惕。

康康，你刚才也读了剧本的，你说说看，这两人之间要不要发生点什么？

做啥啦？你俩吵架不要扯上我哦！

你心里怎么想就怎么说，不要紧的。

康康抓过一份缺页的剧本，掀过来又掀过去。有个瘦男人过来问厕所在哪，又有个大学生模样的来借火。雨似乎停了，人少了点。

我有没有跟你说过我妈？

怎么了？

我想，如果没有我，我妈会怎么过。

你的意思是，女主角是在向她致敬？

我妈以前在东吴纺织厂上班，20岁就嫁给了我爸。她一直说，要不是我，她早就跟我爸离了。

听到这里，康康知道没自己什么事了，一个鲤鱼打挺，跳下凳子窜了。这招够狠，刘诗晨果然沉默了。如果女主角的原型是在座诸位任何一个人的母亲，那么，她就不能跟任何一个老男人不清不白。不需要任何理由，就是不能。

讲起来，这是他第一次正儿八经写母亲。以前，他是石头缝里蹦出来的逆子、葬礼上不流泪的局外人。这感性反弹得如此强烈，以至于他在剧本里杀死了自己。你浪得越够本，你回头就越诚恳。《置换》是公事，《他与她》是家事。前者有多前卫，后者就有多传统。斗室里挤满了陌生人，纸飞机的残骸上印着他白纸黑字的心事。杀手锏很灵，他自觉有点胜之不武。

我有个想法，你要不要听听看？

原来她还没死心。行，他想知道她打算颠覆到什么程度，如果她真能合理地把"母亲"放上欲望祭坛，那算她有种，他乐意奉陪。

在剧本里加个人，一个水性杨花的女人，勾引残疾老男人。

然后呢？

然后这一幕被母亲撞破，导致母亲和老男人的微妙关系破灭。

你的意思是，找个替身？

不是替身，是母亲分化出另一个自己。加了这个女人，既不会损害母亲对自己的定位，又能实现我之前说的"无效生殖"。而且，人物层次也更丰富。

她再次盯住他，眼中压抑着炽烈的狂喜。他突然发现，不知何时，自己的一小部分已悄然离场。他勒令它回来，没错，它脱离他太久，已经变成了"它"。它被磨损、挤压，它与它留下的空缺相去甚远，再也摁不回去了。此时，大脑开启了"强力洗涤"模式，鲜艳的色块在颅腔内飞速搅动，泡沫与脏水混成一片茫然的灰白。直到小王在收银台喊"志炜，有人找"，他才从自我的废墟里站起身来。他出去的时候忍不住回了一下头，果然，她在笑，笑得很有把握。

谁找我？人呢？

小王把他带出门，右拐，绕到后街，后街空无一人。他正要问，小王扔过来一根烟，帮他点了火。

别改。剧是你的，别让人绕糊涂了。

说着，小王自己也点了一根，在烟雾里眯着眼。老好人小王，瘦，话少，不爱笑，看不出来还挺硬。

刘诗晨的意见挺好，但她方向不对。她就是觉得这个剧太淡，没味儿，要加点料。我可以告诉你，不淡。

他不说话，猛抽烟。

最开始，我还以为你俩是一对。细看，又不像。

我们是老相识了，认识了很多年，算是战友吧。

关系再铁，这剧也不能改，什么都别加。信我的，准没错。

好。我考虑考虑。

考虑什么？你是怕不加点性关系，观众会觉得是白开水？

我不是那个意思。

那你哪个意思？你要是不好跟她说，我去。

不用，你放心，我会跟她说的。给我点时间，我得好好想想，沉淀沉淀。

行。

他看看小王，小王自顾自吸着烟。雨气朦胧，对面居民楼里有狗叫。粗壮、急促。他尽量认真地听着那狗叫，他觉得这样会让自己看起来更诚恳。

你的剧本我刚看了，就在收银台站着，一口气看完的。我觉得你应该也是一口气写完的，节奏很紧，每句话都没掉链子。实话说，我觉得这个比《置换》好，因为它难写多了。人总得搞点跟以前不一样的东西吧？难不成你写这个的时候，还惦记着《置换》？

那倒没有。

小王拍拍他的肩，转身走了。尽管收银台离不了人，小王还是慷慨地给了他五分钟，他感激这五分钟。他跟小王第一次见面也是在这儿，那天刚好是小王生日。有朋友买了蛋糕，一开始大家还是认真切认真吃，后来就开始互相乱抹奶油，一群人尖叫逃散。他心想他跟他们又不熟，应该没人会捉弄他，就留在原地没动。寿星小王头戴纸皇冠，满手奶油，追了一圈找不到人，只好折回店里。两人照面，他看看他，他看看他，彼此都一愣。小王反应快，马上笑了，直接冲过来在他脸上狠狠抹了一下。他喜欢这一下，这一下太亲切了，他们的友情自此开始。

他目送小王的背影消失在拐角，有点眼热。后街依旧空无一人，青灰地砖吸饱雨水，严整净洁。十几年前，有个场景极相似的雨夜。脚踏车后座，雨披把他和雨水隔开，塑胶味的小帐篷暖烘烘。雨珠一滴滴，不依不饶地击打他，结实，有力。母亲问他，要是他们离婚了他跟谁。白天在游乐场，他咬着冰激凌说跟爸爸。夜晚来临，他改口说跟妈妈。他们像约好了似的，从来没有同时质问过他。如果他这碗水端不平，这个家就会分崩离析。

　　拐角处的垃圾站满地狼藉，简直就是摆拍的凶杀现场。一杯没喝完的奶茶端端正正放在垃圾投放口，似乎等着主人回来取。一个黑衣人走过去，头顶遮伞，伞面黝黑发亮，一张沙沙响的黑胶唱片。婴儿车和老人椅淋着雨，泡沫箱里的小葱淋着雨，忘记收的条纹床单淋着雨。返程时细节突然涌出，繁复、琐碎，牵扯着他，让他走不快。不远处的据点灯火通明，窗格浸在黄光里，他走一步，它退一步。

　　怎么说？改吗？

　　坐下说。

　　俩人坐下，谈判开始。小王送来两杯柠檬水，看他一眼，走了。

　　你想好这个女人找谁演了吗？就是你要加进去的那个女人，水性杨花的。

　　我们现在是在讨论加不加，而不是在讨论找谁演。咱们一步一步来。

　　我想了会儿，我觉得没人能演，还不如不加。

　　这个角色的确很难演，我知道。

　　我不想把她简化成一个"荡妇符号"，我相信你也不想。

　　没错。

　　如果不简化这个角色，就很挤。你想想，三个人，太满了。

　　男女主角正常走，这个女的本身就浓，密度大，占不了多少篇幅。

二人转变成三人行，是个大手术，而且还没人演。

别老嚷嚷没人演，先写出来再说。写出来，没准十年后就有人演了。东西搁在这，又不会烂掉。

也对。主要是这只能二选一，不能两全。

怎么就二选一了呢？灰色地带很大的，随便选！

写这个剧的时候，我心里一直有个小火苗，我得保护它不被强悍的东西吹灭。这有点像烧苏帮菜，保持食材本味，不加太多调料。

别忘了，你写这个剧，是在《置换》之后。你刚刚结束一次"先锋"，所以对于你来说，"日常"很新鲜、很别致。刚吃完特别苦的，就觉得普通的甜分外甜。

那就当它是我味觉上的一个休止符，可以吗？我非得一部接一部地写"重口味"，气都不喘？

故事性清清楚楚地摆在那儿，"失去独子"！这能是休止符？这能是苏帮菜？

小王无声无息地坐了过来，双手交叉，看着他俩。

打烊了，前门我关了，你们继续。

继续啥？我现在整个脑子都疼。真难，想做点什么真的难。

你说，我们这是在搞什么啊，义演吗？对了，你工作定了没？

聊剧本就聊剧本，扯什么工作？

脑子不疼了是吧？

她卷起剧本，在他头上一敲。他朝小王耸耸肩，小王也耸耸肩。

你们聊出什么没有？

没有。

没有？那就是保持原样咯？

也不是。怎么说呢？我得回去想想。

我觉得你今晚就不该搞这个，又不是集体创作。你看，你浪费了诗晨整整一个晚上，结果呢？结果到现在你还没想好。

没关系的。小王你不知道，就算他不找我，我也是在家追剧，浪费了不知多少个晚上。

志炜，你写了个剧，想让人读一读，看看有没有硬伤，有没有"前面人死了到后面又活了"这种。这个想法，我们完全理解。现在大家全看过了，多数人都没表态，为什么？因为确实没什么可改的嘛！你看，你从小黑屋里出来了，透气了，放风了，店里的消费你也拉动了，差不多可以了。你本来也没指望我们给你改剧本，对不对？

他看看她，她看着别处。十二点了。他站起来，对她说：走吧。

走出门就是大儒巷，两边都是老房子，有几栋还是控保建筑。住户大都搬空了，偶尔还能遇到一只小窗，嵌在霉烂墙壁，四方方，黄澄澄，一个金矿入口。他回头，他们的据点已经黑了，融入夜色的起伏里。小王应该在打扫战场，他会把脏污、缺损的剧本扔进垃圾桶吗？他回想起打印店里的新生儿们，摞得整整齐齐，横平竖直。一个晚上，它们就变作残羹冷炙。纸张破败，字仍是庄重的，小四，宋体，永远都不会死，脆弱的是他们。他和她，没撑伞，在这窄细的肠道里钻，被消化液一样的雨腐蚀着。

大儒巷到头，是一座过于华丽的地铁站。入口的卷帘门已经闭合，照明灯大亮，三级台阶，像个戏台。有个女孩在那里打电话，连帽外套上缀着一圈瑟瑟发抖的绒毛，耳机线是凄艳的红，一绺干掉的血迹。她的脸是调色盘，每个表情都在描画电话那边的人，一笔一笔，使之更清晰。那应该是个男人，一开始嘎嘣脆，后来软烂糊，现在缩进洞里，死活不肯出来。她苦守在洞口，抠、挖、掏，希望他能跟她当面谈一谈。

千万条雨丝隔在他与女孩之间，他走一步，视线就换一个机位。与她擦肩而过之后，他紧抓住残像不放，试图用刚才那几秒发酵更多。他身边已经没有新人，所有新人用的都是旧逻辑。别威逼利诱了，没用的！他想转过身去，走上前，大声地告诉她，你应该像捣药一样，把那个没出息的男人直接捣烂！让他在自己的臼里碎个稀巴烂，永远都不用出来了！

刘诗晨也在看她，他知道她想的一定跟他不一样。她会用另一种方式把这个女孩风干、归类，放进收纳柜。夜深了，马路空寂，他和她并肩朝前走，他们绝不会放过接下来遇到的任何一个人。

刊于《香港文学》2021 年 10 月号

对折

2000 年，班里分为走读帮和住宿帮。走读帮是家住县城的，住宿帮是从乡下中学考进来的。走读帮每晚都回家，吃过晚饭看一集《大明宫词》，第二天来学校讨论剧情。住宿帮听不懂，问这个故事是发生在大明吗？走读帮笑成一团，没人回答。住宿帮的桌肚里经常放着家里带来的酱菜，早晚带去食堂配白粥馒头。走读帮喜欢用调料包干拌方便面，捏碎了抖一抖，直接朝嘴里倒。一放假，住宿帮大包小包，被子卷起来用化肥袋拎着。走读帮书包里塞着租来的漫画，一毛钱一天，几人合着租，轮着看。

走读帮里有个女生 J，机关子女，是从直属初中部升上来的，老师们都认识她。马上校庆文艺汇演，班里打算出个小话剧，剧本是现成的，班主任照例让 J 演主角。J 自己会找人配戏，不用他操心。放学后，住宿帮的一个女生 K 找来了，她说她想演主角。

班主任挺犯难，毕竟今天在走廊上关照过 J 了，现在情况突然有变，不大好处理。他本人属于老师里的住宿帮，老家就在乡下，刚在县城定居不久。老母亲经常背着几只老母鸡进城看他，说城里连自来水都要钱，还没有井水甜。K的老家跟班主任老家就隔一条运河，小时候他经常游到对面偷玉米。出于某种隐秘的英雄主义，班主任对K拍了胸脯，说班里到现在都没人主动报名，既然你想演，那就你上好了！

第二天他就叫来J，做思想工作。你嘛，红人呀！机会多得很！就让她演一回！怎么样？J笑一笑，不讲话。班主任被她笑得有点慌，转念一想，再怎么样她才十几岁，他三十了，总归能压得住。消息宣布不久，班里的其他角色纷纷罢演。他把这些人找来问，发现是清一色的走读帮。有一个懒洋洋地说：老师，我们还能有什么理由呀，就是学习忙，没空演呗。大家纷纷附和：就是嘛，明年就要高考了！我上次月考考砸了，不拼不行了！

这几个也不过十几岁，可加起来足足一百多岁。班主任想：行，我请不动你们，那我指定别人演，总可以吧？他在住宿帮里挑了几个，重新配了角色。人为干预的效果还是不错的，K很感激这次大换血，半夜不睡，在宿舍楼梯间偷偷背台词。直到周一升旗结束，教导主任给了他一根烟，让他在这次汇演里"稍微关照一下J"，毕竟是老同学的女儿嘛。J的笑容再次浮现，看来家里常用的一套她已经学会了。他细细抽完这根烟，一直抽到烟屁股。回家后他又抽了几根，作为教导主任给他的那根烟的延续。这些烟穿过他的肺，让他变成了一个全新的人。

全新的班主任找来了 K，她还是旧的，瞪着一双昨日的大眼睛。全新的班主任把她带到大礼堂，坐第一排，正中间。台下空空的，他也不解释，直到台上出现了 J 和她的伙伴们。他们是临时上台的，每人都拿着刚印好的台词，看一句念一句。有几个人中途停下来看看班主任，他挥挥手：没事，继续念。K 好几次要打断，他没让，直到彩排结束。J 们看看他，他说好了，可以了，今天就到这儿，你们回家吧。

大礼堂里就剩下他和 K，他拿把椅子，坐到 K 对面。K 还坐在观众席上，第一排正中间。

看完感觉怎么样？

老师，您这是什么意思？

你觉得 J 演得怎么样？

不是啊老师……

你先回答我的问题。

我不知道。

你记不记得 J 刚才有句台词，"我现在该怎么办"？就这句，来，你念念看。

K 念了一遍，他不满意，让她多来几遍。终于，他放弃了，说行，就这样吧。他站起来，点了一根烟。这根烟其实还是教导主任给他的那根，他得抽给 K 看一看。他抽得很凶，像是把自己给点了。抽完，他把烟屁股踩在脚底，用脚尖转着踩。

你最近很努力，这一点我们都看在眼里。这个角色你也知道，不是那种苦大仇深的。对吧？

K 点点头，她似乎预感到要发生什么了，开始泪汪汪。

这是他意料之中的。他三十了，她才十几岁，总归能压得住。

我们现在纯粹是在讨论表演，对事不对人。这个角色本身，就需要一种松弛的东西。你看 J 是怎么念的，"我……现在，该怎么办"，这样，就很松弛。松弛，怎样才能做到松弛？一朝一日不行，发愤刻苦也不行。

他好像突然想起了什么，笑着拍她一下：哎哎哎，你看看你，就惦记着谁来演！政治课上学的大局意识呢？你得惦记着谁适合演！

K 还是赖在十几岁大的局里忍着泪，一声不吭。他咳一声，叫了她的全名：

我跟你说，表演是需要经验支撑的，不然很容易用力过度。努力是好的，但"临时抱佛脚"会带来一种刻意的表演痕迹。这种刻意，需要多次练习，才能消解掉。需要真正地登过台，把表演看得不那么严重，才能做到"四两拨千斤"！你看看你，光是彩排，就有点喘不过气了。你这样患得患失，只会让心理负担更重，表演的时候更放不开！现在的情况就是——你越紧张，就越演不好，越演不好，就越紧张，死循环！

老师，我以前没有机会……

等一下，你听我说完。你现在是不是很想证明自己？很想争口气？你这么想就错了！表演，就是表演！

不是赌气，不是报仇，不是头悬梁锥刺股！你得把自己忘掉，放进戏里！艺术第一，明白吗？

那，一开始不是说好的吗？

他一下子懒了，瘫在椅子上，两眼望天。好半天，才缓过来，虚弱地向她招招手，虽然他们已经坐得够近了。她往前凑一凑，他压低声音：

你怎么就听不明白呢？一开始，我是觉得，你喜欢表演，又肯下功夫，一定能演好。后来我才发现，这个女主角出身贵族，从小娇生惯养，直到最后才觉醒。无论是生长环境，还是个人经历，J比你都更像她。你拼命去演一个不像自己的人，又没有舞台经验，时间又紧，这对一个新人来说太难了。如果这个角色像《雷雨》里的周萍那样，脾气闷，心思重，那你来演，我绝对支持！可这个角色明明就是周冲！你能演出那种娘胎里自带的无忧无虑吗？三年后，五年后，可能你可以。但现在没那么多时间，我们要在最短的时间里呈现最佳的舞台效果！你今年多大？十七了？不小啦，马上就成年了，是个大人了！你要是真的热爱表演，就要把眼光放长远一点，不要计较这一次两次。这点事儿真的不算什么！我跟你说吧，以前我有个市公开课，都在班里"排练"了好几遍，大家都听过好几回课了，最后领导跟我说，别人比我上得好，我还不是让人家上了！

这个例子不好，五年过去了，细节历历在目。1995年，他二十五岁，还没结婚。杨主任那会儿还没退，听过他几回课，拍板要他上公开课。旅游时杨主任跟他住一间房，聊了半宿文学，两人都是红迷，都喜欢顾城。后来副校长出面找他，一开口就夸，说他年轻有为，机会多的是。最后他跟一群人坐在台下听别人上公开课，上完，好几个人围着他，说这个教学设计怎么跟你之前的一模一样？好意他心领了，他知道这些同仁们更多的只是想看戏。杨主任也来听课了，站在离他很远的地方抽烟，尽量不看他。后来杨主任住院，他拎了果篮去探望。杨主任的老伴说哎哟是小陈啊，我家老杨总提你，说小伙子前途无量！他笑一笑，放下东西，插到别的同事身后。

这个例子太近了，五年前的脸们还在，就是老了点，抬头不见低头见。也许他应该换一个远一点的，讲讲他父亲：

1970 年，人人都认为他父亲能拿到第一批招工名额，结果却没有。已经积极大半年了，到顶了，有点撑不下去了，总不好前功尽弃吧。父亲干脆积极到底，扎根农村，结婚生子。后来父亲还是回去了，娘俩去寻过，父亲一家很客气，那边的奶奶偷偷塞给他一个小金佛，现在还挂在脖子上。母亲后来改嫁，他变成这个家的外人。在离他很远的地方，有父亲的家，他也是那个家的外人。

他想好了，他可以把小金佛掏出来，让 K 摸一摸。K 会感受到小金佛上的体温，他将不再是一个班主任、一个可憎的中年人。这个例子杀伤力强，但是后劲大。要是他把自己掏空了，回家就得灌点白酒，失魂落魄好几天。算了，犯不着挖这么深，挖多了就疲了。

之后几天，他一直让 K 在台下观摩。好好学学那种松弛感！知道吗？K 说知道了。排练的时候，J 老是看着观众席第一排正中间的 K 和班主任，她不知道他们要干什么。后来班主任不见了，只剩 K 一个，拿着小本子，不时记点什么，像一位听课老师。班主任在办公室抽烟，离 K 很远。

火候差不多了，他问 K：来，说说这些天你学到了什么？J 刚演完，还没走，也想过来听一听。他凶 J：这没你的事！都几点了，还不赶紧回家！

凶完，他觉得 K 又靠拢了自己一点。此刻，大礼堂里又剩下他俩了。

我觉得，最后那段 J 演得很好。就是那个少爷要出走，她拉了他一下。她不是恶狠狠地拉，而是带着犹豫和小心。就几秒的时间，我感受到了她心里那种柔软的东西，老师你注意到了吗？

你继续。

还有就是，仆人通知老爷死讯的时候，小姐的反应看上去很平淡。我一开始总觉得，她是不是情绪没有到位。后来我琢磨了一下，通了。老师你想啊，女主角是个大家闺秀，大户人家的小姐一般都是奶妈带大的，跟父母其实也不是特别亲密。而且女主角没吃过什么苦，父亲去世是她吃的第一个苦，她完全不知道以后会有什么在等着她，所以她的反应不是激烈的，而是呆滞的。这样演看似不合情理，其实更真实。

还有呢?

还有很多,他没细听,让她一直说下去,一直说到他觉得这件事已经彻底搞定了。到底才十几岁,花点力气,总归能压得住。之后他骑车回家,经过蓝天市场附近,那边有庙会,晚凉人多,骑不动,只能下来推。有卖小鸡的,一只扁竹篓,垫上报纸,里面跑着小毛球,染了色,有红有绿。有卖凉席的,一股新草香。虎头鞋浆得硬邦邦,扣子做瞳仁,毛线穗子做胡须。风车有大有小,转一会,歇一阵。油果子黄,凉粉白,冰糖葫芦红。他不问价,也不买,一样一样看过去,像隔着擦得干干净净的玻璃罩。前面有人敲锣,卖强力胶。一块木板上粘着一只大公鸡,两只爪子挣得通红。一个老头踱过来,蹲下去看半天。

你这鸡卖不卖?

不卖,我只卖胶。

你出多少钱?

多少钱也不卖。

你把它给胶住了,不难受吗?

怎么,心疼啦?那是我胶好!粘了就跑不掉!

你这么作践它干什么?

我要吃饭的呀!我不弄个鸡,谁买我的胶?

你这个要怎么拿下来?

不拿下来,就这么粘着!

你卖给我,我买回去杀了吃,不让它受这个罪!

你买了有用吗?你买了我再粘一只,你买得完吗?

你粘多少我都不管，这只我碰上了，我就不能看着它受罪。

哟，老人家你是信佛的吧？

我什么都不信。你卖不卖？

不卖！

他正怀疑这老头是卖胶的请来的托儿，结果老头一把抱起鸡，钻到人群里，跑了。摊子没人看，卖胶的追几步就往回退，边退边骂。远远听见老头喊：我要买你不卖，那就别怪我抢！一根鸡毛飞到半空，一耸一耸的，越爬越高。干得漂亮！他心里暗暗叫好。这老头有趣，简直就是《射雕英雄传》里的洪七公。他还记得那只鸡，红冠子，绿尾巴，威风得很。就算抢回去，俩爪子也弄不下来，只能杀了吃，杀了吃就解脱了。被粘着是活，被杀了是死，到底哪个好？天光慢慢红了，整条大街就像洗照片的暗房。人群稀了，可以骑了，他还是不上车。车链空转，踏板豢着，一左一右，像两只手。卖发卡的货郎摇着拨浪鼓，几个女孩围着看，其中一个穿格子束腰大摆裙，很像J。

回来晚了，女儿在门口拦着不让他进门。他干脆把车一扔，把女儿扛在脖子上骑大马。女儿才三岁，胖乎乎，香喷喷，穿着小红裤。她离十七岁，还有十四年。饭菜留在桌上，罩着蓝纱罩。揭开一看，都是清爽菜。有点冷了，吃起来不像食物。他刨两口饭，夹一口菜，嚼得稀巴烂，迟迟不咽。有个好主意突然过了脑子，他把筷子一放，自顾自叫一声：好！就这么办！说完去拿白酒，自斟自饮，喝了两盅。一碟油爆花生一粒一粒吃干净了，每颗都搓掉红皮，只吃白瓤子。夜里把老婆扳过来，来了一回。今天怎么啦？是中大奖了，还是要分房子了？老婆推推他，他已经打呼了。

第二天，他仍旧让K去大礼堂台下学习观摩。接下来，他先是派人把文艺委员叫到办公室，再派文艺委员把之前他指定的几个配角喊过来。住宿帮们来了，站成一排，眼巴巴看着他抽烟。烟雾不散，一丝一丝，在他四周神游。

人齐啦？他如梦初醒，匆匆灭了烟。

大家应该都听说了，我最近一直在安排K单独训练。现在，她训练得差不多了，我们这个小组可以开始排练了。

老师，J他们不是在排练吗？

他们是参加学校文艺汇演，咱们是参加班级文艺汇演，有冲突吗？同一个剧本，两拨人演，正好对比一下，互相看看有什么不足。

几个人小声讨论了一会儿，他等着。有人说：老师，班里地方太小了，我们这么多人，怎么演？

这个好办，我跟上面说一声，到时候咱们去大礼堂演。

讨论完毕，无异议。他带着住宿帮走进大礼堂。走到J身边，坐成一排。他指指台上：你们几个也跟着看，抓紧熟悉熟悉内容！之后他就走开了，他知道有人会把他的安排传达给J，J会恍然大悟，认为他用心良苦。

　　两拨人同时彩排。一拨在大礼堂，跟其他班轮换着用场地，中途还歇一歇，发点饮料零食；另一拨起先在仓库，后来换到医务室。大家拼命赶进度，远看不像背台词，倒像背英语单词。他现在啥也不用管，功成身退，躲在办公室喝茶。教导主任来巡视，他对他笑，真心的。再不济，他也是个主任，班主任，自家的一亩三分地总有的。沉住气，给点时间，一切都能圆上。

　　2005 年，大礼堂依旧保持原样。

　　金丝绒幕布万年不换，它们悬垂下来，隔一小段就捏个褶，拉上的时候形成一个直立的平面。许多小脚藏在里面，风一吹就四下跑动。空调出风口附近的一小块区域一直在神经质地颤抖。大幕两边挽上去，弧度恰到好处，两片半圆像极了欧式花窗。所有礼堂的幕布都是同一种红，仿佛经过统一的精准调色，开大灯时活过来，红得仪态万方；在自然光下死去，像风干的黑血。说是酒红，其实不太像酒，从指缝滑过的时候，触感分明，比液体多了些涩重，那是布料特有的柔媚。侧看，细密的短绒朝同一个方向倒伏，蝶翅沾满鳞粉，波光漾出织物的肌理。它们吸饱了音，沉甸甸，需要拧一拧。在哗哗流下万股哀愁之后，重新变得轻盈。边幕是沉静的墨绿，跟酒红相配，散发出一股久不清洗的粉尘味。舞台半人高，下边围了一圈一品红，绿叶衬红叶。她掐下一片，断口有汁液，是真的植物，不是塑料盆栽。一条大红横幅，从这头牵到那头，上面的字很大，字距很匀，跟那些从扩音器里传出来的话一个样。

演出还没开始，礼堂空无一人。评委席上立着一排瓶装饮料，看上去很有活力。以前都是摆一溜茶杯，清一色白瓷，滚水泡绿茶。瓶装饮料太凉，只怕老教师的胃吃不消。她找到了自己的名牌，坐下，拿起饮料，把瓶身擦一擦，确认一下保质期，拧开瓶盖喝了一口。为了防止跟别的饮料混淆，她撕掉了瓶身的包装纸。透明塑料瓶，小小一只，里面的液体晃荡不已，漾出白沫。

观众席的座椅是亚光的暗红，很深，人坐进去就被吃了，只露半个脑袋。为了不遮挡视线，前后座位特意错开。这里的秩序感过于强烈，像放大的点阵图。暗影里的圆角椅背如碑石林立，罩着红丝绒。这个巨大的室内墓场，年代久远，平时肃穆，演出时花团锦簇。灯光一灭，又归于死寂。她踏上台阶，一级一级，迈向礼堂尽头。足音叠荡，似乎有好几个不同的自己同时走动。从这一头向前看，舞台成了一张很小的明信片，好像随时可以翻过来，露出洁白的背面、地址栏的横线，以及虚线框出的"贴邮票处"。最后一排离舞台太远，坐在这里的人已经不是观众了，而是若即若离的自由人。可以瞄两眼芝麻大的演员面孔，可以霸几个座位睡大觉，可以迟到早退没人发现。以前她总是坐在第一排，不知道这里的妙处，现在她懂了。侧门还是奶黄，门闩锈迹斑斑，锁还是以前那一把，黄铜锁，地球牌。与幕布同样质地的酒红窗帘，下摆束起。窗外的广玉兰还在，叶和花都很厚重，枝杈揸在玻璃上，仿佛在窥探。水泥地被踏出一层釉面，墙面粉刷过多次，白得很疲。零星鸟声，听起来失了真。新教学楼启用之后，这里就很静。与记忆一一核对，热闹和喧哗都没有留下痕迹，五年如白驹，在罅隙里悄然跃过。

　　她坐回观众席第一排中间，正对舞台中轴线。舞台上早就没了 J，J 可能在北京，或者上海。班主任跳槽去了私立学校，在那里当副校长。她从师范大学毕业，回母校实习。人全换了，大礼堂还在。五年过去了，细节历历在目。那是她学生时代第一次登台表演，也是最后一次。如今，K 跟即将拆迁的大礼堂单独待在一起，没有班主任，没有 J，也没有经他人吞吐、最终到达她鼻腔的二手烟。

刊于《青春》2022 年第 4 期

饵

一

暂且就叫她五号吧。

讲座结束，她排在最外围，这反而比站在头一个更能让他记住。她太瘦了，肉体趣味有限，但她是根好柴。点着了，很快就能烧得又红又透明，他很久没有享用这种老派的自燃了，有点想。这团小火可以烤一烤，祛祛寒，现在的小姑娘都没啥热乎气，阻燃材料，烧不起来。

终于到她了。袖口伸出怯生生的小短指甲，牵出某盏台灯下一片黄澄澄，少女披着浴巾，逆光里指甲刀的金属牙齿一合，小碎屑迸溅。不，不是少女，要稍微老一点。那就叫年轻女人吧，一个不太甜的年轻女人，离了人群，多了点独处的娇憨，叫晦暗的灯光一浸……

陈老师，您看签这里可以吗？

扉页被翻开，留给他一片纯白。签字笔有点漏墨，最后一竖，笔尖内收，洇了一大块。他感觉自己又用力过度了，痴笑溢出脸，得收一收。边上的年轻男生一头自来卷，浓密漆黑，嗅得到干净的汗气。他呢？他嗅起来是什么味道？二手烟？脑油味？酒店的沐浴露应该给了他一种不正经的香气。这个说法来自四号，他挺喜欢她的小聪明。他给了她她该得的，就让她毕业了。

新人五号，朋友圈里全是流浪猫、红枫和露珠的近距离特写。她应该生在八十年代，编两根麻花辫，参加诗会、交笔友、写信，在老照片里笑。可她走在巨型LED墙下，身后的点阵屏耀一片惊惶的荧绿，灯链缠树，监控探头滋滋吮吸图像恰如昆虫的口器。她摆摆手向他道再见，顺着台阶走入地铁口深处。那入口是半截入土的水晶棺，吞咽、运送她，穿过大半个城市，最终将她变作瘫软的一截，排进孤零零的出租屋。出租屋极小，通风不好，充满了年轻女人的体味。闻着有点不洁，很快就变成了家常气。椅子上的专业书堆得老高，只能勉强坐在床沿。她去厨房烧水，惊动了暗处一只油黑大蟑螂。虚掉背景，手机屏大小的一块区域里，是可以拍出一点岁月静好来的。酸奶瓶里站起一枝绿萝，快递纸盒大摞小，粉色文胸晾在门后的粘钩上，那画面有种清苦的美丽。

这是一号的画面。自那以后，他不再碰南方来的姑娘，太沉重了。或早或晚，她们总会跟他讲起小时候的事。南方多雨的午后，黑瓦青砖，檐缝里翘着睫毛长的细草，天井里永远坐着外婆，他的也好，她们的也好，死去一茬再老出一茬。囡囡长大，留下壳飞掉，外婆更新换代，又好像永远是那一拨，白兰花气味清甜，白发上带着梳齿痕，像灰白砖雕。还有女儿们，长手长脚，坐在阁楼深处，苍白，孱弱，透明。每一只都瘦伶伶，静悄悄地长大，静悄悄地嫁人。或许在阁楼深处，还丢着一只她小时候玩过的拨浪鼓，红漆剥落，霉味呛鼻。一摇，灰尘四起，逗引出整坛女儿红的清泪。

二

一号桌。男人深蓝，女孩嫩红。

深蓝是挺括的西装料子，织物纹理严谨。嫩红是毛茸茸的线衫，镂空处露指甲盖大的肌肤，满身都是这种小面积裸露，加起来一定很可观。

三号桌女人的后脑勺是他目光的中途落点，一只发髻拧得极紧，是硬的固体。也许在某个松软的时刻，女人会拆掉发网，抖一抖，发髻化为一蓬软烟，其间丁零咣啷掉下一些黑色大头针，蝴蝶又能飞了。

三号桌靠右，他看得太久，不太自然，得补偿性地看看左边。左边是窗，窗外一堵白墙，平淡无奇，但一定有其他客人出于无聊，认真地看过它。他想象并模仿了那种认真，就这样，东张与西望扯平了，他又像个路人了。

他们绝对不是父女。

女孩的鼻尖和指尖都很红，感觉是染色之后由浅到深的渐变，白床单上洗不掉的稀薄血痕。男人背对着他，一言不发。也许之前，他们之间有一些过于活泼的动作，使他们此时变得沉重了。植物初生的芽苞，鲜嫩水润，谁不想采摘呢？可离了枝头，它们就死了。

女孩把饮品郑重地举向嘴边，一缕发丝滑下，男人及时捉住，帮她撩回耳后。饮品晃悠了一下，漾出一点奶沫。

一些橙色的人在门外支起橙色的支架，他们应该是电工，打算修路灯。马上，熟悉的装修噪音就来了。马上，咖啡馆就变成了工地。有时候你必须在工地上谈事情、哭泣、喊叫，戴着黄色劣质安全帽，踏进废墟，在蛛网掩映下道别。

女孩盯着正前方，眼神很僵，她看起来就像个瞎子，在爱情里失了明。相比男人的松弛，她显然是魔在记忆里的那一个，就像当年的一号。其实他不太愿意这么称呼一号，她有自己的名字，他到死都记得，他把它们文在心上，他的婚内初恋。她跟着他走过一人高的暗绿灌木，蜡质叶片熠熠着眼睛大小的光斑，有些枝杈打边上探出，擦在胳膊肘上，生疼。那时他还住在岳父家，东环新村。在异乡扎根不易，好容易抠破水泥地，避开交错的管道，钻入刻薄的地缝。导航带他到小巷尽头的老字号，跟本地人挤在一起喝虾皮小馄饨。摊鸡蛋卷饼的老头成了他的忘年交，他从他嘴里挖出大同小异的家族史，还送了他孙子几本凑单买的儿童读物。慢慢地，他用他取代了老家的二叔。之后东环路修1号线，整治无证摊点，他再一次失去熟人。路口变成迷宫，身为新村老住户，他经常指点路人，往前直走500米有地下通道。

他略微胖了点，再也不是大学毕业照上细脖大眼的瘦螳螂。他没想到，这才几年，他就想逃了。他知道她挺干净，但慢一点脏就不代表不脏了。他为什么要伤筋动骨来一次慢动作回放呢？或者，所有身外之物都可以回放，而他本人，却是绝对单程的。

没那个必要。修电脑的老王这么跟他说。他拎着跟了他十二年的老电脑，想要升级一下配置。没那个必要，你这个处理器不行，加再多内存条都跑不动。于是，那台他当年自己买给自己的生日礼物，被现场折旧卖掉。狠心的感觉真好，硬盘马上被移到新机器里，点开一看，稿子和照片都在，像不死的鬼魂，换上了新的义体。新瓶装陈酿，他把自己在女孩之间倒来倒去。年轻的容器，有的是大喇喇的广口，有的是美人耸肩式的细口，他进入了，他流出了，他撤离了，瓶底风干了残液，等待下一轮荷尔蒙的刷洗。他总疑心，最终他会在这频繁的灌装中，把自身挥洒殆尽。

在此之前，他可以在咖啡馆里观赏他人的预演，你可以在他人身上操练自己，你永远不必亲自死。男人分担了他的一部分，女孩则是很多个的平均值。他安全地，在三号桌的掩护下，心算剧本的走向。啧啧，为什么要坐实呢？坐实了之后全是麻烦事。刺耳的切割声传来，男人和女孩都一惊，好像那台掏挖的手术已经开始。一粒罪恶的细胞企图变成证人，得扼杀在萌芽状态。妇科医生会小小地羞辱她一下，好让她长点记性。

二人似乎进入了胶着状态，无台词，无动作。没关系，他可以帮他们补上，毕竟，他也当过当事人，更高明的那种。三号桌结账走人，他失去掩护，感觉自己一丝不挂。咖啡杯早就空了，蚀骨的香气变作棕黑的炉渣。他太显眼了，他最好借着三号桌弄出的动静，不声不响地离场。

三

张龙应是当年的自己，他是当年的岳父。

终于有这么一天，他结好网，坐在自家房子的中央。房子是自己的名字，真皮沙发很早就购置了，进口货，半新不旧，被用出了手泽。弹簧还是很弹，像另一只屁股。他坐在当年岳父坐的位置，张龙应坐在右手边。眼神如马的年轻男人，来自大山深处，敏锐，细致，至诚至热至纯洁。

陈老师，我还是认为，理想得先被现实滤一遍。您觉得呢？

这个说法让他大笑起来，年轻人真像一把短刃啊，雪亮，锐利，但长度不够，刺不深。他不年轻了，他不敢说自己就刺得足够深了。他用小半生实践了这个问题的一小部分，他已经没有回头路，只能建议张龙应走另一条路试试。这个问题要几代人的青春累加才有答案呢？他的笑骤停了。这样吧，我给你讲个故事——

日本江户时代有位将军，他女儿特别漂亮，很多达官贵人梦寐以求。有一天，将军被死对头灭门，小姐被抓走。抢到了绝世美女，士兵都兴奋得抓耳挠腮。他们把她绑起来，按照军衔高低，排队享用。这个小姐呢，一身白衣，束着腰带，就是那种很名贵的腰带，好像叫西阵织。整个过程中，她没有哭喊，也没有反抗，她一直在摸腰带上的花纹，花纹很精美，她摸得很慢。好像她不是在被凌辱，而是在施舍。她把自己的肉身，施舍给这些可怜的大老粗。他们没有得到任何征服的满足感，个个心里都空空的，像是死了一回。

故事讲完，房间很静，似乎有手抚过华丽织物的窸窣之声。他起身，在书架拔下几本书，搁在张龙应面前。这是他大学时买的，读本科那会儿，随家仓公交站有个旧书屋，一屋子霉味。他抱着书去买单，花白头发的老板摩挲着其中一本，手背皱缩。手边的青花瓷小碗里，一捧铜钱草圆头圆脑，很无辜。最终，老人的右手往虚空里斜砍下去：不管了，卖了！这几秒的停顿让他心痛至今。

他也到了这一天，书店老板与岳父退至幕后，簇新的后辈郑重地擦拭着陈旧的封面，乌黑的智能手环在腕间晃动。他知道他每晚都夜跑，跑过广场舞方阵，跑过灯红酒绿，跑出一条独狼般的窄径。有人传承他是高兴的，不过这么早，他就化作春泥了吗？

从他向他打听"那个喜欢穿长裙的学姐"开始，他就嗅到了什么。他戳穿他时，他低下头，耳廓烧红，两颊涌出热辣的羞色。这几年来，他被迫慈爱了起来。年轻人一茬一茬地更换，他们轮流登门拜访，坐在同一个位置，诉说着相似的苦闷。他们永远不会想到，这些苦闷，这位"如父如兄"的听众也有份。在某个公共场合，男人用寡淡的医者口吻讲《金瓶梅》，少男少女带着患者的表情听。创作理论极正派，心理学术语极严肃，咸湿味被晾干。解剖者会被样本蛊惑吗？台下那磅礴汹涌的欲望之海，翻卷吞吐，不厌其烦地拍打堤岸，企图濡湿稳重的岩壁。他总害怕进入文本太深，按捺不住小腹蹿起的热流与痉挛。眼前的张龙应，格子衬衫下凸出结实的肩膀线条。他会裸身想着五号吗？他比他更坚硬更挺拔，很轻易就能从幻想里掳走她。学姐周末有空吗？我听说有家咖啡馆的甜点不错，还可以撸猫喔！男孩穿一身运动服去赴约，血气方刚，不需要名牌西装。他满心欢喜，看景皆有情，金叶熠熠，小狗的毛色里藏着诗意。在这细碎的延宕中，时间突然紧迫起来，他小跑着冲进咖啡馆，女孩早就等在那里了。对不起对不起，等很久了吧？他头冒热气，大口喘息，像是刚经历了一场酣畅的单人性爱。落地玻璃窗框起两人，多好的一对！女孩的燕麦色双面绒羊毛大衣柔糯无骨，豆沙色口红带着小妇人的娇媚，预演了未来年轻母亲的雏形；男生像中场休息的篮球运动员，正值繁殖旺季，擅长某种激烈又迷醉的冲撞。四目相接，幻想的气根自口、耳、鼻、舌噼噼啪啪伸出、疯长，撑爆这狭窄的空间。年轻男女就地升空，双双失踪，进入失重的私人宇宙。电话被按掉，信息被搁置，生老病死统统被屏蔽。而他像个观看烟火表演的老人，在玻璃窗外眯着眼背着手。慈爱的、年长的路人甲，几秒后就会走出镜头。

在这一切发生之前，男孩把人生版图摊给他看，询问他是否要去支教。他不能心急，他得摸清楚他是不是真的想听意见。如果他煽动得过于狂热，他会不会怀疑他有私心？

四

饭局结束，他们打算转场，王俐要先走，说是得回去看女儿写作业。她的包很沉，包带挂上肩，她笑得像个纤夫：你们继续！我怕我在这里，他放不开。老刘他们立刻哦啊嗷一阵怪叫，让开一条夹道。王俐一脚踏进口哨与欢呼，最后还谢了幕。这下美了，母的都跑了，他们变回野狼帮，窝在一块，脏兮兮地快活着。

从饭店一出来人就冻透了，感觉像在蹚冰水。他们拒绝打车，在寒气里赛跑。一群胖土匪，又嚎又骂又笑。踏进酒吧的那一刻，角落里的电钢琴突然发了疯，大把高音泼人一个激灵。光线颓暗，键盘手被扣在杯口大的追光里，与琴键激烈搏斗。荧光蓝背景，一根金属味的女声颤巍巍立起，单薄，神经质。吉他跟上来，洒下一地沙沙，搅散了孤绝。雄性的鼓点跳入，合奏到齐。至此，险境已平，耳朵们放了心。

等他回过神，有几位早开始吹瓶了。他们仿佛带来了大排档味儿，吧台奇异的太空感消退了，门口的圣诞树也丧失了异域风情。不一会，他跟老刘结成了一对，老刘负责讲他的"瘪三客户"，他负责听。半途，马兵截走了老刘的话头，因为他也有一个"瘪三客户"。他又落单了。吧台的小姑娘进来送果盘，在康康的二郎腿上绊了一下。

喔哟——做啥啦？我们康康可是结了婚的哦！胖李是他们"四人帮"里的"黄帝"，从小黄到大，一点荤腥都不放过。小姑娘不要他扶，站稳了，笑一笑，挣了胳膊就走。

胖李哇，你别把人家吓坏了！

心疼啦？我去帮你要微信！

毛病啊你，我多大？她多大？……要死了！志炜，快！快堵住他！

胖李劲挺大，蹭了他一裤子灰。康康眼色活，及时帮他拍掉了。最终，这头猪被他和老刘摁在皮沙发上，徒劳地蛇形游动。胖李刚剃了个圆寸，后脖颈堆着几层皮，跟小学那会儿一模一样。那时候他们一起去偷看女厕所，胖李带头，两脚勾着棚顶的横梁，身子倒挂，一点一点朝前挪。粪臭味不明显，领口汗气腾腾，红领巾悬在两眼之间，特别碍事，最后他们什么也没看见。

林浅小学砍掉了，你们知道不？

知道！村小合并到乡镇小学嘛！那一整块都推平了，说是要盖住宅楼。

郝卫建，老郝。记得不？前年生了癌，死了。

不是去年吗？

什么癌？

说是淋巴癌。当时回老家，我想去看看他的，后来想，算了。

算啦，有什么好看的？还不是拎个果篮去坐一坐？坐完出来一看，五个未接来电，瘪三客户。

老郝当时最疼志炜了。

对对！经常读志炜的周记，还把他叫到办公室开小灶。

想啥呢？老刘拿胳膊肘顶了他一下：老郝走之前你没去看看？白疼你了！

老郝还记得他吗？五年级，老郝带他们语文。同学们都说他是老郝的干儿子，老郝奖过他钢笔和硬面抄，学校奖给老郝的，老郝又奖给他。硬面抄扉页写着：**郝卫建同志在教研优课评比中荣获一等奖，以资鼓励**。小学毕业后，他们再没见过面。如今，老郝带着"陈志炜将来必定有出息"的预言死了，盖棺定论。

酒劲过去，有人开始打哈欠，有人跟着打。他们最近见得有点频，新料还没出，旧闻都聊腻了。马兵站起来，说账我结了，你们慢慢玩，我明天还有个会。胖李不许他走，说要嗨到天亮。老刘说等你的离婚官司有结果了，我们再聊嘛！妈的，哪壶不开你提哪壶！我没什么条件，我闺女跟我就行。好好好！行行行！一切照你的意思办！几个人从不同方向拍打胖李，把他拍得东倒西歪。老郝还在某处盯着他，他不能让自己变成胖李。

代驾到了，他坐上副驾驶，老刘他们在后座唱歌。车拐上人民路，大街异常空旷，两边的香樟树在头顶交错，形成奇异的甬道，他们像是坐在缆车上滑动。红灯停，一车人的脸被映得暖洋洋。夜街半明半暗，像是从高楼延伸出的一部分。此时，路右侧出现两个人，一前一后。前与后之间，始终保持着微妙的等距。交通灯跳绿，路灯被反超。近了，更近了。果然，两人之间有根金属杆，很细，女孩和男人分别握着两端，看上去他好像在遛她。是三号桌，深蓝和嫩红。过了路口，男人小心地放开手，女孩的导盲杖敲击地面，清脆有声。

五

他告诉自己，陈心怡不是陶陶，陶陶已经永远地失去了。

五号露出了听讲座时的专注，他不喜欢这样，她的表情让他想起没完没了的会议。穿着唐装的工作人员不停地给你续茶水，一只一只揭开杯盖，从右至左，或者从左至右。续水声听着让人想小便，续完再配上轻微的一声"叮"，杯盖合拢。会议室大都雷同，万年不洗的化纤地毯，墨绿金丝绒桌布（有时是酒红），塑料感极强的大型绿叶植物……陶陶不应该被摆上这种祭坛。

其实我一直都幻想自己有个女儿。

他向她出示了手机里的一张图，推特上存的。一个老外穿着T恤，上面印着给女儿男友的10条准则，最后一条是：

WHATEVER YOU DO TO HER, I WILL DO TO YOU.[1]

父性里得掺一点血性，提鲜。哪怕是借来的呢？母鹿般纯净的黑眸里，双生的中年男人缩到豌豆大，狡黠地盘踞着，一齐望向他。他望向窗外。

医生说保不住了，不过也没什么，它可能只有这么点大。他用食指和拇指捏出一粒虚拟的小女儿，轻轻朝前一送，她太阳穴处的某根青筋立刻揪紧了。

陶陶的出场经过改动，没关系，它本来就不是实物。

我出了医院，在外面的长椅上坐了很久。我当时没想到，这一错过就是永远。

就是那种公园里常见的原木椅子，被雨水淋得很旧，轻微霉变，又被晒得发白，看上去像是水泥质地。以前他跟一号说的是他趴在桥上看水，为了不那么流水线，他每次都稍加改动。他先让自己坐在长椅上，双手插进头发里，下一步他打算安插季节和天气。

此时，邻桌大学生模样的男孩们发出一阵爆笑，手机在三人间传来传去。红黑拼色的棒球服，绣着金线的英文字母，看着就很吵。鸟鸣漏进来，更多的咖啡豆被磨碎。而他还坐在长椅上，接下来的内心戏很难演，十

---

[1] 你对她做什么，我就对你做什么。

分需要安静。

陈老师，您没事吧？

五号凑近了看他，她的瞳仁是茶色，明前茶。他压着嗓子说我没事。他沉默太久，被理解成了失语的哽咽。相比四号的侦探体质，她真的太省心了，这无条件的信赖会转化成执拗的纠缠吗？像一号那样？他可不是容易感动的新手，他得童叟无欺，尽量不留后遗症。不演就是演，今天就到这里。不急，除了死亡，压根就没有终点，以后说不定还有六号七号八号，他不必一次性烧完。他打算留白，晾几天，发几首诗，也给她讲讲那位"江户时代被强暴的小姐"——他自己编的、修订了无数遍的口头创作。他把椅子往后挪，准备结账。

对面在酝酿风暴。她后背笔挺，坐得很直，似乎在立正。受制于某种强烈的暗示，他又坐下了。

随后，咖啡馆里空降了一张病榻。2008年冬，雪灾洗劫了一批老的和病的，十二岁的小姑娘伏在床前，抱住一只还没死透的手。也许下一秒，它就不再是爸爸的手了。与此同时，邻省的医院大门外，年轻的男人坐在长椅上，抱着头，缅怀刚刚被产钳夹碎的女儿。它一定是女儿，苍白羸弱，毫无反抗之力，终身不见光。那份来不及成型的阴柔，混在其他的废料里，变成血淋淋的人"下水"。更小的时候，某个雪天，她和妈妈打着伞去接爸爸。天地是洁白的大病房，爸爸在正中心，越走越大。小黑点先是变长，慢慢分裂出头、手、脚，就像胚胎发育。她知道，他其实很想给她一个机会，让她看看这个世界，看看雪，哪怕十二岁就让她伏在病榻前呢。

她声音颤抖，泪珠又大又烫，像现场烧制的玻璃球。她任它们凛然跃下，在他意念中散落滚动。鸟鸣没了，邻桌的大学生再次哄笑。

六

不开灯的房间里，女体温热。右手抬起，悬空飞行一小段，缓缓降落。几乎永远到不了头的慢动作，她的肩膀变美了。他停留在她肌肤正上方一寸处，然后，被吸入。触碰的瞬间，电流过脑。抚摸是涩重的，每停留一秒，黏度就增加了。咖啡馆里的记忆复活，画面回放，与新鲜的触觉交叠，想象一一兑现。人中短，唇瓣上卷。毛衣下的凸起与颤动。腰部那受了惊似的收缩线条，多次被打断的流畅感。他对所有衣物陡生恨意，将其狠狠扯下、抛掷。火花引燃烈焰，钻头四下寻找水脉。高温熬出胶质，巨蟒湿淋淋翻动。他虽两次为人父，但至此他才成熟，猝然读懂了那柔弱里狡猾的索要。他要填满所有凹陷，陶陶也不能让他泄气。她失父，他丧女，他们是天生一对。他会保护她，她会激活他。他成功调走了张龙应，走着瞧吧，精神导师未必是肉身败将。年轻就了不起了？他也年轻过，那时他一无所有，他相信他们也是。哪次吃饭不是他买的单？就算他回到她的年纪，他还是毕业照上细脖大眼的瘦螳螂，做家教的钱都拿给前女友打胎了。给他十个五号他也留不住，他还是会搞砸，有了这些年的沉淀与练手，他好歹做到了"如父如兄"，他到底在自卑什么？大器晚成，他正是最好的年纪。"威风迷翠榻，杀气锁鸳衾，珊瑚枕上施雄，翡翠帐中斗勇。"男人收紧核心，不断探寻火烫岩浆的最深处、更深处。他勇猛得太久，跟平时大不同，王俐只好拍拍他：哎哟你好了没呀？快点呢，九点还要赶车。

候车大厅是太空舱，乘客零星几人，穿得圆滚滚，像是要去登月。LED屏是墙壁上开出的一扇大窗，不锈钢垃圾桶锃亮，3A检票口附近，漏进一块金贵的阳光。

光是狭长的，多边形，有个显眼的尖。尖头正对着女人的一只脚。脚尖勾直，长筒靴的靴筒撑得极满。视线往上走，酱黄长裙，肉红大衣。腰收太紧，扣眼挣出了褶皱。厚肩，宽颚，圆下巴，高领羊毛衫是颈间一小块温柔的白茫茫。典型的美容院保养脸，油光发亮，口红涂到唇线外。发丝烫得很蓬，向四面八方弹射。精气神是好的，但过于灼灼了，有点杀眼睛，整个人陷在饱胀的秩序里，随时准备爆破。女人终于察觉到他在看她，侧过头，变回王俐，摘掉他羽绒服前襟的一根线头。

用五号换掉她！五号，周身罩一圈光晕，会消解旁边民工衣着的暗沉，跟后面那对双胞胎的蝴蝶结呼应，甚至能中和检票员动作的机械与枯燥。如果五号在，他会跟她一起，兴致勃勃地把候车厅兜一遍，大灭火器鲜红，小灭火器碧绿。广告牌上一人高的模特脸部特写，来自工业女神的窥看。一间用亚克力围墙凭空拦出来的内衣店，指甲盖大，里面设计得云雾缭绕，使用了大匹轻纱和流苏。在不断响起的进站提示音里，刺绣蕾丝和鲸鱼骨胸托愈发妩媚。旅行书店里有一小截感人肺腑的节日小彩灯，电流串起五颜六色的水果硬糖，粒粒晶莹，看得人牙酸。吹弹得破的薄塑料袋，包着五色垃圾，码成一只只水晶虾饺。安检 X 光机忙，大型饮水机闲，自动取票机切换着三种界面，擦鞋机边上是投币式按摩椅。各种机器躲在人群里，像另一些人。前后两块显示屏，等高等长等宽，播放频率一致，看了这块，又看另一块，怕它掉队。用五号涮一遍，一切都别有风味。

在他右边，车窗外的景物嗖嗖飞过，带着紧张的逃逸感。左边的王俐依旧在刷微博，就像她瘫在家里沙发上那样。以前她还会给他发一些链接，比如某地学区房爆出黑幕啦，商业保险里有猫腻啦，饮浓茶伤胃啦，婆媳关系的关键点在于老公啦，后来她就不发了。她加了一些群，逐条逐条听着语音，笑得咯咯响。她在他眼皮底下，与电子同类成功抱团。他不禁追溯到最初的那个问题，他为什么要选她？15 车厢 07D 座位上的这个女人，跟 07A、08F 上的那两个，根本没什么不同。当年，一场大败将他打回原形，他遇到了王俐。王俐皮实、敞亮，笑哭分明，不用费心去猜，过个生日早早就嚷到世人皆知。轻愁淡恨美则美矣，一不留神就被捏个粉碎。你别跟我说你是孩子的爸爸，你现在没资格当爸爸，你先把你这个儿子当好再说！相比之下，老父比他这位嫩父更有话语权。于是，不情愿的扳道工扳动道岔，以此与某条人生道路永别。在既定的铁轨上，女乘务员在车厢过道里走动，曲线紧凑，动作利索，没有香味。卫生间的铁皮马桶很局促，洗水池一拳大，洗手液是果绿的啫喱。在应付岳母和王俐几个舅舅之前，他还能在这现代化的甜美里浸一会儿。

也许，世间从来就没有正确，所有人都在以错纠错。

他擅自带回了五号，连五号本人都不知道。他觉得她能救出他，就像以前王俐那样。后来她旧了，失灵了，但他不怪她。以前的王俐并未清除完毕，她衣柜里还留着学生时代的衣物。偶尔回娘家，她会穿上一两次。旧壳里埋伏的少女被扰动，在樟脑丸味里化作青烟一缕。所有人都有保质期，包括他自己。岳父的轮椅吱呀吱呀，该换了，但他不，他打算用到死。他没跟岳父谈过岳母，他们那一辈人，什么都是用到死。但他不一样，他可以召唤五号。

带上五号，他饭后独自去了小区花园。花园萎靡，喷水池完全干涸，池底水管盘踞如异形生物。月季竟然还在开，花瓣边缘皱成了冻疮红。王俐的消息追过来：表姐家的小孩上次办满月酒，我们没回来，红包这次补一千？他在寒风里抖抖索索回一个字：好。

一碗水要端平，你叔叔做手术，我们也是包了一千块红包。

你决定好了。

总归要跟你说一声，以前你不是总抱怨说回趟老家，小半年工资没了？

那是以前。他小心地顺着台阶下到喷水池底部，想了想，发过去一个微信红包。

啧啧，无事献殷勤，非奸即盗。

他不再回复，按下关机键。池底挺干净，有些枯枝碎屑，被风反复搓洗，像散落的标本残片。瓷砖初看是白，细看是极淡的蓝，一小格一小格蔓延开去，整个水池都浸在这薄脆的水色里。纵线与横线在他脚底咻咻汇合，又呼啸而去，延伸到无限。他在这张大网上一屁股坐下，不多久，寒意上蹿。五号跟他一块儿坐着，边上一株蜡梅，冷香隐隐。有人走近又走远，衣料窸窸有声。零星鞭炮响，麻雀啄食草籽，天穹像只大冰柜，储存着易朽的一切。这干冷难以撼动。西北一小块云冻住不动，边沿呈现奇异的擦痕。这是五号眼里的世界，她已经帮他剥去硬壳。

叔叔，你怎么一个人坐在这啊？

一只毛茸茸的脑袋歪过来，糖葫芦签子差点戳到他的眼。小姑娘穿着救生衣一样鼓囊囊的黄棉服，无声无息地靠近他，像是要救他于溺水。

你呢？你怎么一个人乱跑？

我不是一个人，跳跳跟我在一起，我们刚才还玩骑马呢。

跳跳在哪？躲起来了？

小女孩笑了，咬下一颗糖葫芦，冰屑一样的糖渣从嘴角纷纷掉落。

我告诉你吧，只有我能看见跳跳。我走到哪儿，就把他带到哪儿。

七

爸，你跟那个刘阿姨还有联系吗？

两只圆滚滚的手臂在下巴处合并，虎口相抵，叉住一颗头。她托腮看着他，眼神是十二岁的菜场老妇女。他停下笔，尽量坦然地跟她对视。他怀疑他和王俐祖上可能有非洲血统，为什么他们的女儿又黑又壮，还老欺负班里的男同学？家庭内斗他早就败了，他做不到像王俐那样，在洗澡、去公园、上学路上全年无休地诉苦，于是他理亏了。也好，有他这个反面教材，起码女儿长大后不会轻易被男人骗。他觉得她长得太大了，简直像个小孙二娘。他伸出手想摸摸她的头，看看能不能让她缩小一点。她脑袋一偏，避开了。

妈妈说你就是喜欢那种娇滴滴的狐狸精。就像我们班的周洋洋，体育课老请假。好多男生给她写小纸条，恶心。

他翻翻手头的小说，里面是拿掉了妻女的幻境，他自在地潜了一上午，刚露个头就觉得窒息，他决定再次扎进去。陈心怡已经感染，他下辈子的两个女人就这样了。等她上大学，王俐就该聊到他前女友打胎的事了。啧啧，说起来你还有个同父异母的姐姐呢，叫陶陶，你爸给起的。不过这个陶陶被流产流掉了，你爸当时刚考上研究生，还没打算结婚。那个女的伤心死了，跟你爸拜拜了。陶陶要是生下来，我就不会嫁给你爸，也就没有你了。

　　她赢了陶陶，正式成为他的女儿。小时候，她还是他的。你们不要吵了好吗？她哭得红彤彤，像只剥了皮的小动物。小手耙着他的胸口：爸爸我们不生气了好吗？爸爸你听我说好吗？隔壁中学的广播体操进入跳跃运动，飘窗上的玩具色彩明快。他跪在地板上抱着她哭，他的眼泪混着她的。防盗网的影子很软，覆住他也覆住她，怎么也甩不脱。她刚出生就进了 NICU，他在吧台边铺了几张纸壳子，和衣眯着，没日没夜地等结果。他不敢给她起名字，他怕又是白费，他做好了老天爷把她拿回去的准备。熬了好几天，父亲来替他一下，让他回家拿换洗衣服。公交车开到人民路，后面有个女孩接了个电话，马上痛哭流涕地拍车门：停车！我姥姥死了！我要下车！司机一愣，原地放人。他跟着女孩，跌跌撞撞滚下车。他突然发现自己无丧可奔，只能趴在晋源桥上看水。签了两次病危通知，她终于出院。之后她身体一直不好，他提心吊胆地写了好几年的《育婴日记》。极普通的速写本，纸张薄脆，看着就很灰心，好像随时准备被焚毁。有时候，家里没人，他会偷偷拿出来翻：

　　6 号发热咳嗽，看了三次不见好，甚至有些喘。今天（10 号）开始打青霉素针。

　　6 月 19 日，早上四时左右拉一次，至下午五时无屎无尿，脾气怪。

12 月 23 日下午三时左右，抓锅盖被蒸气烫伤左手腕及指头，伤势严重。当晚还可，24 日早换药，下午不时发烧，叫疼。外用"京万红"药膏。

日记断断续续记了三年，篇篇主语缺失，但每个字都是写她。这三年里，他任由王俐叫她"陈心怡"——读幼儿园时，一个班里三四个"心怡"。后来，因为别的原因，他又去过几回晋源桥。再后来，2 号线动工，晋源桥被炸掉重建，她在他身边被分批偷走。如果当年留下陶陶，他的人生会不一样吗？"陶陶"和"心怡"，都是快乐的意思，可他是个不快乐的父亲。

爸！我妈说她要加班。我们去吃垃圾食品好不好？求你了！她双手合十，不住祷告。眼珠子动来动去，腮上的酒窝若隐若现。一瞬间，冰河解冻，胸口巨石碎成齑粉。他笑着点头，捏捏她的脸，一只结实的小毛桃。

父女俩出了门，向炸鸡和薯条前进。她穿得像只瓢虫，在他前面跑。他像是在遛她，不对，是她在遛他。她牵了根无形的绳，她去哪儿，他就跟到哪儿。他们半途拐进了公园，她找到了很好看的小红果子，珠圆玉润，在冷天里特别诱人。她选中一棵，指挥他过去采。这个是老公园，还没来得及改造，垃圾桶还是他小时候常见的小熊猫吃竹叶，旧得满身癣痕。天上远远贴着个大风筝，薄薄的，像块痂。他低头摘果，感受着果柄与枝干断裂的爽利。渐渐地，一种静漫上来。他抬头寻找她，只看见灌木丛后的半个身影。

陈心怡你人呢?

爸,这里特别多!快来!

别往里头钻,有那种小尖刺,会划伤手的。

哇!真的好多!爸!爸你快来!

他剥下充电宝的保护袋,把小红果子一粒一粒放进去。小红果的外皮挺硬,有点亚光,像人造革。他扎紧袋口,恋恋不舍地起身,打算去跟女儿会合,直到他看见了她。

她应该站在那儿挺久了,好像从她十二岁父亲去世起,她就一直站在那儿。冬风骤起,残叶如疾雨,横亘在他们之间,急急落了一地。

刊于《特区文学》2021 年第 1 期

箭与靶

邵波来找我，选了个位置，站好，开始点烟。

遮阳帘下了一半，裤子被晒得暖洋洋。楼下空地有小孩踢球，五楼的高度，正好消了音，留几个活泼的动作。又来了，又要等我先问。我打定主意，这次一定要绷住。

皮球飞入花坛三次，烟灰弹了五遍，他终于开了口。

没问题，你把我手机号给她。几点的火车？

四点五十。

那你最后一节自习课下课就走？

她自己打的过来。

皮球再一次飞入花坛。

眼保健操的间隙，我收到一张照片，一个女的，挺秀气。一条消息跟过来：在她面前不要提我跟玲玲的事，谢了！回头请你吃饭。

我扒大了看，没用，虚的。后勤部小余喊：刘老师有人找！

校园广播准时响起，每次都能听到广播社夹带私货的流行歌。歌曲高潮部分太响，太甜，家长明显感到不适，谈话被迫中断。谈完，送客，正想把脚跷上桌面，对方又折回来，说是取车钥匙，我准确地踩进空鞋，马上又像个老师了。好容易真走了，我弯腰整理刚才踩塌掉的鞋后帮。

心有余悸，我摸索着打开周记本。手机振动了一下，陌生号码：刘老师你好，我是邵波的女朋友。请问东方大道怎么走？

奇怪。她为什么不去问他本人？

又一条消息追来：我打他电话，没人接。

现在大概五点半。我查了，地形挺复杂，24公里，打的要66块。有一条宝贵的69路，末班车九点，到方家桥共32个站。按以往的坐车经验，一站是1.4分钟，大概要45分钟。很危险，508的末班车是六点。方家桥那一段很乱，打的很难，都是一身酒气的摩托车仔。

算了，让她坐69路，大不了叫邵波去接。想着有人心急火燎地朝这儿赶，我像靶心一样自豪。

天台是学校的制高点，离我们宿舍很近。说是天台，全是各种管子，防水涂层黑黝黝。好在白床单晾起来，夹子一上，随风拂动一股洗衣粉味，还是有点情调的。去年我们在天台看对面厂房起火，大火就在一臂远，烤得脸火烫，最后烧个精光。

高压线铁塔横跨校区，在天台能听到轻微的嗡嗡声。几个教物理的普及过电磁辐射了，强烈的末日感还在。有女生告诉我，下雨天从铁塔下过，握住金属伞骨，会感到一阵酥麻。这是真的，我和王艺试了几十次。

邵波和我们的情谊，就是培训时结下的。我在他们宿舍聊到三点才回来，发现王基胜还赖在四张椅子拼的牌桌上。我走的时候他穿着篮球背心，回来时，背心没了。

你还知道回来？

你们宿舍仁男的，诗晨敢不回来？

仁男的呢，忙得回不来呀。

她们嫌恶地笑，叫我打他。我在桌上的杂物里乱翻，摸到一只苍蝇拍，猛抽他肩膀。笑声里，王基胜的惨叫很真。玲玲趁机偷看他的牌，给王艺比手势。我正襟危坐，观了一会儿战。极度的疲劳像醉酒，昏聩里带着甜美。热水早没了，一看温度计，才 10 度。得，直接和衣而睡。

其实我观察过，我们几个里会不会出一对。可能别人也这么观察过我，但什么都没发生。马上开学了，学生来报到，王基胜就再也没穿过那件背心，原始社会结束了。

隔壁宿舍入住了几位已婚的女老师，她们经常拿只电炒锅在风口炒菜，家常的味道包抄过来，感觉不那么自由了。再过几天，门口贴了张 A4 打印纸：女职工宿舍，男士止步。冬天很快来了，我照例想着买水仙。可是这里哪儿有花鸟市场呢？

二

裴菲菲来电，我直接挂断，打给邵波。是的，我已经知道她叫裴菲菲了。呼叫的过程中，她的号码再次拨入，我慌乱中点了什么键，接通了。

请问是刘老师吗？我是邵波女朋友。

你好。

王艺在耳边比了个六，摇一摇，用气声问我：谁啊？嘴形定格，露出粉色的口腔内部。我嘘了一下，那边又问：刘老师你在听吗？

在的。

刘老师，我是邵波女朋友。

你好。

我叫裴菲菲。

裴菲菲你好。

邵波不接我电话，你能帮我打给他吗？

好，我这就打。

我看着号码拨出，平托手机，盯着，好像这样对方能接得快一点。

别打电话，玲玲会怀疑，有事发消息。

你信不信我打给玲玲？

告饶电话马上进来了，我解恨地按掉，发现不是邵波，是裴菲菲，要命。手机狠狠砸中枕头，弹了老高，屏幕在空中亮起。

她像催命鬼一样打我电话呢，你人在哪儿？

现在知道吃顿饭不容易了吧？嘿嘿。

我让她到方家桥，你等下去接。

她就不能直接打的？

行吧，随便你！饭我不吃了！

我愤愤关了机。

放学后，我总爱在办公室待着。办公室的电话前面加9，可以拨外线。我在网上看到有人留手机号码，就打过去聊聊。有个男人养猫，每次打过去，我都要听猫叫。

某天刘旋查完宿舍回来，悄悄告诉我，我们打电话，校长室那边有监听。我脸都白了，我早担心这个了。我的办公室在五楼，很小，就四个老师，住校的就我一个。无论是按拨出的时间段，还是按拨出号码的归属地，都能筛出我来。马上，我的腰被戳了一记，刘旋说她瞎编的。出于细水长流的考虑，我干脆混着家长电话打，给网友的电话比例下降到了百分之十。

有时候，我会在窗口站一站。五楼的视野还不错，宿舍楼就在对面，另一边是办公楼，朝下看像口水泥井。井底有人在跑，大多数都是学生，三年换一茬。我看过一次打架，阵营很清楚，机电班刚从车间实习回来，工作服都是一身蓝。有几下挺惊险，就是隔得太远，没有配乐跟特写，不符合我的观影习惯。他们显然缺乏排练，经常判断失误，莫名其妙就摔倒了，打斗不够连贯。值班老师赶来，战争结束。人群太稠，一时半会儿散不开，刚才的死对头还紧挨着，要打不打的，急死人。

听了三遍猫叫，我开了机，把提示音调到最大，摆正，手机边缘与桌子平行。一切静悄悄，没有未读消息，没有未接来电提醒。那张非常难以搞定的时间表居然被克服了？我感到不可思议。

回到宿舍，一个女孩子坐在桌子前，身边放着一只背包。直觉告诉我，她就是裴菲菲。她见我走向她，马上站起来，笑。

刘老师吧？我是裴菲菲，邵波女朋友。

邵波去接你了？

没有，我从火车站打的来的。

打的要多久？

大概一个多小时吧。

她说得很轻松，但感觉她期待着我惊讶，或者说点什么，几分钟后，她似乎又打消了期待。我示意她坐下。

邵波人呢？你联系他了吗？

联系不上。

我找出我的杯子，尽可能地洗干净，帮她冲了杯牛奶。我坐到她对面，牛奶在我们中间升起袅袅白烟，这就是所谓的"让她歇会儿"。

吃晚饭了吗？

还没。

我想了想，摸出饭卡：走，吃饭去。

真不用了，我不饿。

她飞快地拿起牛奶，咕咚咕咚喝了几口。放下的时候，有几滴溅上我的手背。

我晚饭还没吃呢，算你陪我吧。包带着，我们这有点乱。

我早早放下筷子，看着她吃。她把绿豆芽的芽尖全咬掉，吐在小碗后面，五花肉一点儿没动，油爆虾啃了两只，细心地扯出虾线。我通过邵波的眼睛审视着她，告诫自己，千万不要弄成她这样。她发现我在看她，油汪汪一笑。

我对她一无所知，跟她谈邵波吧，又怕听到血泪控诉。我偷偷在桌下拨电话，邵波果然关机了。我干脆把手机拿上来，摆弄着，在她吃完之前，我得想清楚怎么安顿她。这个郊区真没什么好玩的，宿舍里连无线网都没有。就在此时，她主动提出，我能不能带她转转。

我们踏过高压线铁塔的黑影，一些细小的沙粒被吹起，横着飞。几个男生在操场踢球，她沿着跑道外围走。她的黑大衣就像没有明火的炭，我跟着她走一小段，就停了。我站在操场边上，巨大的云堡在头顶悬浮，有种茫然的重量感。我应该像个男人一样，点根烟，傻等就不会这么傻了。一支烟的工夫，她也该缅怀完了。她越走越远，最后蹲下了。跑道上绘着白线，绕着很大的弧，她又小又远，像忘记了公转的星体。

在校门口，她请我帮她拍张照。不远处有个垃圾桶，老坛酸菜面的包装清晰可见，饮料瓶插到爆。我示意她往边上移，她只象征性地动了一下。也罢，我咔咔按下快门，连着拍了好几张。风太大，每张发型都很乱。她选了半天，全删了。

最西边是蓝铁皮屋顶的开水房，依次是外表一模一样的配电室、仓库，还有校长内弟开的小吃店，中间一块空地，杂草丛生。这堵围墙学生经常翻，翻过去无非是一块菜园，菜园通向一个村子，村上有黑网吧、台球室和苍蝇馆子，一个我们不屑于去（抱怨之余，也去过不少次了），而他们冒着吃处分的危险也要去的地方。对面的宿舍楼上飘着色彩明快的衣物，国旗被吹成一块叭叭响的薄片。邵波在一个我们看不见的地方吃香的，喝辣的。

三

晚自习开始了，邵波今天不值班。我把裴菲菲带到7号工位，指着枯死的盆栽、涂黑中超球员面部的《体坛周报》以及浮着烟头的残茶，叮嘱她：你在他办公桌上坐会儿，晚自习下课我来找你。一个半小时，足够她睹物思人了。我顺手在桌面文件夹里抽本杂志，看看封皮，换了一本，再看看，换回原来那本。自进门起，6号工位就发来一束强烈的射线，我权当没看见。

刚到楼梯口，我就被戴焕反超了。

哎！哎哎！那是谁呀？

我及时甩掉他，蹿进教室，然而还是没跑过光纤：这个好！这个好！上次那个营业员太胖了！我看看讲台下面，别过脸，无声地笑了很久。笑够了，我摸出手机，偷偷回：这个不是你的。

从教学楼窗外可以看见宿舍楼，漆黑一片，这两栋楼从来不会同时亮。每天学生们就在这两栋楼之间穿梭，抽空早个恋，打个架。没人打算在此久留，但依然在楼梯间刻下难以清除的"××爱××"。

三楼东的班级都归我管，老在自己班待着肯定不行。我起身，在走廊上来回走动，以示公平。生物制药2班也是我教的，几个崽子冲着我比V，这边瞪老实了，那边又蠢动了，此起彼伏，简直就是打地鼠。二楼理科组的7号工位上，坐着一个大学还没毕业的女孩，她什么都不用干，专心演着苦情戏，顺便将我们乏味的生活尽收眼底。

三楼西归涛哥，剃了光头之后，他更李逵了，我们在中界线交换了一个短暂的鬼脸。

你管会计班？修汽车的那些痞子怎么办？

刘老师，你说笑了。我这是替宋丽琴瞄两眼。

我用食指压住笑，嘘了一声。他会意地点点头，下楼直奔汽修班，整条走廊就剩下我一个人。一只脑袋从会计3班后门伸出，被我发现后，骤然定格，以肉眼几乎难辨的慢动作，一帧一帧，缩回去。

九个来回，我走出一个固定的环形，一格瓷砖都没有踩错。突然，手机振了一下：刘老师，邵波今晚不住校了？

是的，他去他同学家了。

等一下，有点不对。我握着手机冲到二楼，裴菲菲不见了，理科组办公室空空如也。我空转一圈，奔回楼上，继续兜。环形的内径缩到不能再小，我开始自转。

我打了一个很短的电话，把号码跟姓名发过去，松一口气。猛一抬头，两个女生跑进生物制药班，她们是什么时候溜出来的？一些细小的裂缝出现了，且在不断蔓延。我再次掏出手机确认，没错，裴菲菲没有再回复。

晚自习结束后，我开始锁那扇号称全校最难锁的门。你需要把门拼命往上提，边提边晃，晃得够久、够虔诚，你会听到美妙的一声，咔。就在我直觉我就要听到那一声的时候，来了一条消息：

打不通，裴菲菲关机了。

刘旋、王艺、张焱焱，还有我，我们轮流拨着电话，决定下楼找。我敢保证，邵波明天一开机，至少有两百条未接来电提示，清一色的女性。

声控灯早坏了，楼梯扶手是横过来的拐杖，无限长。按理说，我应该走在第一个。可现在我垫底，大脑深处嗡嗡响，频率单调。到了四楼，我才发现，这嗡嗡声来自整个楼道。她们早就听到了，急着寻找声源。光线很暗，从上往下看，楼梯转着长方形的圈。台阶是散开的扇骨，我们不断向下，向下。

一楼楼梯口，有一堆人形废弃物。头发很长，蹲下时发梢拖在地面。它们看起来像一绺绺很粗的血，凝固了，变成黑色。与其说她在哭，不如说她在给自己念经超度。声音经过楼梯间的放大，变成了与脑波共鸣的嗡嗡。

怎么回事？这么晚还不回宿舍？

这句话是个按钮，干哭停了。我们来得太晚，她哭得很累。终于有人目睹了，值了。她们围住她，递面巾纸，问这问那。我站开了一点，这种关心我不擅长。我们走题了吗？不，这是彩排。女学生是个好兆头，裴菲菲更近了。

她站起来，脑袋和脸都湿漉漉的，像刚破壳的小鸡仔，平衡性还没有恢复。送走她之后，我们不厌其烦地上上下下，找遍了所有楼梯口。

刘旋一把揪住我，拉到一边：失踪多久啦？要不要找保安或者报警？

我一激灵，教理科的还真是不一样，裴菲菲在她口中竟然已经"失踪"了。张焱焱说要不我们分头找？王艺一听，马上抱紧我的右臂。我感觉我拖大家下水，够过分的了，还要把事情闹多大？王艺说要不这样，我们去广播室用喇叭喊一喊，叫裴菲菲赶紧回宿舍？刘旋一怔，拍着护栏大笑不止。久违的舒畅感袭来，我冷着脸补了一句：蛮好，第二天校长都认识裴菲菲了。

诗晨要上台领奖了，寻人有功。校长赐婚，嫁给戴焕。

戴焕的肿眼泡跟秃顶一闪而过，我一抡胳膊，她们哇呀大叫，四下逃散。

路灯突然灭了。也就是说，现在十点整。

光线变成了暗蓝，每个人都难看了一个度，眼白发青。影子没了，似乎被吸入身体。

我们先回去吧，说不定她在宿舍。

我知道，这句话必须由我来说。三个人同时望向我，我摊开手：人家男朋友都不急，你们急屁啊？手机没电了不行啊？我又指指路灯：灯都没了，怎么找？真的要用喇叭喊？

我觉得吧，她肯定不在宿舍。张焱焱的声音很小，但这句话很沉，压住了我们。

诗晨，她最后一次跟你聊天时有没有说她在哪儿？我赶紧摸出手机，递给刘旋。

邵波宿舍？都十点了，你觉得她会待在那儿？王艺直摇头。

我转身就走。真倒霉，我当初就不该答应邵波。也许，我半年前就不该签那该死的合同。

宿舍的门锁着，没人愿意掏钥匙。淋浴室，开水间，厕所，都是空的。隔壁已经睡了，她们摘下隐形眼镜、手表和耳环，轻装入梦。我们就这么站着，黑乎乎，光秃秃，像一种默哀仪式。站得够久了，我打开门，打开灯，打开电视，大家又活了过来。我坐在她几个小时前坐过的凳子上，试图嗅闻她残留的思想粒子。我通过裴菲菲的眼睛审视着，房间凌乱不堪，空奶杯、罐装麦片、备课笔记、Q版香水、方便面，还有抽过王基胜的苍蝇拍。我站起来，走出去。

没有人拦我，也没有人问。我打开通往天台的小门，跨进黑色的方形泳池。我坐了很久的火车来到这里，我喝了牛奶，吃了晚饭，逛了学校，拍了照。我还坐在他的办公桌上，翻了一会他批改过的学生作业。每一样都没有遗漏，核却被挖走了。风很大，气流穿过四肢，我似乎在游旱泳。晾衣绳空了，金属夹子碰撞，发出丁零之声。我慢慢靠近天台边缘，握住护栏，小心地向下张望。

下面一片漆黑。

四

洗漱完毕，我们各自躺下，寂然无声。电视照例调在香港 TVB 频道，某个美食节目，与现实很远的粤语，还有间歇性的大笑。干脆让电视开一夜算了，想想吧，关掉顶灯，万籁无声，裴菲菲就会布满整个房间。

邻床的被子拱起小丘，有光透出来，王艺露了个脸，光源在正下方，看着有点狰狞。她笑了一下，正常多了。

你听听，啥声音？

刘旋真厉害，天塌下来都能睡着。

角落里传来张焱焱的笑声，我们跟着笑。张焱焱对着天花板喊：好饿，好想吃泡面！

我床垫里的弹簧有点问题，老往一边塌，每次我都感觉自己睡在一个斜坡上。我努力地调整睡姿，只听一阵拖鞋声，暖瓶被提起，冲水，塑料袋窸窸窣窣，异香扑鼻。

王艺一个鲤鱼打挺坐起来：好哇张焱焱！你还真吃啊！

黑暗中我瞥见不锈钢叉子的闪光，她开始哧溜哧溜吸面。

不是还有人没回来吗？我边吃边等呗。

等什么啊？不是留门了吗？

我睡意全无，直接爬起来闩上：要死了！谁留的门？你们不知道外面大门是一夜都不关的吗？

没有人承认，只有刘旋均匀的鼾声。停了一阵，张焱焱又开始哧溜哧溜。我重新躺下，跟王艺面对面，她扒着被角发呆。

哎你说，她这么大老远跑来，邵波都不肯见她，多可怜啊。

见她才可怜呢！这样她就死心了！

你看我妈，年轻时多少人追，工作又好，偏偏跟了我爸，被我奶奶欺负，月子里还得自己洗尿布。我要是她父母，该多心疼啊。女儿养这么大，跑来一个鸟不拉屎的技校找男人，男人还不理她。

也许快回来了吧，我们找也找了，电话也打了，一直关机，还能怎样？

张焱焱吸完最后一口，满足地打了个饱嗝。收拾完了，她跑到床边，一屁股坐在我腿上，我嗷了一声，感觉快废了。王艺掀开被窝，招招手：来，咱们仨聊聊。

我拿过手表一看，快十一点了。

今天的卧谈主题是自杀和强奸，她俩各贡献了一个。一个是高中同学的表妹，另一个是前同事口中的"小姑姑"。

我梳理有限的见闻，发现只有大学时盛传的跳楼事件可以勉强过关。我拖延着，追问无关紧要的细节，以争取打腹稿的时间。一则奸杀案从记忆深处冒出来，好像是某个小报新闻，我打算把二者嫁接。话说，我准备讲的，我正在听的，哪个不是编的呢。

焱焱谈兴正浓，门闩突然转动了。我嘘了一声，大家屏声静气，生怕惊走了蝴蝶。我轻手轻脚走过去，把耳朵贴在门上。

非常沉稳的敲门声，像在证明什么，确凿无疑地响了起来。

我们压低声音乱叫，拍胸口，比一万个手势，好容易才安静下来。我像打开礼物包装一样，打开门。

她看上去很日常，很疲倦。她们缩回壳里，我又成了唯一的负责人，小声问她：怎么不接电话？

手机没电了。她在翻找着什么，终于找到了，问我：插座在哪儿？

她决定睡张焱焱的床，张焱焱问她要不要换被套，她说不用。我拿不准刚才那句算不算质问，我得再说点什么。她忙着洗漱，我好容易逮到空隙：怎么样？有没有发现什么好玩的？

她握着牙刷，背对着我，摇摇头。我跟王艺在镜子里交换了眼神，王艺像是在说，让我来。

我们今晚都值班，下次（这个词非常仁慈）你再来，我们可以带你到后面小村子里看看。

她背对着王艺，点点头。我们不说话了，也许她故意要把自己搞得可怜一点，悲伤的行为艺术？总之，裴菲菲现在就在房间里，完好无损，我没有什么可担心的。明早早会，七点五十，邵波这个狗崽子肯定会出现，到时候我就轻松了。

大家收拾完毕，灭掉灯，实打实的黑暗降临，偶尔几声床铺吱呀，是有人在摊平身体。

我知道你们设了局。

六只耳朵全部竖了起来，睡意遭到了重创。

你们跟他是一伙的，我不能信你们。你把我安顿在他工位上，就说明，他肯定在别的地方。

她突然把"你们"换成了"你"，我觉得一把枪抵上后背。

我到他宿舍，扑了个空，摸摸床铺，不是热的，他早走了。他室友说他不回来了，这句话可能也是骗人的。他室友帮他也就算了，你们为什么要帮他瞒？为什么要帮男的欺负女的？

我一动也不敢动，连呼吸都是挑衅。

哟，自找的，怪谁呀？我从来不会千里迢迢去找男人，倒贴还贴不上！王艺还是那么锋利，连我都觉得疼。

就是嘛。我们刚才找你快找疯了，你知道我们多担心你吗？你还说这种话。

焱焱，别跟白眼狼说话，咱们明天还有课呢！不像某些人，闲得慌！对男人比对亲爹亲妈还上心！诗晨你怎么接了这么个吃力不讨好的活儿，下次别当滥好人了。

我分若干次，艰难地吁出一口长气。身下床垫的斜坡感更明显了，我甚至不敢纠正姿势。

角落里响起嘤嘤的哭泣，她该踏实了吧？她千里寻来，不就想讨一次货真价实的痛苦吗？邵波缺席，王艺替补，她已得到她想要的。

极深的困意，一拳打在我脑门，我昏睡过去。刘旋的鼾声又来了，其实它一直都没有停。

果然，我又挂在了床沿。我小心地向右挪动，占据床垫的制高点。王艺早醒了，正在刷微博，长指甲不时叩在屏幕上，嗒一声。拉开窗帘，可以看见渐变的薄荷酒色天空，云丝极长。我闭上眼，阳光在眼皮上留下一片血海。

好饿，好想吃泡面。

角落里传来张焱焱狼嚎一样的呵欠，我跟王艺都笑起来。刘旋带着一身勤快人的寒气进门来，给了我和王艺一人一掌。我来不及还手，只闻见一股牙膏味儿。

接下来，我们开早会、吃饭、讨论奖金。我们抱成团，像金刚石一样坚硬。以前，我们可能只是炭。

活自印刷术 [①]

一

接下来最重要的，就是如何向亲戚们汇报。

我觉得自己还是比较擅长这个的，当大姑父问我的时候，我迅速地报出了时间、地点、人物。但他有自己的一套，他不想被我猜到。他问我伤口疼不疼，我说不疼。他接过母亲倒的茶，摇摇头，点上一根烟。我知道这根烟是为我抽的，表明他对我的遭遇很伤心，大姑父牌伤心。我们分别坐在三个角度看着他抽，仿佛他才是那个遭遇了不幸的人。烟燃得很慢，眼看要到滤嘴了，又长出一大截来，分明在捉弄人。我们虔诚地吸着二手烟，不敢走动，也不敢开窗通风。房间里烟雾弥漫，像电影里的干冰特效。烟头红一下，暗一下，指示灯般精准。最后，他拍拍我，手心在我肩膀上捂一把，就走了。

母亲把他带来的鸡蛋放进冰箱，这是草鸡蛋。她拿

---

① 标题并非误写，请见篇末说明。

起一只对着光看，说要是有黑点就能孵出小鸡来。父亲说中午就弄两个给他吃。母亲说急什么，以前的鸡蛋还没吃完呢。她把草鸡蛋摆在第二层，与那些非草鸡蛋隔开来。我怀疑大姑父就是在超市随便买的，很可能跟我家那些没吃完的是同一批，我们买走了一批，他买走了另一批。还有一些其他的人，买了第三批，去探望别的什么人。每到过年，乡下的亲戚们都会送来几只鸡。把活禽抓住，绑好脚，装进化肥口袋，带上车，这一系列动作完全可以简化，不是吗？在附近的农贸市场买两只金爪黄嘴的肥美老母鸡，很容易混过去。

父亲去上班了，他希望给我一种日子照过的感觉，这样能让我好受点。他不能像大姑父那样，抽根烟就走，放下草鸡蛋，回自己家。大姑父家是有霉味的老房子，里面很干净，尤其是，那个家里没有我。母亲先请了半天假，帮我接一些慰问电话。

你表哥等一下要来。

大概几点？

不堵的话，三点能到。

你不是说刘叔下午要来吗？

糟了，我给忘了。

本市优先，第一时间来的都是住在附近的。其实我不介意两拨人一起来，这样他们就会忙着互相社交，忽略我。有人敲门。这个点按理说不应该有人，母亲透过猫眼看了看，犹豫着开了门。这人我认识，是收物业费的，年纪很大了，每年秋天都听见传达室里他养的蛐

蛐叫。消息暂时还没在小区里散开，一切如常，还是
三十六元，还是一式三份老式复写纸收据，还是连着橡
皮筋的圆珠笔，还是一次性塑料鞋套。不过他似乎嗅到
了什么，走之前，把四枚硬币整整齐齐地排在桌角。

这四枚硬币来自外人，我们都没有去碰。母亲问我
要了尺和 A4 纸，开始画表格。猫跳上桌来，趴着，像
静物，爪子折在身下。

先画一星期的，够了吧？

我点点头，档期的密集度肯定是递减的。母亲觉得，
早饭到午饭这段时间，完全可以留给两拨客人。我不同
意，我觉得中午那一拨可能会留下来吃饭。十点钟的确
是正常待客时间，但客人待多久呢，说不准。比较能说
会道的，待到吃午饭也有可能。吃完午饭，不可能直接
告辞，起码再拉拉家常。等送走亲友，洗好碗，估计就
该准备晚饭了。

这样吧，我们把亲戚分个类。

怎么分？

比如你小舅妈，话比较多，我们给她单独留一天。

一天！那别人的还要往后移？

不然呢？小舅妈来跟你聊聊，不是好事吗？你先别
跟我说你不需要，你现在没有资格说需不需要。

我没说我不需要。

每个人的话你都听一听，就当耳旁风也行，能有那
么一句两句听进去了，也值了。

行。

你大姑父这种，就待二十分钟，一个上午来三个都行。

万一堵车呢，说几点就能几点？

母亲从我手中拔走了铅笔，纸上的线团戛然而止。有点可惜，我本来想把一张纸涂满的。这是我被没收的第二个玩具。我把手藏在桌子下面，用衣服下摆的抽绳一圈一圈捆住手指，捆到发紫，松开，再捆。

微信加上电话，目前为止，大概有七个人说要来。这应该是第一茬，这批人会引起更多的涟漪，一圈一圈的，逐渐扩大。母亲把他们分配到五天里，周四空着，让我歇一歇。父亲来电话了，母亲说了两句之后，小心地把手机递给我。

父亲嗓门压得很低，听着有回声，应该是在一个密封场合，很空旷。我想他大概是在公司的厕所里，坐在马桶盖上，边打电话边看表。

志炜，能听到吗？是爸爸。

爸，能听到。

能听到是吧？我想到几个点，你记一下。

我说好。过一会儿，他问：纸笔拿好了吗？

原来他的意思是记在纸上，我拿着电话站起来，这样我的声音听起来就是在走动，我说拿好了，你说。

第一，你在讲这件事的时候一定不能急。你知道吗？你一急，看起来就不太对。语速要慢，慢。记下来，写在纸上。

慢。不能急。我扯掉沙发巾，企图从衣服堆里挖到一支笔。我保持声音平静，想象自己握着虚拟的笔在虚拟的纸上写。母亲投来怀疑的目光，猫已不在原处。

第二，你绝对不要提之前的事。知道吧？你一开始跟我们说的时候，我就觉得这个地方很可疑。如果我不是你爸爸，我会觉得这一点有问题，有很大问题。

知道了。我找到一支圆珠笔，用牙咬，笔帽裂了条缝，套得很牢。

你当时说的时候，你还记得吗？你一直在哭，你一哭，我们就觉得这一点是没问题的。但你不能保证每次跟人说的时候都哭，对不对？所以，不要提是最好的……等一下，有电话打进来，我先挂了。

父亲缩回手机里，我感觉自己咣啷一声，掉在地上。母亲走过来，没收了圆珠笔。金鱼被球形鱼缸放大了，感觉是满满一缸金鱼挤在一起，被泡发的橙红色绉纱。桌上的玻璃下压着几张照片，有的有我，有的没有。衣柜和地板颜色都很深，枕巾深处卧着充电宝。这是我家最后一个安宁的下午。

坐下。

母亲打开了医药箱，这是去年她单位发的。不锈钢的，包着圆角，正面有个红十字。家里有这么个箱子，会显得，怎么说呢，比较周到。我很自觉地坐下了，看着她摊开雪白的纱布卷。棉签像一些很小很凉的手指，在酱油色的碘酒里浸一浸，轮流按在我的伤口上。

刘叔有点像升级版的大姑父，他俩都爱抽烟是真的。

一开始说戒了，后来又破了戒。我坐在自己房间里，开着门等他。外面热闹了好一阵，我抓紧复习父亲的叮嘱。他终于进来了。

怎么样？

还好。

你要放宽心，该吃吃，该喝喝。

我点点头。这类话我以前听过，也对人说过，它们像八宝粥一样被大家拎来拎去。母亲跟进来，站好，笑一笑。刘叔伸过夹烟的那只手，帮我理一理衣领子。烟头就在我脖子一寸处，红得很艳，我尽量让他觉得我没有在躲。

这样子蛮好，你们不要太操心了。

刘叔走后，我和母亲轮流用了卫生间，迎接表哥的到来。流程差不多，相当于同一个人来了三遍。残茶泡在一次性纸杯里，也就抿了两口。母亲把茶水倒进马桶，捏扁了纸杯。腹稿一直没用上，我悄悄松口气，拿过马克笔，杠掉了今天的访问份额。

父亲回来了，拎着卤味和三份白粥。我们一家三口围着一堆打包盒吃晚饭，像是在吃工作餐。饭后，餐桌被飞快地清理了，母亲摊开 A4 纸，让父亲过目。

总体来说，今天没什么事儿。

山雨欲来风满楼。父亲叹口气，抖一抖日程表：你看看后面这些，七大姑八大姨的，你能保证一点也不出乱子？

灯光稀薄，像清水鼻涕。桌上铺了一层 PVC 透明软垫，冷飕飕的。我们三人坐得很紧，拧也拧不开。

我明天再补个假，我们领导比较好说话，请一星期肯定没问题。

问题不是这个。你想吧，亲戚们问，我们可以代他回答。关键是，每个人问法不一样，你不可能答得一模一样，对吧？就比如说，他三姨。他是他三姨带大的，他三姨没出门①之前，走哪都用胳肢窝夹着他。他三姨看见他能不哭，他看见他三姨能冷静？

我听到这段，已经不冷静了。我想起了好闻的香胰子、大黑、烤玉米，还有《新鸳鸯蝴蝶梦》。母亲把纸巾盒推到我跟前，我没有动。她自己抽出一张，用力擤鼻涕。

父亲递来一张纸，上面密密麻麻写满了字。折痕很明显，我小心地打开，吸吸鼻子，看了两行。

这不是我说话的口气，太假了。

这只是大纲，你照着这个思路说就行，可以适当发挥一下。父亲搬来笔记本，调出 word 文档，母亲摁下了录音笔的开关。

我看着他俩。父亲一直在公司，母亲一直在我眼皮底下，他们是什么时候商议好的？还是压根儿就不用商议？我深吸一口气，两张脸朝着我，每张脸上都有我的一部分，我闭上了眼睛。

你就当排练，就当我们是亲戚。

———————————

① 即出嫁。

想想你三姨，想想你外婆。

想想我，想想你妈。

我慢慢塌陷下去，他俩在摇篮边上看我，背景是天花板。

二

第一个读者是大表姐，她是被邀请来的。大表姐在党校当老师，有时候也编编县史资料。此时房间里的光线已与昨夜大不同，一切都过于生机勃勃。大表姐涂了透明指甲油，大衣上遍布细小的几何图案。母亲站在她身后，戴着袖套。她看哪里，母亲跟着看哪里。一盆水仙在她俩的右后方，青叶白花，几汪黄蕊。父亲也请假了，他在阳台弄他那几盆君子兰，他离小册子很远，看起来与它无关。

读完之后，大表姐提出了一些看法。首先，边距留得太窄，订了订书针之后很局促，这种局促投射到内容上，让叙述缺乏坦然；其次，不应该用这种普通的A4纸，不太正规。她说她单位有几包比较不错的纸，等下让我姐夫开车送过来。我感觉大表姐要准备告辞了，父亲突然出现，像一个单刀直入的记者。他想知道，小册子的内容有没有问题。

没问题，挺好的。

事情讲清楚了吧?

讲清楚了。

丽丽啊，如果你不是他表姐，你觉得这个小册子里的人怎么样？

大表姐考大学的时候，父亲辅导过她英语。这可能阻碍了她回答，她停了一下，看看母亲，又看看我，她似乎还在二十年前的家族聚会上表演两位数乘法心算。

小姑父，我认识一个人，当过警察，比较会看这个。要不我叫他看一下，到时给你打电话？

行行。麻烦你了啊丽丽。

大表姐走后，父母进入备战状态，十点十四分开工。今天的亲戚主要来自母亲那边，母亲送上小册子跟茶，就跟打开电视机一样熟练。今天没有人看电视，除了母亲的一个远方叔伯兄弟，母亲叫我叫他四舅。四舅说他在看浙江卫视的一档节目，今天是总决赛，直播。我帮他找到了频道，节目还没开始，广告右上角写着倒计时89秒。

这是你自己写的？

嗯。

不容易，真不容易……四舅把小册子握成一个卷，敲一敲桌边：小时候我抱过你的，还记不记得？

我摇摇头。那时候我大概比较轻盈，后来就难以搬动。

你怎么可能记得？哈哈。

笑声变了调，听着发苦。在无数次被抱起的回忆里，我恍惚看见，一个瘦高的年轻男人向我张开双臂。几秒之后，我双脚离地，与他视线等高，烟味浓郁，胡楂锋利。男人的臂弯折成一只肉凳，我被端起来，举高，让更多人观看。很明显，男人的形象借用了他儿子，也就是表哥的绝大部分。表哥肤色偏黑，有种年轻人特有的沉郁。一头粗硬的自来卷，是逆光里雪松的形状。他一言未发，只是像大姑父那样，拍拍我。这几天，我被四面八方的巴掌拍着，像一床晒松了的棉被。每批客人都像经过排练，有人聒噪，就一定有人沉默。倒计时0秒，电视屏幕金光闪闪，冠军之战开始了。

最后，冠军不是四舅支持的那个，小册子被遗忘在茶几上。父亲接到电话，跟我一起把它送下去。车窗摇下来，父亲站在斜前方，好像在掩护我。四舅的手顽强地从父亲肋下绕过来，我赶紧握住，紧一紧五指。奥迪开走了，尾气卷来蜡梅香。

下午出现了一些计划外的情况，父亲单位来了两车人。他们从后备厢拿了许多补品，像是来看望一位老人。父亲的领导，非常年轻，跟我握了握手。一屋子的人，都穿着深蓝色工装，轻手轻脚的，感觉是揣着消音器。大表姐的纸送到了，母亲给了我一个眼色，我立刻消失在自己房间里。这是事先说好的，如果需要临时加印，就由我来完成。我只要把门反锁，客人就不会来打扰我。打印机就在我的床头柜上，我打开文档，按照表姐说的，重新调整了边距和间距。

双面打印，加页码。父亲在微信上吩咐我。

好。

我听见他在外面大声说哎呀犬子让你们费心了，几乎是同时，微信上又跑来一串字：做个封面。

这样行吗？

我拍一张照，发给他。没有回应。

我坐在母亲的笔记本前待命，光标在文档底部闪动。word 被设置成了护眼模式，是轻柔的豆绿。用来做封面的纸要厚一点，深赭色，有细丝状的纤维纹路，看上去值得信赖。猫在桌上走来走去，举着尾巴。偶尔踩到键盘，我也不担心。文件被设定成了"只读"，除了父亲，任何人都改动不了。文档末尾还有一句话：以上内容，解释权归本人所有。

这个"本人"，到底是谁呢？

一天下来，地上甚至有了瓜子壳和果皮，被好心人踢成一小堆，便于清扫。时不时踩到，有种兵荒马乱的轻松。有几位当场就开始读小册子，边读边喝茶，不知不觉就洇干了水，一两片茶叶沾在嘴唇上，又被"噗"地吐进杯中。走的时候，小册子人手一份，像发楼盘广告，像分喜糖、派红包。我很担心出了门，他们就会把它们塞进垃圾桶。

龙应来得不巧，晚饭推迟了，他客气一番，坐在边上看我们吃。一大家子里，亲戚都说我俩长得像。我们生日就差几个月，小时候，奶奶总是认错。跟我不同的是，他早早就结婚生子，穿着也比较稳重。

怎么又出差？

年底了嘛，事情多。

这次飞多久？

说不准，搞不好要在那边过年了。

这时我才注意到他脚边的拉杆箱，他打算在我家留宿一晚，明早直接去机场，他真的是百忙之中抽空来的。其实，他可以拿了小册子就走，回家陪老婆女儿过今年最后一个夜晚。但我不能那么说，他也不能那么做。

吃完饭，母亲提议我带龙应出去转转。他揣包烟，我抓了个打火机，出了门。

去哪儿？

护城河边上有个小公园，去吗？

行。

还有另一个小公园，我跟他在里面埋过一只狗，还点了三根香。我们把自己的一部分脱下，永远地留在那儿，如今那里是市区最值钱的楼盘。

这个小公园很新，河边的长椅空空如也。运沙船点着极小的红灯，香烟星子那么大，过一阵，走一只。台阶上装饰着一溜串灯，很想踩上去，让它们一只一只啵啵爆破。几盏夜光风筝挂在天上，咬得挺牢，一动不动。我很冷，我猜他也是。打火机叭叭响了好几回，他终于把烟伸了过来。火光照亮了我的另一张脸，又突然熄了。

我跟你说哦，贝贝现在迷上跳舞了。

她越来越像你了。我尽量认真地看视频，看完一个再看一个，该笑的时候就笑。灌木丛里传来野猫叫，屏幕里的小女孩跳得一脑门汗，我感觉自己就着手机在烤火。接下来他讲了一连串贝贝的趣事，有几个非常完整，他甚至会停下来问我"你猜怎么着"。我怀疑是弟妹跟他讲的，他应该不会有这么女性化的视角。贝贝是外交大使，她被一个人讲述，再被另一个人传递过来，帮我们逃过小册子。

回来的时候，我们像是深谈过了。父母支开我们，是为了修改小册子，看样子已经完成了。父亲打好了一份修改版，示意我读一读。母亲白了父亲一眼，递过来一份原稿，有一些部分被红笔标出。回头一看，龙应及时把自己关进了卫生间。

我突然不再担心漫漫长夜。

新枕头有霉味，旧枕头有人味。龙应一把夺过旧的，翻了个面，睡下了。也许他根本不用赶飞机，他只是想陪着我。遮光窗帘一拉，房间就直接悬浮在太空了。那不正是我平时想要的吗？但是贝贝依然可以进来，她长得甚至有点像我，有一些血脉流向未经污染之地。从小到大，龙应没喊过我一声哥，却让他女儿规规矩矩叫我大伯。趁小册子上有很多字她还不认识，我还能当几年虚弱的、正常的大伯。

三

不知哪个王八蛋通知老郝了，我的五年级被毁了。

陈志炜，你上黑板来解一下这道题。

这次数学竞赛为什么不是第一？陈志炜你骄傲了！

陈志炜！讲义帮我收一收。

老郝大我两轮，曾经跟父亲说我是数学神童。现在，他要上门来看神童，而神童要亲手给他发一本小册子。

有什么见不得人的？每句话都是我们三个研究出来的，白纸黑字，写得清清楚楚！怎么就不能给他看了？

我不听，最后一片净土没有了。我砸烂了一只花瓶，我想引父亲打我，但他没有。我想逼母亲给老郝打电话，说我情绪不稳定，别来了，但她没有。只要老郝不来，十一岁的我就会安安稳稳地走在首尾相接的田埂上，永远走下去。花瓶在地板上碎成一个边缘锋利的入口，我却不能跨入。

闹累了，我接过母亲的热手巾把子，擦了脸。镜子里的我热腾腾，红彤彤，像是得了可爱的感冒。这几天过得太轻，重的终于要来了。我坐在床边，一身死肉沉沉地压着床垫。龙应一早就走了，他现在应该在天上，从舷窗里拍云海。床罩的荷叶边上有一些亮片，在墙上映出小光斑，猫试图捕捉它们，跳得老高。我看着它跳，心里默数着次数。干巴巴的大晴天，房间感觉被拆松了，到处都是透光的大缝。水仙喷香。

志炜，看看谁来了？

不是老郝。我开了门，又关上，拆开一包打印纸，塞入进纸盘。先在打印程序里设定"仅打印奇数页"，绿色的电源指示灯闪烁，搓纸轮开始活动。按照父亲的吩咐，我一张一张按住打印纸，以防静电导致进纸失误。奇数页打完之后，把纸的背面朝上放好，由大到小输入偶数页页码。这是一个完整的、有条不紊的、熟练的梦。

墨粉提示不足，还好，父亲备了六瓶，70 克装的得力牌。加墨孔大约手指粗，里面黑乎乎的。我用美工刀小心地剜去密封的锡纸，旋紧瓶盖，缓缓倒置瓶身，对准孔口，匀速抖动手腕，将墨粉倒进同样漆黑的加墨孔。这不像灌开水，有着悠长平滑的水流声，越来越近，越来越急，终于满了，"噗"一声，是俏皮的小句号，偶尔还溢出一点点。墨粉很轻，得屏住呼吸。全程静悄悄的，什么声音都没有，你根本不知道到底有没有加进去，它们犹如蝶翅的鳞粉，在黑暗中纷纷下落。这些容易受惊的细微颗粒据说致癌，闻着有股车间味儿，虽然我没进过车间。我时不时憋着气，浅吸一小口，马上用鼻孔喷出去。等味道散了，再猛喘几下。我不开窗，因为外面更脏，全是二手烟，更远的地方还有雾霾。有人在二手烟里读小册子，他们毫不爱惜地摊开它，拿手掌压平装订线，就其中某一段展开讨论。

志炜！志炜你过来一下！

我打完了双面才起身，我一直记得父亲的话，要慢，一定要慢。快会出错，过于积极，不像个受害人。这跟他们从小到大的要求是反的，有时我甚至觉得我在享受这种慢。

志炜，这是表叔。

表叔。

这个小册子呢，是他自己主动要写的。孩子大了嘛，有些话也不肯跟我们说。有些细节，我们也不知道。你可以问问他本人，说不定他愿意谈一谈。

不对，剧本不是这样写的。我看了看父亲，他不看我。他在幕布后面，离我很远，我能看到他，观众却不能。观众会觉得我老是向左后方转头，看一个莫名其妙的地方，而那个地方明明什么都没有。我可以什么都不做，直接让自己倒下，就像小时候迟迟学不会骑自行车，父亲一放手我就摔。客厅太小，我得不到表演者该有的平方米，距离过于近了，我甚至不能向前一步，不然我就会碰到表叔跷着的脚尖。表叔脚上是一双旧皮鞋，鞋头有点磨损，巧妙地用黑色鞋油盖过，但那一块黑得很死板，看着挺毛糙。我总觉得这个脚尖在轻微抖动，也可能是我在抖。舞台和观众席一样高，墙壁洁白，没有一幅画，一个钉疤，一条缝。沙发是半包围结构，三个单人座加一个贵妃椅，困住了我。母亲垂着眼，她没有台词，但她有别的任务。我等了一阵，父亲还是没有给出任何提示。没关系的，观众可能觉得我在犹豫。慢，一定要慢，要稳住。我感到猫在蹭我。也许我这么站着就可以了，母亲不就这么站着吗？茶叶在杯口纷纷下沉，这次用的不是一次性纸杯，应该是库存告急，母亲只好拿出了自家的玻璃杯。他们是第几批了？很好，有点挑战性了。刚才，我一切的准备都是为了老郝，我要把伸出去的，一点，一点收回来。我已经不是以前的那个我了，我正消化着大姑父的草鸡蛋，还喝了三姐送来的酸奶，我被众人重新组装过了，没有人能叫我开口。只要我这次不开口，我就可以永远不开口。

　　——以上内容，解释权归本人所有。

四

今天是艳丽的。

羽绒服帽子上的一圈貉子毛是艳丽的，大衣袖口的花边是艳丽的，长靴侧面的流苏是艳丽的，蓬松的鬈发是艳丽的，水墨图案的丝巾、斑驳的指甲油、嵌着宝石的金戒指，都是艳丽的。她们拥进门，在客厅坐成一圈，拒绝了递上的小册子。

不用了不用了，都看过了。

拿着拿着！这个人人都有的，自家印的，又不值钱。

二嫂，丽娟姐，大嫂，六姑，小芝姐。我跟着母亲的介绍，挨个儿叫一遍。她们收下小册子，像收下土特产，不好意思当面打开，仔细掖进皮包里。昨天，就在这个位置，三姨坐到九点才走，沙发凹下去一个浅坑。她们五个加起来，也没有三姨一个重。

电水壶烧开，发出哨音，我顺势起身去厨房，不必再听烘焙技巧和小学生作业辅导。垃圾桶还没有倒掉，被三姨撕碎的小册子还在。我把碎纸片一一拣出，试图将它拼凑完整。纸页被订书针扯开了长长一条，下端浸在废茶叶渣里，湿了。一些事件的片段在此，另一些在彼，许多太小的碎屑，落进深处，无迹可寻。

志炜啊，六姑同事的儿子等下过来，你好好跟人家聊聊。

母亲过来的时候，我在沉着地灌开水。碎纸片被揉成一团，重新抛入垃圾桶。很快，我已经和六姑同事的儿子坐在房间里了。

他把名字写在一张报纸的空白处，我点点头，推过一本小册子，指指最后我的签字，这就算是认识了。他摆摆手，把小册子推回，将椅子拉近了一点，像一位热情的学长。

这个办法不行的。你自己要把这件事讲出来，知道吗？一遍又一遍地讲，直到你脱敏了为止。我当初也是不肯说，后来我找到了一个突破口，你知道吗？只要找到那个突破口，很多话就，怎么说呢，就一下子喷出来了。

我跟着他手势的弧线，转动头部。我想象着那个画面，突破口，喷出来。他指的是静脉？

这样吧，我问，你答。行吗？

行。

你还记得那天的天气吗？你穿什么衣服？他抢先摁住小册子：不要看这个，自己说，你不能依赖它，你得用自己的脑子想。

那你记得那天的天气吗，你穿什么衣服。

我？我当然记得。那个下午非常冷，就是那种很干冷的天气。我穿一件紫色冲锋衣，浅蓝牛仔裤，黑白板鞋。

他看上去轻松又熟练，只是喉结过于突出。他跟我不是一类人，跟他们也不是。他在等我的反应，我在等他的。猫在挠门，也许外面有人偷听。

当时，我加了一些 QQ 群和论坛，在网上匿名发帖子。很多人留言劝我，也有人说话不好听。这不重要，我的目的就是，让更多人知道我的遭遇，在网上提前演练在现实中可能面临的考验。你想想，网上的点击量再高，风凉话再多，也伤不到你。我们要真正打交道的，无非就是家人、朋友、同事这三大块。对了，等一下我拉你进几个交流群。

床头的电脑屏幕启动了屏保图案，黑底上一只色彩变幻的圆球，碰到边缘就轻巧地弹开。我预测着下一个触碰点，这个跟打桌球有点像，力道足够巧妙，球甚至可以在四面各撞一下，形成一个歪斜的嵌套矩形。他干脆挪到我跟电脑之间，坐下，肩胛骨上方仍有空隙。圆球出现了，往斜上方移，很快脱离我的视线。这下就难猜了，我在人体的遮蔽下，努力推算圆球的轨迹。

他转过头，陪我看了大概五分钟的圆球运动，突然一拍脑袋：你有电子文档的吧？这样，你拷一份发到网上，微博、公众号都行。很快，这件事就会发酵，大家都会同情你，站在你这一边。不要？为什么不要？是是是，我知道你不想成为焦点。出了这种事，你不想成为焦点，就能不成为焦点了吗？我来你们小区，一问门卫，人家就给我指是哪家。你要主动打开窗户，明白吗？他拿起茶杯，喝了一口。你看，你就是在自我封闭！他扯住窗帘一角，用力一拉。房间马上变成了他的，充斥着人工感强烈的光线，我是不合时宜的访客，突兀地坐在亮处。他放弃了凳子，跟我并排坐在床边。

阿姨叫我来的时候，我一开始不太愿意。我跟你以前根本就不认识，对不对？还有，我早就 OK 了，我很好，很顺利。我要是不跟你说，你会想到我经历过这种事吗？我为什么放着好好的日子不过，要来揭自己伤疤？我决定来，是因为我读了这个。说老实话，这种东西也就骗骗外行。真正亲身经历过的，思路怎么可能这么清楚？他把小册子翻开，随便挑了一段，开始念。

你自己听听，这种话能打动人吗？亲戚朋友又不是法官律师，你这滴水不漏的，是要防着谁？你有心吗？你告诉我，你痛苦过吗？

凳子被抢起的时候，挂住了手机充电线，稀里哗啦的声音是艳丽的。他力气不小，我也不赖。女人们在外面拍打，叫喊。母亲肯定会打电话，让父亲快回来。没用的，门被反锁了。我左脸挨了结结实实一拳，炸开万道金光，鲜烫的红日跳出血海，疼痛是艳丽的。这一拳我恭候多时了，如果这是一种策略的话。我要在他们破门而入之前，好好享用。新的事件很快就会发生，第二本小册子很快就会印刷。

刊于《山东文学》2020 年第 10 期

（活自印刷术：一种让自己活下来的印刷术。）

不对称的产生

从车窗看去，大风天的夜晚像是被擦拭过，街道的横截面呈现不易觉察的柔媚之姿。路灯毛茸茸，叶子抱头翻滚，出租车打红红的空车牌，像笼一团小火。有客来，司机挺身坐正，几乎能听到腰骨咯啦一声。红绿灯口的女人抬脚踩死烟头，一闪而过。

K5053 次列车，10 车厢，13D。

杯中水面微颤，像虫翅痉挛。一只手伸过来，拢住杯身，翕动平了。

你也到南京下？对面是个男人，坐着，仍看得出瘦，且高。

你怎么知道的？他被水呛了一下，用手背抹抹嘴。

你掏票出来对座位号时看见的。

他笑一下，很快就懒了，看向窗外。

一个人？

嗯。他在腿上揭开报纸，掀到体育版。

一个穿红毛衣的男人走过来，踮起脚在他头顶翻着包，窸窸窣窣。他被笼在半包围结构的陌生里，空气渐渐起了丝。乖乖！红毛衣惊叫，报纸刮拉一声，东西掉地了。

一只网兜，里面包了一条毛裤和两副牌。红毛衣拿手在他头上验：兄弟！兄弟砸着了没？他一眼瞥见他指甲缝里的污垢，巧妙地一歪头：没有，谢谢你。

就不能先把包拿下来？对面的男人发了话，他已经当他是同伴。网兜倒还好，要是掉块砖头——男人眼一抬，盯住他。红毛衣马上笑了：砖头哪能啊！要掉就掉几捆人民币！

人民币哪能啊！要掉就掉几捆美元！邻座的喉咙里有痰音，大概是红毛衣的兄弟。好戏收场太早，一圈目光遗憾地散了。他朝男人点个头，表示对其维护自己的谢意。

夜色不纯，掺了太多亮。暗蓝天幕上，云很低，低到眉骨处，让人产生躬了身才能打天底下过的错觉。备用手机按键很小，硌得他指肚生疼。

给老婆发呢？

嗯。他不知怎么，有点羞赧。

男人理解地笑了笑，可能抽烟抽得凶，他肤色有点暗。我住下关，你呢？

他犹疑了一下：差不多吧，附近。

听口音，不是本地人？

我是南方人。

怪不得。男人若有所悟地点点头。

车又停了，这次要等十来分钟。

过道伸出一只小脚，煞有介事地抖一抖，像个老爷们儿。带魔术贴的小红鞋，鞋底是防震橡胶，印着米奇，挺干净，估计是一大家子抢着抱，不常下地走。几个片段跃出脑海，他笑起来。

一根烟冷不丁杵到面前，他撤了笑，客气地接了，小心地种在嘴上。男人打头，他断尾，一支袖珍吸毒队。他们钻出车厢，踏上站台。

站台空空，水泥灰里混着日光灯白。黑夜在他们四周竖着，犹如铁桶。打火机冲着他的脸扔过来，一只金色的小长方体，有细细的纹理，像管口红。

不一会，烟雾就将两人裹了，成了一只大茧。

小时候，家里有只狗。男人顿了顿，好像在等记忆解冻。又有几个烟鬼下来了，在他们不远处，小红点忽高忽低。男人话头一断，就迫不及待地续上烟，像衔根氧气管。

以前国家有个政策，打狗，是狗都得打。一抓大点的小狗，照打。男人的烟夹得深，抽一口就像在捂嘴打呵欠，很疲，说着说着，又断了。

他注意到男人眼角的红血丝，蜿蜒地爬到眼白深处，不知所终。

我家那条狗，吓，大得不得了。除了我妈，没人逮得到。男人的眼神滑到侧面，他跟着看过去，只见立交桥上灯链华丽，甩着极漂亮的尾。他有点猜到了，但还是耐心地等着，喷一口烟，白袅袅的，像冷气。

最后呢，给它吃了顿好的。我妈叫住它，摸摸它的头，拿根绳子就把它勒死了。

他轻轻舒了口气——这个短小、冗长、乏味又沉重的故事终于安然无恙地结束了，没有红眼圈，没有抽泣，没有挣扎的细节，没有任何让他必须做出反应的过激行为。果然，夜里抽烟会把陈年旧事钓出来，鸡零跟狗碎，麻麻地咬着你的心。

狗，我妈，我父亲，我奶奶还有我爷爷都哭了。男人唯独没有讲他自己。他还发现，男人生疏且文气地叫自己的爸爸为"我父亲"。

他想，这个故事男人一定讲过很多遍，熟极而流。只要地点适合，空气匹配，光线恰当，男人嘴里会自动流出它来，像怎么也好不了的疤，流着温情脉脉的脓。

男人的手势、眼神，包括停顿与节奏，都具有很强的装饰性，克制且动人。他想象着小狗死前温顺又忧伤的眼睛，湿润漆黑的临终之眼。

他知道男人在等，他不作声。他奉上沉甸甸的沉默之金，渴望从以往的听众里脱颖而出。他想让自己看起来沉浸其中，不可自拔。他故意晾着他，拿烟雾做掩护，他想象着男人泪流如尿的样子，那是像拳头一样结实的伤心。男人为什么单单选了他做听众，他是知道的。他不久前刚刚伤心过，他是个如假包换的真货。

烟抽完了，该上车了，他还是什么都没说，男人也没有继续索要。他猜他早就饱了，吃着无限循环的自己，怎么会饿呢？旅客们都睡了，头顶的白炽灯睁着独眼，屏声静气地守着，仿制的家的安宁。一只淡绿的小飞蛾在赭黄的窗帘上默默地爬，似乎永远也到不了头。

还有三个小时，列车就要到达南京站了。

天刚亮，每个人看起来都像是重度宿醉。他走出大厅，男人给了他最后一根烟，笼手帮他点了火。

拼个车？

不了，老婆来接。

风大，男人头发乱了，眯了眼对他笑一笑。他捏着男人的名片，挥了挥右手，觉得有点滑稽，幸好手机响了，他正好可以不用目送。

你在哪？是她经典的三字经式短信。

他看见她了，马尾扎得紧，脸皮子被拽得十分紧绷。墨绿小丝巾，掐腰风衣，臂上的黑纱还在，有点脱线了，边上毛毛的。

车呢？他迎上去，她把胳膊插进他给她留好的缝隙里：在后边停车场。现在越来越黑了，停个 10 分钟都要收停车费！

他开车，她坐副驾驶。光跟影踩着他们往后跑，她又去看路边的小孩了，自从贝贝不在了，她特别喜欢看人家的小孩。照片该烧的烧，衣服该扔的扔，他们还算年轻，忘掉贝贝也不是完全不可能。

南京照例是个嫩阴天，太阳忽明忽暗，乱云在天上逡巡，很闲。入秋了，草地绿得斑斑驳驳。炒栗子的香味，蒙了霜的紫葡萄，柔和的光线，高楼后面远远的天，他感受着这熟悉的一切。贝贝的事他没有对任何人完整地讲述过，就连昨夜，本可以跟陌生人互换心事的良机，也叫他错过了。死了条狗就这么喋喋不休？我还失去一个人呢！他想。一走神，没听清楚她在说什么，被嗔怪了。

他在想，他永远也不能做一个坦率的人。自己的眼泪跟别人的眼泪，哪个更咸？哪个更沉重？搞得大家在攀比一样，有什么好比的？贝贝是一张老 K？他把她夹在指间，用力甩出去，就为了压住一条狗？在他的时间线里，她永远是立体的，永远有重量，永远抱着他的腿，永远热乎乎的。他突然明白了，原来他一直在轻视那个男人。他有点不安，腾出一只手来，握了握她的手。她掌心有颗小茧，一直在那里，像个核，令他安心。

拐了个弯，车辆骤然增多，堵车了。一群人推推搡搡，无数颗头上下浮动。摇下窗玻璃，嘈杂声灌进来。她皱起眉头，他听见有人在哭喊，估计是车祸。

下去看看？他问。

要去你去。她又开始绞手指了，不把双手蹂躏到发红绝不罢休。

他知道她心里还有阴影，于是独自开了车门，下去了。

人群是半液态的，很稠，他只能透过不断变动的缝隙，朝里窥视。一缕狐臭狡猾地在他鼻翼扫来扫去，细细嗅，又变成廉价香水味，混了汗馊气，捉摸不定。吵闹中他听到有人打喷嚏，一个女人的皮包扣刮了他的肋骨，生疼。

离内核太远，完全看不到他害怕看到的，他反倒宽了心。他踮起脚，甚至还跳了一下。跃至最高点，他所见的，无非是热气腾腾的衬衫后领、油汗交错的脑袋、胎记、污脏的红绳、极新极突兀的挂式耳机，仅此而已。一个胖警察挤了出来，手里拿着一个证物袋，里面是一只打火机。

他喉结动了动，突然转身，朝外突围。后面一个胖女人双手护胸，与他艰难地交换了身位，顺便踩了他的脚。他看着她雄壮的背，衣服上细小的黑白菱格形花纹，随着过分饱满的肉身起伏，让人眩晕。有人撞了他左肩膀，又有人撞了他右肩膀，很对称。他急忙逃回车上。

怎么了？她问。

他掉了头，打算绕路。他知道她没有一定要他回答的意思，继续沉默地开着车。

周围的景变成了一张膜，贴着光滑的车身，飞速移动。轮胎碾爆了一片干且脆的树叶。护城河的腥气闻上去半清新半阴臭。他拈起那张名片，把它送到车窗外，轻轻一撒手。现在，任何悲与哀都近不了他的身，他安全了。

慢动作的奔逃

屏幕右下方伸进一只话筒，"市民徐先生"出镜，画面饱和度太高，西装发黑，脸发红。您为什么要来广发家居城呢？镜头越过记者肩膀，对准徐先生：正好家里装修，听说建材市场开业，顺便来看看。

画面配字幕，黑体，白芯黑边，很正式，电影感强烈。张杰嘿嘿干笑，把进度条拉回一点。"市民徐先生"再次出镜，刚才那一遍像是彩排。

怎么又在看？有完没完啊？

哟，建功还挺帅。头一回上电视吧？

他笑得很哑，算是默认。手上力道不对，把一次性杯子捏扁了，啤酒漾了一身。张杰扯了纸巾帮他擦，他任他擦。采访那天建材市场的电焊味儿又回来了，他自己对自己说：不是。

不是头一回上电视。1998 年中考，他是全县第一，县电视台来采访中考状元。那时也有一只话筒伸进镜头，他身后不是建材市场，而是灰扑扑的二中大门。在他被采访的同时，大门右边的传达室里，坐着 41 岁的父亲，他永远在镜头外，进不来了。

换衣服时，他把刚才在建材市场拿的一叠名片掏出来，抽出一张，展平。上面俩黑体字：周磊。

他认识一个周磊。他初中同学，家里是种大棚的。就是那种塑料大棚，种反季蔬菜，西红柿花点催红素，黄瓜花蘸膨大剂。一大早就要起来揭草席，太阳下山前再盖好，忙都忙死了，不会有人帮他出头。他跟张杰堵过他，敲不出几毛钱，就是过过痞子瘾。他们也没有存心难为他，再怎么说也是一个村的。不过他很硬，难搞得很。为了让他嘴上服个软，他带头扇过他几巴掌。那会儿是冬天，他耳朵上长冻疮，挠破了，没几下就扇烂了。手心血淋淋的，很红很艳，看着腿软，他赶紧去厕所洗了。早自习下课，他潜入医务室，偷了两颗土霉素，用纸包好，拿钢笔擀碎了。课间操结束，他叫上他，躲到实验楼后面的背风口。他打开纸包，撮点黄药粉朝伤口上撒，边撒边骂：怎么这么不经打？我这要是下手再重点儿，早把你打死了！他估摸着，他爸也会这么打他，说不定也这么给他上药。张杰经过，看看他，又看看他：哟，你俩这是干吗呢？他脸一热，头一昂：不小心打坏了，治一治不行啊！

后来他就没动过周磊。天热了，周磊的耳朵快好了，痒得很，被光一照，红通通的。血在皮下安静地流，没再跑出来吓他一跳。从头到尾，周磊打不还手骂不还口，像一袋很沉的货。

爸爸，腰带又打死结了！

贝贝养得太精贵，在学校老被人扒裤子。王俐的对策是，把所有的松紧带裤子换成系带裤子。他叹口气，放下名片，蹲下身帮儿子解裤带。结太紧，他用牙咬，啊呜啊呜，头拱在贝贝肚子上，贝贝咯咯笑。你爸以前是扇人耳光的，怎么到了你就被人扒裤子了呢？他打算找个机会，偷偷教贝贝：谁扒你就扒回去！这句话是徐富贵当年教他的，挺管用。当年周磊他爸没教过他这个？那会儿他们个个都野得很，有个别不野的，不是机关干部子女，就是周磊这种老实头。贝贝的教育方式就是致敬那时候的干部子女。入园费六万，每天穿得干干净净，斜挎印着自己名字的定制小水壶，学了钢琴和画画。他儿子很文雅，完全没有野的必要。

爸！爸！你坐下！你坐下吃！

徐富贵不，徐富贵偏要蹲。他穿着儿子买的乔丹运动鞋，两脚一拧，背朝着他，埋头啃大饼。在贝聿铭设计的苏州火车站里，徐富贵折叠起自己，喂着那只农民胃。

蹲式马桶白装了，高龄老人卡白办了，业主老年群白加了，徐富贵还是要回老家。加湿器，扫地机器人，健身年卡，周五家庭日，市三好生长大了，变成市民徐先生，他一手打造的新式家庭快要孵出来了，被徐富贵戳破一个洞。

面朝黄土背朝天的徐富贵，腿坏了之后就在街心卖水果。水果摊旁边是猪肉铺，再远一点是供销社大楼，现在拆了，变成"易买得"超市。念初三时，每个晚上他总有卖不掉的"骷髅头"吃。长虫眼的、烂疤的，每只苹果都剜得七窍玲珑，像人头骨。徐富贵看着他吃，他吃给徐富贵看，嘎嘣嘎嘣，敲骨吸髓。

现在，他在他脚边蹲着，啃大饼给他看。大饼是一张脸皮，啃一点，少一点。视线移过来，底座是两只系带皮鞋，西装裤裤缝笔挺如柱，撑得自己高大又无情，他只好坐下。他发现徐富贵后脑勺很扁，奶奶那辈人都喜欢把小孩睡成扁头。徐富贵是老幺，开头那几年被正儿八经地宠过，有时候他会返祖一下，朝他讨要一点一去不复返的"扁头时刻"。

他给不了。王俐没来，贝贝也没来。当初是他一个人来车站接，现在也是他一个人送。永远是一对一，爹跟儿子，儿子跟爹。他们仿佛还卡在他上高中的时候，徐富贵踩着三轮车把他送到村口搭公交。钱够不够？不要舍不得吃，我供你俩吃口饭总归供得起的。车来了，徐富贵止了步，夕阳跟着车跑。车窗斑驳，窗外的油菜花田里间种着梨树，黄的金黄，白的雪白。沂河大桥下有养鸭场，白鸭像废纸，麻鸭像泥巴。远处河坝上一排排小白杨，像篦子齿。过了个小收费站，县城就到了，两边的半环形欢迎牌硬搂你入怀。进了城，公交车就规矩多了，开始按站停靠、等红绿灯。车不直达他学校，最后二里路还得靠小三轮。不是徐富贵脚蹬的乡下三轮，而是烧燃油的城里三轮。去县中几块？三块。两块行吗？行，县中嘛，天之骄子哦。天之骄子现在要送老爹回乡下。这条线上的春夏秋冬，他看了三年，现在还给徐富贵。徐富贵进了站，成为人群的一部分，灰扑扑，黑乎乎。徐富贵不富也不贵，种了大半辈子地，泥土色打脚底爬了满身，渗进皮肉。他的朋友圈题头图是他姐拍的照片，他跟徐富贵还有贝贝坐在一个绿草坡上，仨人长得很一致。风也被拍了下来，它是画面里的第四个人，负责逗祖孙三代笑出来。

胡丹的生活分为"打榧子前"跟"打榧子后"。

1984 年冬，一个不相干的男人走过贤官医院妇产科门口，一眼看见了抱头蹲着的胡国栋。男人想：去年我女人小产那会，我也这副尿样。

胡国栋到底是什么尿样呢？没人记得，没人能说。大家只知道他在手术单上签字时哭了，一个三十多岁的老爷们儿哭，医院马上传遍了。三个小时后，结婚六年的小学教师胡国栋终于得了个闺女，母女平安。

胡丹一直是个小顺民。两只中国特色的单眼皮，没有任何发型的男孩头。走在路上总是磕磕碰碰，总有人踩她脚、撞她肩膀，他人即路障。脾气太软，妈会骂她窝囊；太硬，妈会说反了你了。她感觉妈用一个模子浇铸她，刮去毛边打磨光滑。假如一个家里爸像妈，妈像爸，那么胡丹一定会长成假小子。可是妈像爸的同时没有忘记自己是妈，把她的发式领口管得严严。作为教师子女，她入学比别人早两年，上初中后，班里女同学纷纷绑起武装带（胸罩），她还不太讲究地穿着棉汗衫。某天妈买来一件化纤紧身小背心，偷偷塞给她：勒一勒就不会审来审去了。勒什么？审什么？她半天才悟出来，她妈想在胸罩跟棉背心之间找一个过渡点。之后小背心因为太紧被送给了八岁的小表妹，她觉得一向能干强悍的妈有那么点小失败。

直到1997年夏，打榧子让她逃出死循环。

一开始，榧子怎么也打不响。徐建功教她，把右手举高，拇指中指对捏，一搓。搓几回，指肚生疼，还是没声音，就泄了气。刚见第一面，他就把她眼里那点瑟缩给逮着了，他知道她爸是新调来的老师，她家肯定没人教她这些。于是他亲自上阵，教了她全套。

李玉换地方了，要带你去吗？

这次他没装聋，他像披上军大衣一样，披上了他爸的镇定。他像个领导，说行。

她领头，两人往耿圩庄的河坝上走，风吹斜了绿树，树冠在头顶合拢，树下是劲道的、清凉的绿空气。她走得挺快，他老掉队，隔一会，她就催一催。她不怪他，他要是急着赶着，那跟张杰他们就没两样了。他做跟屁虫还是头一回，以前都是人家跟着他。她脑后撇两条小辫，她妈给她编的，下手紧，看着都觉得扯得慌。他想学他姐那样，把手插进发根，帮她松一松，但她始终离他一臂开外。而且，她满头汗，他得忍受那湿漉漉的手感。拐了个大弯，再上土坡。哇，满满一坡白鹅。一层雪皮罩了地，下面儿百只小红脚蠕动着，向南移。有几只跑得不匀，雪皮破了好几处，又飞快愈合。两人看呆了。

云移得慢，一摊灰影子在鹅群里爬。一忽儿东，一忽儿西。越来越近，他俩眼前一暗，回过神来，开步走。

终于到了。她做了个"慢用"的手势，回头就走。他一把拉住她，两人并排伏在深草里，一点儿也不觉得硌。暑气蒸腾，身下的植物被压平，渗出汗气。

波光在远处，软极了，一漾一漾的，直送眼底。人影逆光，黑乎乎的，淋了水，又亮晶晶。有一些凹跟凸，看不太清，有心朝前移，又挣不过身下这块地。它黏着你，在哪儿趴下去，就得在哪儿待着，不然动静就太大了。他俩只要稍微一冒头，就能看见右边的运河闸口，过了闸口往北二里地，就能看见他爸跟她叔在田头歇脚，风在树顶，就是下不来，两人扇着破草帽。闸口往南是猪场，他妈和她妈在里面拌饲料。现在，他俩在这儿趴着，啥也不用干，看就行了。有一阵，她发现他在看天，天那么好看？蓝的多，白的少，小蠓虫飞呀飞。她悄悄给了他一肘子。

李玉终于洗完澡，穿上衣服，走了。他还趴着，好像刚安了假腿。她站起来，眼睛眯着，像个小老太太。她得等他消化消化。绿树里藏着蝉鸣，从四面八方涌来，挤压着。

咋样？好看吗？

……就那样。

有那么一阵子，她觉得白忙活了。他教了她全套，她就是想回报他一下。他觉察到了，教她：你不能这么问。

那怎么问？

别问，这种事别问最好。

她点点头。

他们往回走，挠着蚊子包。白鹅早散了，土坡很普通。光线也不够了，那种喜气洋洋的亮没了。果然白忙活了，如果李玉排第一，那她也不是第二。她踩了点，贡献了情报，可他并不把她当成同党。

炊烟起了，这里一柱，那里一柱，像龙吸水。他看看她的篮底，松松几把猪草，这哪够？他叹口气，抖空了自己的，塞饱了她的。他预备好了一顿打，是他借他妈的手赏给自个儿的。小流氓！叫你看人家洗澡！下回还看不看了？

他妈常备一根油亮的藤条，拿来抽人腿肚子，挨一下能让人活跳。一指宽的烙铁，一小寸一小寸，煎着皮肉。麻辣之后，钝痛凸起，一条条交错，打得人又红又胖，像个新生儿。想到一半，他发现她在把猪草往回塞。他凶起来，他不能让她弄乱了计划，夺了几回，她住了手。

晚饭前，他妈没回来。之后，一切都飞快，他们永远失去了那个下午里的慢。

主要是我们疏忽了，一开始以为就是中耳炎。等挂了专家号去看，已经晚了，化脓了。哎呀，小徐你不要客气嘛！……后来只能把听骨拿掉，这边耳朵就听不大清了，喔哟我们囡囡真是可怜……

可怜囡囡王俐掰开大闸蟹的壳，两排蟹眉毛整整齐齐，中间一汪金黄。她像在听别人的事，永远是一张厌食症样的死人脸，这张脸长年不见阳光，被私家车、空调房和机关办公室轮流捂成蚕白。两颊没血色，得用腮红补，薄薄搽两片，夹得脸更小。这种脸色的奥妙就在于，穿什么颜色都洋气，穿大红大绿也是小姐的大红大绿。应酬时带着她，就相当于戴着欧米茄。也许她没那么值钱，但对他来说够了。上次他来吃饭，岳母讲的是王俐高中毕业后为了报志愿做近视手术的事。八十年代末的听骨手术，九十年代末的近视手术，听起来都很超前，这些手术会发生在自己家吗？光手术费就不是个小数目，只要死不了，徐富贵就不会掏这个钱，也掏不出。他和姐姐似乎都知道自己没资格可怜，都结结实实长大了。

结婚后不久，他在观前街被一个穿紧身黑衬衫的拦下，说是"发廊开业大酬宾，充一千送一千"。他没怎么推辞就跟着去了，"小海造型"在二楼，玻璃楼梯，台阶上贴着金熠熠的防滑胶条，两边立着更多的紧身黑衬衫，他一走过就纷纷鞠躬。他不能再去"十元一位"的小理发店了，虽然他对一股烫发剂味儿的"小海造型"没什么好感。王俐一般都是和岳母去美容院，修个刘海就要六十八。他得尽快习惯这些流程，早点把徐富贵味儿清干净，这味儿就像葱蒜，吃时香，吃完臭。徐富贵喜欢去公园看人打牌，那里有最老式的剃头摊子，一把椅子一块白布，老头剃老的头，五元一位。一地碎发，白多黑少，太刺眼。

后来，"小海造型"倒闭，他的两千块还没花完。店家好心发来短信，告诉他店面转到了十全街，改名叫"小海发廊"，余额可以继续使用。他按地址去找，在很远的地方停好车，发现发廊招牌上写着"十元一位"。他之前御用的首席名剪跑了，换成了怯生生的新人小马。小马口音重，听着耳熟，一问，巧了，俩人是老乡，还是邻镇的。小马提起附近有家苍蝇馆子，老板老板娘都是他们村的，正宗老家味儿，小鱼干炒青椒，白面饼一卷，香不死你！聊得正起劲，小马手滑，给他脑袋上剃出一道凹。他手一挥，说直接剃圆寸得了。对不住啊哥，晚上有空不？我请你吃饭！俩人加了微信，六小时后，脸对脸吹瓶。去他的大闸蟹！去他的鸡头米！去他的冬酿酒！他解了绑，挺快活，把老丈人送的表抹下，放进公文包的内袋。他们点了不少菜，老板见是熟客，免费送十只锅贴。眼看小桌摆满了，换到里间的大桌。大桌又嫌空，干脆把老板也拉过来。

知道你忙！就三杯！我跟你说哦，你今天不要不给我面子。来，介绍一下，徐老板！哥，这是老李。

徐老板你好！以后多关照！

老板个屁，叫老乡就行。乖乖，你俩嘴还真甜。

他摸出一包软金砂，每人发两根。一根现抽，一根夹到耳后。店面不大，挺干净。老李说他以前在老家专门做婚宴，儿子在这边结了婚，他就在这边开了店。酒过三巡，老李讲他还有个女儿，怕计划生育送了人。小马说自己跟踪过前女友，划花了老板的福特。他跟他们没那么熟，他不愿提王俐和岳父母，也不想讲徐富贵和贝贝，他选择供出周磊。

老李这里成了新据点，胡丹说什么都好，就是车不好停。张杰说你把车停佳福国际大厦，走过来就十分钟。走过来？凭什么？胡丹两脚一弓，撇了高跟鞋，一把拔了他的烟。张杰怔住不动，光用眼睛笑。半天，拿过烟盒，重新点一根。

你老公呢？又出差？

烟灰掉下一截，她才想起来吸一口。新做的指甲是亮晶晶的血红，好像还在往下滴。他帮她开了一罐青岛啤酒，白沫子在拉环口漾，渐渐熄干净了，液面很静。

还是离了吧，你不怕他染了病传给你？

她直接掐了烟去洗手间，皮包留在椅子上，小小一只，也是血红。他一只手搭上张杰的椅背，在他后脑勺弹一下：少说两句，没人当你是哑巴。

心疼啦？我是为她好！你也不劝劝，看着她往火炕跳！

行了行了，不聊这个。对了，建材市场那个周磊，是咱们初中那个吗？

怎么不是？他们办公室挂着合影呢，我一眼就认出来了。人没大变化，就胖了点。

他不是初中毕业就不念了吗？听说去常熟打工了。

反正人家现在混出来了。联系联系？

之前初中同学聚会，他就没来，说是联系上了，让加微信群，最后也没加。

这名片上不是有电话吗？打打看？

他瞪张杰，张杰没懂。他四下看一看，凑近了小声说：我……以前扇过他耳光，你忘啦？

你扇过的多呢，我哪记得住？

他眼睛一横，一掌抢出去，手腕被张杰牢牢叉住。

来啊，干一架？你看看你，还念念不忘呢！约出来道歉嘛，光膀子背根小皮鞭请罪，让他抽你，抽舒服了为止！

算了，跟你说你也不懂！老李，结账！

三人拐进十全街，这一路全是小酒吧，一家挨着另一家，黄澄澄的，像是在黑里挖了洞。胡丹在前，他俩紧跟其后，空着手，吸着她的二手烟。路灯昏黄，裙下荡漾着凹与凸。腕表的表链极细，甩着水淋淋的弧。高跟鞋是冷艳的漆皮黑，红底，前后交错，逗引出全身有规律的波动。晚风送来她的香水味，闻起来像夏天的河，让他想起那个遥远的下午。李玉后继有人。

他们走成一个松散的三角形。张杰老是往路边玉店的橱窗里瞄，他以为他想买玉，问他要不要进去看看，他说他在数标价牌上有几个零。笑骂又起，打闹的男人们关注着前面的动静，她一直没回头。他甚至想反超她，看看她是不是哭了。她的眼泪总是很多，在脸上冲出笔直的平行线。他从不帮她擦，似乎怕惊扰了两条线的走向。

等他回过神来，她已经蹲下了。三角形的尖儿对着老头，老头跟前有个铁笼子，里面一只虎皮猫，乡下最常见的那种。她从笼子缝里伸手进去，摸它的小鼻子。

自家老猫生的，就一只，独虎。老头开了笼子盖，把猫抱出来。她接过它，像抱小孩那样抱在胸前。这下坏了，红底高跟鞋完全失效。

干吗，你要买？

她抬头望望他，又望望张杰，没回答。小猫开始舔她的手指，舔得很细，她笑了。张杰摸出烟，自己点一根，扔过来一根。他俩眯着眼，并排站着抽。一辆货车要掉头，引起一阵混乱。他跟张杰避到巷口，正对一台空调排风机，火热的小风徐徐烤着小腿。她就在他们脚边，像徐富贵那样蹲着，小小一尊。

这猫多少钱？

三十。

三十！这不就是个土猫？送我我都不要！那边有个猫舍，给你买只好的！蓝眼睛的，外国种！

我不，我就要这只。

他眼疾手快地扫了付款码，老头抖开一只塑料袋，把猫装进去，捅两个眼透气。她把它拎到与视线等高，笑出小虎牙。张杰摊手又耸肩，像个老外。

这种我见多了！明天他肯定再搞一只过来，还是自家老猫生的，还是独虎，你们信不信？

三角形倒了过来，张杰一人落单。小猫在塑料袋里钻来钻去，尖利的爪子勾破了好几处。他们又折回去，把笼子也买了。猫回到原处，像他们刚看见它时那样。笼子有点沉，他抠着两边的把手，说我来拿吧。它叫得细声细气，像个小婴儿。也许在张杰眼里，他和她和猫挺像一家三口，那又怎么样？他那张嘴打小就这样，早就习惯了。他们大声聊起被砍掉的小学，还唱了"小白人，小白棍，打扮打扮要出门"，十全街凭空消失，变成了老家的河坝。没整修的土坝，一下雨就烂成软泥，走上去东倒西歪，像是喝醉了。河坝两边的小白杨长得很密，又直又高。大夏天的时候，白天蝉鸣，晚上蛙鸣。堵车的喇叭响成一片，也没能压过河的声音。猫什么也听不懂，显得很孤单。张杰抓着笼子原地悠了几圈，给它起名叫胡三十。

她带着猫上了出租，他们还没闹够。张杰说就咱俩了，要不要再续一场？他告饶说不了不了。酒吧太黑，一杯玉米汁就要三十，够再买一只猫了。24 小时便利店里就能买到冰啤酒，坐在马路牙子上喝，吹着风，不美吗？美！一不留神，两人就干掉七八个。张杰把易拉罐捏扁，朝他裆部一送。幸好他反应快，一把钳住暗器，易拉罐又扁了点。

哎哎！老实交代啊，你俩睡过几回？

有病啊你。

我说真的啊，你看看你，掏钱真积极！

就一包烟钱，你真的有病。

啧啧啧，装什么呀！谁不知道她当年喜欢你！

人家有老公，我有贝贝，醒醒吧你。

那她怎么跟我睡？

他唰一下站起来，张杰失去支撑，歪在一边。他还像初中时那么瘦，尖嘴猴腮，笑嘻嘻，软绵绵。他仰着脸看他，笑得更大了。

你看看你，你看看你！吃醋了。

他一言不发，夜班公交车在身边呼啸而过。梧桐遮了路灯光，大半张脸浸在阴影里，无法读取表情。

我可没逼她！她自愿的！大家都是成年人，老乡之间帮帮忙怎么啦？

有人经过，张杰住了口。在这无限长的寂静里，河坝再次出现，冬天树叶落尽，枝杈间零星几个喜鹊窝。雪太干，捏不成团。一地车辙印，结了冰碴。她跟不上他们，远远落在后面，一团胖乎乎的红。坝边的麦地里有许多奇特的小爪印，他们分头追，绕来绕去，最后都不知所终。米厂家属区的澡堂永远冒着白烟，他们在男女浴室入口处分开，永远没机会看见彼此的赤裸。

他掏出手机准备打车，他只想一个人待着。张杰搭开五指，遮住屏幕：

怎么了？觉得我们很脏是不是？

我可没说。

你有资格说吗？好，你干净，那你当初怎么不娶她？

张杰你喝多了。

我没喝多。你别跟我说你只把她当妹妹！妹妹个屁！徐建功我告诉你，老子最烦你这种玩纯情的。还买猫！操，中学生才买猫。

你到底想说什么？

我想说，你是好人！好爸爸！好老公！好女婿！天之骄子！你知道她喜欢你，故意不睡，吊着她，对不对？

一拳下去，张杰的笑声变了调，听着很像哭。他还想说些什么，他直接打断了话的后半截。黑暗里的人形靶子塌下去，一些黏糊糊的东西粘在手上。世界安静了。

他丢下他，独自蹚过夜街。两岸的橱窗是黑色的镜面，左右倒影一路护送。他气走了徐富贵，打了张杰。也许，至少，他还可以联系一下周磊。

刊于《西部》2022 年第 1 期

狼狗时间

一

路口是密室，来晚的，只能靠猜。不过没关系，还有更晚的。

陌生人在事发地之外纷纷驶来，高架出口奔出洁净的、未被污染的车流。车流上空，云堡巡游。

下决心挤，多说两句对不起，肯定能看到第一现场，但他不。他宁可透过缝隙，远远地看些零碎。有的，没的，更惊心动魄。

喇叭声响起，太阳穴咚咚跳，他感到一种被血腥味挟持着的、强烈的不自由。一辆大红别克，急刹，掉头。车门开，期待中的那只脚迟迟不伸。他移开脸，看红绿灯，看天，看人烤串，翻过来，刷酱，呲，起一层烟，再翻过去。想起来时，车早空了。想象中的艳丽女人，恨天高，大波浪，香烟撬开唇缝，曳着一面香水大旗，甩上车门，汇入人群。

风把半条街的味道都掀翻了。机油味，粉尘味，酱醋味，本该袅袅上升的，都坍塌了，失序了，擦过他的鼻腔。

杂货店里涌进几个装修工，其中一位拍出粉红大钞：老板！一条红双喜！账结清，火也借了，烟圈呼出来，升上屋顶。大家围过来，收收紧。结果老板两手一摊：我也不清楚呀。

我也不清楚呀。一个男人捏着女人嗓学，其余几个笑。

没关系，他清楚呀。

往回走时，那些手势跟措辞还在，淡不下去。汉子们的脸是棕栗色，眼白发亮。马路牙子上踩一段，他悠着塑料袋。想一想，从裤兜挖出手机来。整理一下，群发。

妈呀，后来呢？老曹马上咬钩。

他笑得很响，跟 1999 年，他在职校墙头，对着十七岁的小曹笑得一模一样。塑料袋啪在大腿根，嘭嚓嚓，嘭嚓嚓。

这里的事，他一个字儿都不会跟她提。

最初，是从她包上那只小别针开始。

后来她告诉他，这个叫羊毛毡，又叫戳戳乐，就是用一根钩针戳啊戳。哎呀你笑什么？坏死了！

他笑是因为，他们当时已经发展到，可以这么笑了。

小别针是一只猫头鹰，他逗弄了两下，挤地铁时发现别在大衣肩头。一翻手机，一条陌生短信：喜欢就送给你好啦。

她是什么时候别上去的呢？他毫无知觉，猫一样轻巧的女孩子。他刚从一场恶狠狠的两性较量中败下阵来，像个老年人一样，迷恋甜、软、烂。

2号线跟1号线不同，是另一个色系，陌生的婴儿蓝，某个站名还停留在农耕时代。每站都上来一些不熟的人，下一站上来更不熟的。他任这只小猫头鹰蹲在肩上，不用摸，光看也能想象出它温柔的质感。他带着它在夜色里走，霓虹灯咻咻过，他想不出要怎么样拿下它。直到两周后，他们再次见面。

别针跟他们的婚礼光盘一起，被放在衣柜深处，小猫头鹰在暗处瞪着稚气的圆眼睛。没关系，粉红泡泡咕嘟嘟冒出的时候，大家就知道有这么一天。至少，他和她，还没到想扔掉它的地步。

他花了好几年功夫才弄清楚，他迷恋过的微妙的抿嘴姿势，不过是来自她对口腔某处蛀洞的病态舔舐。

二

客厅面积有限，冰箱、钢琴、餐桌互相避让，留下复杂的窄道。小型迷宫，鏖战不断。

刚才，他们已经攀登到一个相当高的高度。性别剔除，亲友链剪断，纯脑战。"你这个人最大的优点就是学习能力很强"，这是个伏笔，等下用得到。接下来他开始谈老吴。老吴，一位"学习能力很弱"的前同事，她的男性变种，糅合了几个熟人、几个不熟的，刚刚出炉。他临时决定，老吴一米七，爱抽红南京，付钱喜欢掏现金。总之，要神似形不似，才不会被怀疑。老吴的典型缺陷：轻视女性，这个切入点能迅速拉拢她入伙，使她不得不避嫌，全身心地朝老吴的相反方向走。这只精神沙袋，可以打很久。

他费了很大力气让第一块理论木板悬浮，悬浮在高楼之上，浸泡在大气中，充满未来感。她现有的身份对他极其不利，他鼓动她变成礼貌的陌生人。一沾世俗他就输，他早就意识到这一点了。

形势不错，他小心翼翼地加上第二块。很好，没有掉链子，她愿意听。沙发上覆了深色珊瑚绒毯，她陷在这深色里，下颚骨包着极薄极嫩的皮肤，皮下的血管清晰可见。她是活的。

现在，她被他钉在"学习能力强"上了，动不了，喂给她什么，她只能张嘴咽。很明显，老吴起作用了，她不想当老吴，她在撇清里痛苦地自我成长。扩容是有撕裂感的，纯粹是撑大的，他非常懂。他很民主，没有借机强灌，而是切换了好几回"你的角度"。他希望她明白，她越宽大，他就越宽大。

大概第五块的时候，逻辑链清晰可见，谈话氛围有点像他跟孙涛——他那个开公司的发小，不苟言笑，买单很快，真男人。

他打着手势，转过身去，沉迷于层层递进的快乐。

等他发现的时候，她的面部已经出现了大幅度的抽搐。

高端学术会议结束，老吴告辞。

这么看来，她之前不是专注，而是酝酿。他苦心搭建的通天塔又毁了。

他知道，她一边哭，一边开始播放某段图像。图像随着泪泡模糊、滴落，会被她本人的脚尖，或者窗外黑黢黢的夜景取代。

就这样，她戴上 VR 眼镜，他只能在边上看着。有时候她会用语言转述，有时候不。几段常用备选图像如下：

果绿色墙裙，视线一人高，绵延不尽。镜头越过大厅、自助挂号机、收费处、病历卡、输液单，以慢动作投掷的方式，来到她身边，她很弱小。单纯病毒性角膜炎，阿昔洛韦注射剂，护士的摩挲过于轻柔而他过于坚硬。她左手举瓶，好像在打一辆永远不来的车；

阳光照着小猫，小猫在女同事臂弯里，女同事在他电动车后座，电动车后座在她视野里。为了一点小情趣，她闹了一闹，结果他摔了她的电脑；

四下漏风的被窝。他猛然坐起，说了一句流传到死的名言：你们全家都拜金！

悠长的夏日午后，光斑落进眼睛里。自家种的薄荷茶，外公枯瘦的手。房间里的老人味，一开始能闻见，哭着哭着就闻不见了。没看到囡囡结婚，我不放心呀。

吵乏了，世俗突然扑上来，楼下羊肉串香得销魂蚀骨，隔壁在叫床，马路上有车驶过，合欢的花簇间藏着湿润的月亮。

等她睡着，他砰一声推开窗，把烟咬上，不点，两手挂着栏杆，人往后翻。真不好玩，老邱、潘牧天、志炜，还有"老吴"，他们都是怎么过的呢？天天在钢筋水泥牢里玩这些乏味透顶的嘴炮，就叫有个家了？

隔着窗，也就一步远吧，就可以称之为外面了。与这里截然不同的，外面。他无数次地迈出去，滑翔在蓝，或者黑的天空。

三

2009 年，他来市区上班，住象牙新村，靠近劳动路。公司在干将西路，每天蹬自行车，最快八分钟；2010 年他住彩香新村，市政府对面；2011 年底搬到公司宿舍，住泰南路；现在住金门路，何山桥下。

象牙新村在小区深处，有个迷人的小斜坡，没有人的时候他会不捏闸，直接飞起来。老式水泥桥下，一张暗蓝乒乓球桌，张着绿网。而每晚六点，彩香新村会出一个烧饼摊，圆的咸，长的甜，烘得薄脆。泰南路的公司宿舍有个院子，夏天满架葡萄，废弃的储物室里跑出黄白相间的小猫。

2011 年那阵子，他距离少女最近，少女是谁？他将永不得知。

少女双肩包一侧的背带经常滑脱，这足以让少年心动。932 路密密的人林里，一条清澈的视线，随着车身颠簸。出校门，左转，象牙新村站。7 个站后，车驶入干将西路，到达彩香新村站，紧接着右转，拐进泰南路，少女下车，最终，在何山桥东站，后门走下孤零零的少年。

自少女下车，少年就有了名字，叫张望。张望是楼下杂货店老板的儿子，经常穿着隔壁男装店的清仓商品。出门朝西走 50 米，就会发现他身上的毛衣同款挂在门口大减价。此时，男装店的女老板正用他家卖的电热水壶烧水，这条街上的店铺整个儿都在搭伙过日子。两个小时前，他经历了一场紧张的语文月考。饭后，因着某种隐秘的歉疚，主动洗了碗。

爸，老规矩？

老规矩。

回来后，张望笑得十分谄媚。老张警觉地一扒袋子，多了罐雪花。

行吧。他竖起一根食指，就一罐啊。

四只脚丫子搁上茶几，绿茵场上的人还没脚趾头大。爷俩儿靠着，嗑着酒。球太臭，一直没有干杯的机会，下半场过后，死了心，仰头灌。

洗个脚去，熏死我了。

我刚洗啊爸，是你的脚吧？

他扳脚一闻，还真是。

老张去洗脚的空当，球赛变成背景声，张望变回少年。象牙新村到泰南路，这段 20 分钟不到的车程里，少年得以重新审视这个世界。

这个世界并不妥帖，垃圾桶朽坏，地砖碎裂，冬青被剪成人工绿毛毡。窨井盖上一枚锃亮硬币，几天没人捡，新得可怜。

少女所经之地，褶皱被熨平。雨天，她走一步，就与倒影互击一下脚掌心；晴天，她是一只人形风筝，钛合金锁骨极轻盈。要仰脖看，高且远，蓝天无穷无尽像海水倒灌。细线不在他手里，不在按键迟钝的计算器里，不在黄胶带修补过的玻璃柜台里，不在制冷失败的老空调里。

少年伏在父亲的棋盘板子上，把一只小卒扭得滴溜溜转。如果人生再来一局，他会早在爷爷那辈，就安排一家老小从苏北南迁。一开始可以在郊区做小本生意，之后爸爸出生。到了他这一代，房子换到市区来，能够正好住在金茂府，也就是少女家对面。这样，他就可以跟本地小孩混在一起唱"笃笃笃，买糖粥"——虽然在学校他们都讲普通话。也许，小时候她会经常来他家玩，穿一件粉底小白点的花裙。以前他看过别的小孩子穿，觉得很适合她。他蹲下来，小心地捏住她嫩藕似的手臂，帮她套上。

这触感，并不完全是杜撰。

童裙面料轻薄，是柔软劲道的夏布。等一下，套上裙子之前，她穿着什么？

小卒飞了出去，慌乱地钻入柜台下。

不不，那不是她，是他们的女儿。他很难想象关上门之后单独相处时她的样子。总有一天，她会向他展示所有的秘密。总有一天，他会很自然地脱下外套（有点像他们的礼仪校服），问她：今晚吃什么？

在那一天之前，重峦叠嶂，云雾弥漫。

四

一本发黄的手抄乐谱，治好了他的难产。

杂货店老板把正脸给了一只康佳旧彩电，他得以观察柜台上一本摊开的硬面抄。纸页发黄，蓝墨水变作浅紫，《鼓浪屿之波》，简谱。父亲的歌声自动响起，他感觉自己停留太久，必须要搭讪着说点什么了。

老板很快从居家男人的懒散，切换为生意人的殷勤。花生壳拾掇好，朝他点个头，整张脸都紧致了。遥控器一指，主持人闭了嘴。灰尘在夕照里飞成金粉，店里那80年代的余味又回来了，恰到好处的脏乱让人放松。熟了之后，老张告诉他：店开久了，往街上一走，眼里都是单价。眼珠子往人身上滚一遍，自动扫码。

那你看看，我值什么价？

你？赠品吧。

两人差点把椅子笑翻，店铺深处探出一个头，又缩回去，肩膀处两道蓝白条纹。

搭上话其实不难，他想过，如果校服少年能够朝他笑一笑，他会在小说里给他留个位子。杂货店代收快递，隔三岔五，聊一聊，吸一点精气。三步两步上楼来，打开电脑，把小火花敲进 word 文档。每次跟老张在一起，都像洗了个冷水澡。一激灵，浑身发红，他感觉自己又能写了，又像个人了。

那后来呢？

后来她就不行了。你想想吧，没有三高，心脏好的，肝胆肾也好的，就一个食道问题，冤不冤？

这段话是真的，他说过很多次，用来跟不同的人交换。情绪激烈期过去，他沉寂了一段时间。之后他突然开始频繁地谈论她，在高铁，在微博中奖试吃活动、修车摊、早会，以及咖啡店。他知道，总有一天，他会使用她像使用一张人民币那么坦然。

他没跟老张提过外婆，老张是他的贵人，他不谈这个以示区分。老张的底牌应该是他老婆，他一直在等他先亮。有几回，老张喝高了，提到"张望他妈"，眼皮一阵痉挛，抽几下鼻子，脸朝后仰，好像要止住鼻血。他把细节一一敲入大脑皮层，一点儿也不嫌弃他后领子上的脑油味。

估计老张以前瘾头挺大，逢人就说一遍，哭一回，好容易戒了，得绷着。他知道这里有个好矿，交情深一点，拿外婆换一下，绝对能出个小中篇。

走！喝羊汤去！我请！

五

沥青路面，隔一段就出现一个窨井盖，圆，或方。路灯昏黄，影子好几条，浓的淡的，密密一大把，插在脚下。还剩十来步了，他捏出一个不常用的自己，钻进去，套上。

他看见她了，她被灯光浸得黄黄的。太暗了，真想开个灯，不然总感觉是被魇住了。他几乎是厮打着，才杀进夹缝里。设计好的低沉男中音用不上了，一时半会儿，还平息不下心跳。恶战在即，他抽空读完江苏银行LED滚动屏的红字。字里行间充斥着遥远的、和平的空气。她还没看见他，她还处在孤立无援的愤怒中。

发狠跟装可怜交替，都用滥了。他看着她把这两招往别人身上使，他想看看，别人会有什么反应。让她先吃点苦头也好，她指望他，他指望谁？

有一段似乎被消音了。两分钟后，跟他预想的一样，现在吵架的是他们了。

是他逆行！你能搞清楚情况再说话吗？

冷静一点好不好！在家你也跟我这么大呼小叫的，能解决问题吗？

炸街摩托来救他了，耳膜震得生疼。它没有带他走，只留下一阵眩晕的空白。车胎碾爆多汁的白果，楼顶的热霓虹变作冷色。这些，成为他界定时间的刻度。他必须保持吵，直到警察来。

他回想起几天前，他还是一个悠闲的看客，现在突然到了风暴中心。

男人摸烟了，余光里闪起小火苗，红南京味儿出来了。很好，他把他们当成一对拎不清的小两口，看起笑话来了。没关系，这正是他想要的。

纠纷长到，他对花坛的大理石破损情况了如指掌。之后每次经过，他都会确认一下那个小凹口还在不在。

车阻石是猪血红，公共自行车是草绿。

她很委屈，觉得举目无亲，这一点他能理解。随着争吵白热化，他觉得她快要哭了，是时候给她一点暗示了。

你还是个男人吗？你胳膊肘朝外拐！帮倒忙！

我怎么帮倒忙了？他掏出被焐热的六角扳手，在她眼前晃了晃，围观者发出了让他满意的惊呼。男人瞅见了，熄了烟，踩灭，一把揪住他领口。

哟，挺厉害的嘛！来，朝这儿砸！来啊！

他像个和气的老先生，极其缓慢地，把领口的那只手摘下。

嘻，拿出来哄老婆的嘛，兄弟你看不出来？

三小时后，他再次经过事发地，停了会儿。

这是一个再普通不过的路口，浮在黑夜的平面。

像是为了证明什么，他干脆下了车，把红绿灯过了两趟。一切正常，脚下是工整的菱形砖，踏一脚，反馈出鞋底的弹性。他相信，只要再熟悉一下地形，他就能生出更多的亲切感。有朝一日，他会像一名真正的路人，漫不经心地讲述那些剧烈的心跳。

士气高涨到一定程度，他决定去元祖买只蛋糕。他在想象中小心翼翼地揭开盖子，她一定会配合地哇一声，这个把戏一定还有效。他们一定能用氢化植物油与甜味剂修正这个夜晚，在不够高的二楼窗口，端着波浪形边缘的纸杯，用一次性塑料叉子指指点点，对着脚下两米远的车流，谈笑风生。

几步开外的晶亮大房子，货架金灿灿，售货员小姐开启一卷新的热敏纸。机器吐出条状小票：雪漫飞舞奶油蛋糕。

先生，要写什么字呢？

什么都不写。

男人带着若有所思的笑容，拎起捆好的细缎带。还剩最后一关，他就可以顺利到家。

然而他看见它了。

它有一张失意的脸，很垮。以前他扔过一根火腿肠，它谨慎地闻闻，没有吃。它应该是临时工棚里那些民工养的，常见它睡在干硬的地上，蜷成一团。它见人不叫，也不摇尾巴，看上去非常难以取悦。

其实他心底深处也有一只狗，关于它的史料他从不动用，那是与外婆息息相关的，任何听众都抵达不了的异境。年初他抱回来一只小黑狗，眼睛上有两点棕，她没说什么。某天下班回来，他警觉地发现，它被人打过。他不在的间隙里，有人对它狠狠扬起过什么，导致他一抬手，它就瑟瑟发抖。

他送走了它，它在老李的农场里，长成一只憨狗。老李帮他俩拍过一张，那种笑容，他好多年都没有过了。他不会跟她解释，为什么他要忍耐着狗毛、大小便、异味，豢养一只不上班的动物。

他把蛋糕放在地上，拆开包装，洁白无垢的奶油上斜插着结霜的巧克力片。黑影里的白色圆形发生了剧烈的形变，他将手指插入蛋糕深处，抠出一块，向它掷去。

六

他当时笑得像个站街女。

也许路人们都看出来了，他们不是一条心。六角扳手被放回抽屉，跟那个夜晚待在一起。

她冷静地洗碗，拖地，像对着一只距离过近的镜头。每次做家务，她都觉得自己在模仿母亲，哪怕她购入了骨瓷餐碟与亚麻餐垫。

样刊寄来之后，她终于读到了他藏着掖着的定稿。W 是王基胜，L 是刘诗晨，后面揉了点陈平，故事里掺着他们私聊时的暗语。老张就是楼下的老张，疯女人是老卤，每篇里都会写一下，用来提鲜。唯一可疑的是这个"长着一双湿淋淋的黑眼睛"的 D。也许他知道她会看，所以干脆写成了混合物？在小说里泄愤，比争吵高端多了。

当年他们自己拍、自己打印的婚纱照开始发黄卷边，拍的时候相机像素不够，照片放大后，颗粒感分明，凑近了看就是一小格一小格的马赛克。打头阵就是这点不好，这种东西一旦变成了文物，就不能轻易去修补。它被移到了较靠里的位置，而不是直接放在客厅。记得当时他们点了一桌外卖，在家里招待朋友，一次性饭盒排得满满，一只压着另一只的盖子，有种室内野餐的新奇。视线再远一点，厨房热气腾腾，他卷起袖管，热火朝天地炒小菜。把两菜一汤摆上桌之后，她想的是：啊，终于和母亲平了，某种新型的关系已经被开拓。

饭后，光棍们被带着参观两室一厅，"一千三，整租，不含水电"，重复了太多遍，像自动应答。有些人带来了新朋友，他们一定在过来的路上分享了那次著名的捉奸，她突然起了好胜心，想展示一种无痕修补，扳回之前失去的。

当时惊动了太多人，树洞都满了，为了吸引听众，她甚至主动透露了"新的细节"。后来她发现，喂给他们"新的细节"，并不会产出"新的安慰"。于是她开始向陌生人慷慨，论坛里的热帖几沉几浮，彻底死绝。

她唯一的高贵，就是她从不解释她的原谅。随着时间的流逝，他们在朋友眼里变成了打过疫苗的一对。当然，是有后遗症的，比如这个耐人寻味的 D，所有描写都很明显地指向一个真实的激活对象。

他回来后，只花了两分钟，就跌进沙发看中央五套。

她耐心地欣赏了几次失败的射门，爆了句粗口，顺便讽刺"你们男足真是狗屎"。绿茵场的方形光罩住他俩，像小型水族馆。她从沙发上掀起半只屁股，试图找点别的消遣，而杂志恰好出现在她视线范围。她枕着他的腿，越过他的胳肢窝缝，举起了它。光线很暗，纸张像被炭笔平涂了薄薄一层。更多的时候，她在打量被放大了的脸的局部，他手里的冰可乐不小心在她脑门摁了一道湿凉弧线。

这个仰视角度让人丑陋，近一点的下巴是深褐色，从两颊到鼻尖，渐渐过渡成屏幕的蛙绿。天花板上有一盏射灯，没有开，他抬头看屏幕的时候，像是要去亲吻它。耳垂是最有活力的部分，它们仿佛两块生肉，贴在脖子两边。球迷的呐喊声太大，她为了证明自己认真在读，费了不少劲。如果他有两条时间线，那么，在她的这一条里，"精读"所需的时长已满。

后半部分感觉有点松啊。

是吗？这种话太笼统了，他拿不准她的目的。

她朗读了某一段的前三句，读完又问：听出来没？是不是有点松？

是有一点。他尽量坦然地看她一眼，下调了电视音量。

你什么时候能不写疯女人了？还没用够吗？

他笑笑。

她翻动它，它曾经和他多亲密啊，从他的大脑皮层里，一个字一个字蹦出来，游过他的手，进入电脑屏幕，几经周转，映上她的视网膜。白纸黑字，这是最真的谎。

接下来她打算谈谈W，这个人物与D关系比较密切，她不能绕太多圈子，过了他的兴奋点，就什么也挖不出来了。下次再启动，又要重新预热，而且他会更警觉，或者更麻木。

七

少年怀疑，在他捏下车闸的前一秒，它仍旧是别的什么东西。

没有生命的任何物体，比如：废弃的零部件、一只脏黑的拖把头，或者一顶假发，化纤质地，沾了灰。一个庄严的红灯，把它留在路正中，默哀 30 秒。之后，行人们避开了它。

当他把它翻过来的时候，他看见了它圆瞪的眼睛，晶状体里有一些絮状物。剧烈已经过去，血迹的颜色也不够鲜，他愈发觉出自己校服衬衫的洁白。

另一条狗飞速跃过少年脑海，它牢牢黏在背景上，抠不下来，跟鸡粪味儿、水波、白亮的蝉鸣混在一起。脑门正中有条凹下去的线，把它分成左右两半，像塑料制品上留下倒模的缝。他每次都沿着那条线，一直摸到它的鼻子。

这一只不一样，浑身卷毛，小卷的内径刚好可以容纳他的小拇指。它不是一条线条舒展的土狗，它全身像是被一支中性笔耐心地圈黑了。

有几次，他试图寻找接手的对象。停下来的，慢下来的，都有嫌疑。在最终的结果来临之前，他期待着偶然。

前面是姑苏区行政中心，再往前是大润发苏福店，身后是桐泾公园和姑苏区最高人民法院。如果他可以报警，他能够定位出一个准确、漂亮的地址，但它只是一条狗。

爆炸头女人一开始混在人群里，后来她掉头了，把笨重的电瓶车开到他脚边。

垃圾桶就在马路边，左边是可回收，右边是不可回收。捧起来，平举，侧着头，就可以完整地丢进去。只要熬过最后那一声闷响，就解脱了。

也许女人被少年蹲在一只小狗边上的景象吸引了，又或许，她想把画面修正为少年葬狗。她用非常动感情的声音宣称，它好可怜的好可怜的，一定要找个地方好好埋了。在她的时间线里，小狗已经入土。她强调要埋深一点，不然会"被其他流浪狗刨出来吃掉"。她似乎提前看到一只腿被啃咬、撕扯，露出恐怖的肉红色——什么？谁来埋？你说呢？

少年在考虑别的——埋在哪儿？怎么挖？要怎么带走？用手拿还是放在自行车篮里？一定有人在几分钟前，全程接纳了他错过的惨叫、喷溅、慢动作的挣扎。他们比他更有理由，那为什么没停下？

女人说我家也养狗的呀，两只呢。少年不响。又有人来了，他只看到穿运动鞋的脚。他不打算看脸了，因为没有用。女人又聒噪起来，他呼一下站起来，把它杵到她面前：要不你来埋？

哎呀，不行的不行的！女人跳开，后退了几步。老看客害怕也被缠上，走了几位。新看客补进来，不明就里，以为这是一场人与人的纠纷。难道不是吗？已经是了。他想先逼走她，到时候再决定葬不葬，他葬它，跟"她叫他葬它"，差很多。

女人提供了一只白色塑料袋，大润发最大号那种，撑着口：来啊，放进来。

他提着沉沉的狗尸，站在十字路口，手臂传来结结实实的，死的重量。绿灯太长，长到让他想起另一只。那是他一开始停下来的理由。

另一只，是他在废窝棚里发现的。一只刚满月的新狗，拆封不久，没有任何使用痕迹。它在发霉的床垫上跑动，像是被空投下来的。眼下两条泪沟，就像眼珠的黑漏了。眼角奄下，带着稚气的忧虑。

很快，这种忧虑不见了。至少，他不觉得了。它渐渐认得他的脚步，屁颠屁颠地跑出来，吃鸡皮、骨头、肥肉，用小舌头在他掌心舔出密密的、鳞片般的隐性半圆。

这一只就绪，可以葬了。他将它平放在坑底，先是身子，再是头，盖上一片梧桐叶。他看了它最后一眼，二罪并罚，掉下眼泪。

八

先承认第一个谎，让她赢，趁机再撒第二个。

但他不。

餐桌的坚硬在帮他，钢琴的深棕，微波炉的方正，大理石地砖的沉静，一切都在帮他，身畔之物充满暗示。如果他可以模仿冰箱、电蚊拍、搪瓷盖碗、杯垫、烤箱、皂盒、订书机、起泡瓶、豆浆机，他就能够逃脱长期被盯梢的命运。每个人都对自己的家具太熟，而他渴望着那种熟。

在她沉默的时候，另一段争吵潜入。画面跃动如醉酒，深蓝布帘上蠕动着密密碎花，看久了像呕吐物的特写。布帘隔出小单间，父母的卧床就在衣柜和书橱后面，起因是父亲那位穿紫色马海毛毛衣的女同事。

你看看你，生孩子都生老了。

当时她真应该冲进去，朝父亲大吼，好让母亲抓住机会骂她不孝，或者下床扇她耳光，以此向对方示好。半懂不懂的一颗活棋，拿去用好了，随便用，联袂演出，反正她是她生的。她为了生她，都老了，都被嫌弃了。尽管如此，她帮她，她却帮他，在这风口浪尖，她还在维护他为父的尊严，这样的好女人哪里找？

但她没有，她错过了。她在房间里走来走去，攥着十五年前的拳头。剧本排到烂熟，却永远失去了舞台。父亲蹲守在他体内，嗅闻着她身上残余的母亲。幸好，幸好他们还没决定要孩子，他没资格说她生孩子生老了。

而紫色马海毛毛衣的女同事，化身为 D，"长着一双湿淋淋的黑眼睛"，蛰伏在小说里，随时等着蜇她一口。

她坐在家里显眼的地方哭，他避到书房。她跟过来，坐在另一个显眼的地方哭。她抽抽搭搭讲的梦，太清晰了，不太像真的。

他什么也没带就出了门。"张望他妈"掏完了，没新货了，他得从小区另一个出口走。那些料不是他擅长的，索性就写成了个小背景，充其量百十来字。虽然听过这个就像是盖了章，但他不想被钉死在杂货店。

洗衣店外挂着洗好的婚纱，雪白，一泻而下。孩子们也悟到这是假期最后一天，沉静细致地玩着。他仰头看天，叶子朝他半张的嘴里落，老张时期结束了。

九

小说第一稿里，狗还是狗。

狗来自少年。当时，少年在天台栏杆上挂着，很典型的假死状态。他看一眼，也一起挂着。云在腿间移，让人头晕。

那会儿，我也就八九岁吧。那时候我家住浒关，那边住的全是厂里打工的。它当时估计也就刚满月，是的，流浪狗。母狗？没看见，就它一个，住在废窝棚里。我带了馒头去喂，蘸了点肉汁。它吃得都噎住了，哈哈，好玩吧。后来我就天天去，它听见我的脚步声就蹿出来。不不，不行的，我妈不让养。她就是不喜欢狗啊，有什么办法？有一天，我又去喂它，发现几个混混拿包子引它，用网兜套了，准备打死吃肉。我上去就踹，边踹边喊：这狗有狂犬病的，不能吃！我为什么要踹！你说呢？我一个人打不过他们，我又不能成天守着它，你说我该怎么办？我要是不踹它，那些痞子会相信它有病？我告诉你，只要我当时表现出一点点儿心疼那个狗的意思，它就完了！你知道吗？他们会用尽所有办法抓到它，当着我的面剥它的皮！我骗他们说它快死了，得去埋了，病毒会传染。我把它带到老远的一个山脚下，放了。它浑身都是伤，还认得我，尾巴摇一摇，不敢过来。都是我害了它，它以为给吃的都是好人。我刚才踹了它，它不敢相信我了。它就那么看着我，那双眼睛……

少年的泪很快地流下来了，清澈，充沛，非常坦率地越过鼻梁、嘴角，汇聚在下巴。他不去看他，努力想象着小狗的眼睛，好早一点产生共鸣。那黑的，湿淋淋的，双管猎枪，抵在他的回忆里。

记事起，父亲每年都养一条狗，肥了就杀了吃肉。明年再养一条，跟之前那条差不多。那些眼睛，每年在他心上开一枪。一开始，他一口狗肉都不碰，后来，他学会了割喉放血。

黄昏临近，枫桥路上走着男人和少年。这一次，他们打算去来客茂广场打球。道旁的香樟等距等高，一棵循环另一棵。少年用食指转动篮球，男人调节腕表的金属带。这条路是卷尺，平时卷着，走一尺，拉开一点。

狗从斜后方反超他们，不停地嗅闻。它跑进一栋高楼的阴影里，失去了光泽。一辆摩托车减慢了车速，问：这狗你们的？

他们快速跟上去，表现出主人的样子。两人没说话，但是表情回答了：不然呢？

狗踏过一摊积水，蹿入绿化带，快要脱离控制。

小黑真不听话！

就是。少年瞄了摩托车仔一眼，他远远跟着，不紧不慢。车后座有绳子、网和铁铲，铲头污渍斑斑。

狗跑向一个废弃的停车场，男人想：坏了，那是个死角。

小黑！回来！少年跟男人包抄，把狗截了出来，现在它又跑在路上了。男人与少年尽力保持在狗的一米半径内，这样他们就真的像在遛它。

狗遛着他们过了高架，转了几个弯，停了，站着，东看西看。它浑身黑油油，眼白很多，不太像需要保护的类型。路口两边各有一个乞丐在拉曲儿，伴奏没消音，都是假拉。修车铺里传来蛐蛐叫。摩托车仔不见了，那么，就到这里吧。他们打算过马路，左拐的大巴突然出现，它猝然改变了行进的方向，正在此时，一辆现代补进空隙，少年惊呼一声。

西天血红。

两车错身，没有哀号跟尸体。狗不见了，他们站在一个废弃的桥洞下，荒草枯死，满地酱红色碎砖。运河翻着泥浪，采沙船突突突，吊臂浸在霾里。

这是哪儿？男人和少年一无所知。

在离他们大概一光年的地方，她划开屏幕，寻找他手机通讯录里所有 D 开头的名字。

刊于《雨花》2018 年第 3 期

成年孤儿

一

吃饱穿暖才会有色狼。

咪咪聊天室每天三万多的点击率里，有老李雷打不动的贡献。走在大街上，你不会想到，擦身而过的人有谁会进这种聊天室。利用这个思维盲点，老李白天理直气壮地骂政府、谈楼盘、开午间会；到了毛茸茸黑漆漆的夜晚，这颗富正义感的螺丝钉就心痒难耐了。吃完饭洗好碗，先装模作样地看看新闻，斗斗地主，时机到了，就开始大变身。咪咪聊天室每月从他手机里扣五十块钱，让他当高级会员，与妙龄女郎激个情视个频，让他被人嗲一嗲、肉麻一麻。比老婆挣得少又不是一天两天，女儿上初中时就知道妈妈腰杆子硬，开家长会只对老婆说，老李渐渐笑成全家福上最假的那位。

再早一点的时候，老李还不会上网，老婆还不会开车，女儿还不会背乘法口诀。那会儿时不时还停个电，一家人围着昏暗的煤油灯，像围着一口黄光打的井。有时点根小蜡烛，烛身如玉，一条小金舌舐来舐去，好像要把周遭的黑暗都舐净。那火苗卧在灯芯上，风怎么吹也吹不走，头细腹粗，飞着黑烟。那时老婆还像个老婆，会扯块粉色桌布，四角锁边，绣一圈小紫花。老李喜欢摸那绣好的花瓣，胖鼓鼓的，硌着他的手心。那时老李办公室还没有实现无纸化办公，每次他拟好发言稿，工工整整誊在稿纸上，密密一张字毯，横看成岭侧成峰。稿纸背面被顶得微微突起，一笔一画触感分明，那一行行小楷真的入纸三分了，老李总要摸它一摸，有种奇异的快乐。

老李这么多年的贡献，就是为国家培养了一名美女，且是冷面美女。差不多有十五年没人冲他撒过娇了。女儿小时候特爱跟他腻，父女俩经常在大床上滚来滚去，巴掌大的小女娃跌进棉被的旋涡里，伸出小指头跟他拉钩。他总是一把举起她，颠一颠，拱在她身上乱嗅一气，拿胡楂刺挠她。这可是他造出来的小人儿呢！生命太神奇了，不知怎么回事，就来了个无条件信任他的人。这小家伙抄袭他的长相，住他的房，睡他的床，拿小手焐他，一时不见就哭着找他，以为他不要她了。说实话，他不太敢当这个爸爸，看着女儿的大眼睛，真想告饶逃命。他总觉得他不配，他没经验，穷酸又窝囊，也没什么向人夸耀的，她却一点也不嫌弃他。他硬着头皮，从洗尿布、喂奶、哄睡开始，一路打怪升级。当他自觉可以从父亲大学毕业时，女儿却逃逸了。

不知从哪天起，橡皮筋跟水果糖悄悄过时了，他乐呵呵地买来，她淡淡地瞄一眼，说声谢谢就搁在一边。女儿抽条了，五官也长开了，是个美人了。穿件深蓝小袄，衬得脸如白瓷，眉眼浅浅，常年鲜红的小嘴是落款的印。她学会了她母亲的疏淡与雅致，像蜡梅，香，却寒。哪怕是一大早接电话，声音也有棱有角，听不出一丝懈怠。老李想：也许老婆代表的是先进文明，自己代表的是落后文化，女儿天然地倾向母亲，完成了物竞天择的自我进化。而他，就像一只被蜕下的壳，空了。

家里唯一的同盟军叛变了，老李没想到来得这么早。有时女儿不在家，他会悄悄溜进她房间，摸摸这个，翻翻那个，她衣服上似乎还留着小时候的奶香。他跟老婆下班有个时间差，在那奢侈的一个多小时里，他往往用来缅怀被偷换的女儿。看照片就不提了，二十一年前，打女儿未出生开始就写的成长日记，一字一字敲在 QQ 空间里，被来来往往的访客漫不经心地评论、转载。随着点击率的增加，那种浓于水的血缘似乎被稀释了，太多的路人甲过客乙介入了他跟女儿的私密空间，看上去热闹了，他心里却更冷清了。这叶公好龙的父爱经不起现实的敲打，每次女儿来电话，他反而唯唯诺诺说不出个所以然，扯了两三句就把手机让给老婆。他私心里仍然觉得，老婆女儿一聊上，他哪怕拿张报纸在边上听听壁脚装装样，一家人也算是团聚了。

每天早上七点，闹钟一响，老婆如得军令，一跃而起。自古红颜如名将，只见她身手矫健练瑜伽，昂首挺胸敷面膜，单枪匹马煎鸡蛋，气定神闲热牛奶，过关斩将切面包。最终，她极娴熟地用刀叉把整洁到随时可以拍入广告的食物送下肚，拿餐巾揎一揎嘴角，拎上巨贵的、软得像只牛胃的磨砂皮手袋，噔噔出了门。老婆知道他那老农民的胃还是不上道地迷恋着油条大饼，通常早餐只做自己那份。一大早吃得如此国际化，不看那张纯正的中国脸，你还以为这是纽约呢。这个女人在二十多年同床共枕的婚姻生活里，如何极有志气地抹掉了侉里侉气的憨厚乡音，矫正了大红大绿的村姑眼光，收敛了浓油赤酱的农家口味，修炼成看不清来路的城里人尖，老李竟然一点都不知道。老李怀疑，就算拿台 DV 二十四小时跟着老婆拍，也揪不出任何不雅镜头，就算她说梦话，那也该是呱啦翻脆的普通话。等老婆的杀气散得差不多了，老李才慢腾腾起床，炖一锅热粥，卧一屉包子。他一手兜碗，一手攥筷，在粥面上赶。赶一层，呼噜呼噜地吸，咬一口包子。再赶一层，味溜味溜地喝，不多久，一碗粥就见了底，舒坦！他自觉永远都学不会老婆那种半路出家的假洋派，这颗本土的老心，被西风吹着，快要皲裂。

二

俗话说儿大避母、女大避父，现在的孩子身体早熟，心智却晚熟，两下一错就错开了好几个身位。对于老李，女儿没有丝毫要避讳的意思。她有时穿条小短裤就跑出来，趿双粉色 Hello Kitty 凉拖，腿上连一个蚊子疤都没有；有时把自己装进海绵宝宝大 T 恤，半个肩露着，锁骨窝窝里都能搁只鸡蛋；有时是网纱蓬蓬裙，下摆裁得破破烂烂；有时穿白衬衫配黑西服，别只小领结，感觉马上要去指挥维也纳合唱团；有时干脆套件粗针长毛衣，毛衣随身体曲线的高低起伏，走势极其曼妙。老李心想真是皇天不负有心人，还是老婆调教得好哇！芭蕾塑体形，钢琴养气质，夏天出门戴凉帽，冬天洗脸用冷水。走路得抬头挺胸，坐下要收腹并腿，严厉到一巴掌下去眉头都不皱一下，啪啪带着人肉反弹的回音。这个白脸老李才不会去唱呢，要唱她妈唱去，他总是偷偷帮女儿逃课，好收买那颗小人心。积攒了一辈子当男人的心得，到头来生了个女儿，他一肚子泡妞秘籍跟谁说去？最后全烂在肚里，还得提防有人拿这些来对付他的宝贝女儿！

　　洗澡的时候，老李揽镜自照，错不了，就是个瘪了气的米其林轮胎人，痴肥到扒开肉才能看见蛋。看着青春女神般的女儿，他真不敢相信，这具近乎完美的身体是自己的一个细胞造出来的。她唇红齿白，鹤势螂形，气质像老婆，轮廓像年轻时的自己，长发飞流直下，是打头顶泼下来的墨。发梢像触手，四下舞动。时不时就有人夸：老李哇，你家小李越长越俊了！老李笑得眼都没了，嘴上还睾着：一般化一般化！不算丑！能将就看！有人喊：老李又假谦虚了！精气神都给闺女吸干了，就剩个老不死了！老李噌一下站起，卷张《参考消息》就扫那人的头：对！我是老不死！我闺女青出于蓝，我死了也放心！江山代有才人出，各领风骚数百年嘛！你呢？哪个来替你领风骚呀？大家一向折服于老李的幽默，早已笑得溃不成军，哪知道这位中年慈父长年憋了一肚子寂寞？

这样下去不是个办法。女儿当女儿的时间越来越短，这条路本来就是单行道，她越大，就越不属于你——罢罢罢！就让她自个儿走自个儿的上坡路去吧！老婆呢，越来越像金属防弹板，把儿女情长搭弓射过去都会反弹。老母亲自父亲不在后，每日沉默得像一只猿。话也懒得说，在房间里轻手轻脚地走，生怕吵了谁，其实谁也没有。后来几年老人家住敬老院，他每次去，她都死死握着他的手，半天不声不响。那手糙得雌雄莫辨，手劲极大。握一会儿，鼻子一皱，咳咳，喉咙里低喝两声，老李一直不知道那是什么意思。直到母亲去世之后，某天他看到《动物世界》里一只被关禁闭的大猩猩，才突然悟了。悟完就垮了，眼前的世界被刷新了，不，刷旧了。很明显，他没人要了，妈不在了，女儿也大了，老的小的，都不清不楚地解散了。这个五十三岁的老男孩，尽量把每一寸肉都往老婆买的宜家麻布沙发上贴，贴到不能再紧，沙发腿响亮地吱了一声，他像是小时候使性子被老爹喝住了，停了半晌。从小到老，凡事他都跟人屁股后，拣近路走。不是胆小，是笨鸟，不敢先飞。老李想：哪家的经都不好念，今后，自己得看看别人的活法，好好学一学了。

老李把认得的人在心里排了行，归了类，捋出六大派：游戏派、旅游派、健身派、购物派、文艺派和炒股派。游戏派以楼上退休的老两口为代表，老方天天在网上打麻将，老狐狸一样精，输了就骂人，拔网线，宁愿逃跑被扣分也不让对家得分。老方老婆最爱俄罗斯方块，play键一点，人就活了，手指头比打毛衣还利索，方块咻咻掉，满屏炸金光，堪称电玩届的三八红旗手。老李觉得游戏这东西太虚无了，电源一关一抹黑，你积分再高、等级再牛，有屁用？旅游派呢？他的表姐表姐夫都是大学老师，工作清闲，有寒暑假。逢周末就坐火车去周边来个自助两日游，逢放假就走遍天下冲出亚洲。家里挂一张地图，去过的地方都用红笔打个圈，跟打仗时攻占路线图似的，雄赳赳气昂昂。老李想他一个五十多岁的老头，背着降压药跟照相机孤零零地瞎逛，说晦气点，人家还以为他中年丧妻出来散心呢。

老李沮丧之日，正乃健身派代表老顾狂热之时。老顾先是把一整套健身器材搬回了家，又加入了冬泳训练营、晨跑队、乒乓爱好俱乐部，比大跃进还要繁忙。他细心呵护着身上每一块肌肉，经常隔了衣服捏一捏，一一跟它们打招呼，一点都不孤单。老李想这人一老果然邪魔入侵，老顾这不就是拜肌肉教嘛，只差对着镜子给自己磕头了！购物派老李可完全没有份，那是老娘们儿的事。老张老婆、老孙老婆跟老曹老婆，几乎个个都是家里的采买专业户。你随手指一样家里的东西，她的报价能精确到小数点后两位！家乐福的鸡蛋打折，一斤优惠五分钱，买二斤送一只。为了享受早起的母鸡下的新鲜的蛋，她们六点就起床，黑清清搬个小凳子去超市门口排队。排到一半，有资深线人打电话说大润发还要便宜三分钱，老孙老婆扛不住先跑了。老曹老婆犹豫死了，想走又怕假消息。老张老婆属于干部家属，见过世面，慢悠悠地说赶到那儿人家也抢完了。老李知道，这年头哪家还缺那点鸡蛋？她们是去买寂寞啊！大家现在都住楼房，没有大院子可以唠嗑了，憋了多少年哪！你瞧，超市门口聚一窝老年队，讲笑话说奇闻，嚼人家舌根拍自家大腿，熟人鬼鬼祟祟来插队，邻居呼朋引伴来抢购，像不像当年生产队看电影？买鸡蛋的同时，把旧给怀了，把媳妇给骂了，把家长里短给掏了，把鸡零狗碎给扒了，把关系给搞好了，把政策给宣贯了，等于买一赠十。超市也很贴心，每天每人限购一斤。经常买，经常聊，又能消遣又能为家做贡献。老李明显感受到那积淀已久的优越感，对这群铁娘子是又敬又怕。

文艺派就更不要提了，街心公园的那帮文艺中老年排异性很强，老李这种演到一半自己先笑场的龙套他们才看不上呢。他们多半年轻时有个未遂的心愿，老了以后感觉规则没那么严苛了，于是重拾旧梦，在夕阳无限好的时候，向这个世界撒会儿娇。有爆着满额青筋唱京剧的，有顶着风湿性关节炎练书法的，有扛着腰间盘突出跳扇子舞的，有忍着颈椎病低头下象棋的。老李发现这里每个人都是折腾精，家里暖气开着，儿子给打的实木书桌候着，女婿给买的特级碧螺春泡着，不肯待！一定要待在小公园里，抖抖索索地风中凌乱。站那半天，一脸灰。说白了，不就是怕没人看嘛？看别人时少，给别人看时多。当观众的目的是换来更多观众，交朋友的私心是培养更多粉丝，看表演的时候常走神，把自己上台的流程打脑子里过了一遍又一遍，喜怒哀乐跟台上的表演压根不搭，在不该笑的时候噗地笑出了声。老李还看不透这点小算盘！他们聊天，每句都在谦虚着炫耀，炫耀着谦虚。什么儿子爱折腾非要买高保真音响啦，什么手头那套一百二十平方米的房子是租还是卖真是愁死人啦，什么花十万块买块玉投资结果找专家鉴定说市价才十五万啦，等等。老李在公园转悠过几次，由于做不到那种切换自如的自演跟被演，讪讪地退出了。

老李刚一落单，就有人拉他去炒股。老邓领他到离家最近的证券大厅，里面几乎清一色的老头老太。老头是关云长一样的老头，老太是穆桂英一样的老太。能来这里的，没有一个是老糊涂，老糊涂能有本事攒下投资的本钱，且没被儿女算计去？一看他就是初学的菜鸟，不好好地分析那利齿尖尖的走势图，却偷空瞄瞄这个，瞅瞅那个。真像邪教组织啊——人人全神贯注，窃窃私语就像特务接头。连墙角那两盆滴水观音也长得十分拘谨，叶片纹丝不动。空气越拧越紧，冷不丁，两根指头静悄悄地杵到他眼前，老邓压低了声音：看到没？我收网早，不然就被吃定了！老李惶惑地点点头。好容易出得门来，压制许久的便意突然觉醒。老李一边抖着家伙痛尿一边骂：拿个电子滚动屏装文明，不使现钱，就不叫赌啦？跟以前村上大家玩牌押宝有啥两样！

三

自古圣贤皆寂寞，被身边人遗弃了的老李，披挂着一身肥肉皮囊，站在小区绿化带前负手望天。天上一朵大胖云，可能是打西伯利亚飘过来的，正很有国际主义精神地往南飘去。没能加入到任何一派，老李没有多失落，相反，他心中涌动着英雄落魄的豪情。此时离他第一次进咪咪聊天室，还有二十小时不到。下午两点多，老李不小心闯入一个成人论坛。"初极狭，才通人。复行数十步，豁然开朗。"老李面若桃花，忘路之远近，在论坛里一泡就泡了一个下午。论坛里50后到90后，应有尽有。四世同堂，欢乐非常。在这里，长相啦收入啦过往啦，统统不计。各国美女图片，各种资源共享，想看就看，想下就下，没有禁忌，没有捆绑，没有小团体。老李其实是有小秘密的，从结婚起，他的自卑一直没有停过。加之夫妻俩衰老度不一致，年轻时要关灯的是老婆，现在要关灯的是他。好几次他趁黑摸两把老婆，在她后面蹭一蹭，就被她一掌拍掉：我明天有早会！如果再继续的话，老婆就撂下一句：看你那为老不尊的样子！抱起羽绒被，去女儿房间睡。年轻时老李就喜欢娇滴滴的女人，以前他们的厂花李玉香，一笑就能让他酥半边。男职工谈起李玉香，都爱吐痰拍大腿，你一句我一句，大家轮流过一圈嘴瘾。这些正经兄弟，包括老李，后来都很自觉地娶了与李玉香完全相反的女人。大概是看穿了男人的分裂性，厂里的女工利用反证法原理，个个都按照"非李玉香"模式，把自己打造成可以正义凛然骂李玉香不要脸的贤妻良母。老李猜男人们一定跟他一样，想娶李玉香又不敢。此女只应天上有，你放个仙女在你那豆腐干大的职工分配房里，就不怕天妒英才？李玉香属于女性能量特别集中的，可以同时朝二十个男人开火，死伤无数。这位伟大的女狙击手岂能满足于斗室？不把你家周遭所有可能的雄性射杀完毕绝不罢休。当然，这都是用来心理平衡的想象，遇上了真人，还不是前仆后继舍生忘死？虽然大家心知肚明李玉香不能娶，还是有数不清的飞蛾向前冲。被烧死的统统散发出一种幸福的焦香，带着"你们永远都不会懂"的恍惚的自豪。五岳归来不看山，黄山归来不看岳。被李玉香榨过的，都死心得分外彻底：有避嫌过头娶了老母猪的，有带着伤痛去深圳打工变成暴发户的，有拖成大龄青年最终被父母逼婚的。老李是安全的，也是寂寞的，他甚至怀疑，李玉香前男友们的惨况都是那些吃不到葡萄的人编的。舆论这一块，正反方的态度水火不容：当事人都觉得李玉香清纯如天仙，局外人却一致认定李玉香淫荡似妓女。至于传奇制造者李玉香本人，却在他人的针锋相对中，销声匿迹了。

时代变了，改革开放的春风一吹，新一茬李玉香们茁壮成长。以前冒着千夫指、万人戳的风险，通过扒厕所、翻墙头等非法手段才能窥见寸把的大白肉，现在全免费了、跳楼大甩卖了。放眼一看，网站上的姑娘们真大方呀！自拍的照片太李玉香了，比李玉香还要李玉香！有胸的要上，没有胸的创造胸也要上，一对 Q 劲十足的肉锤抢得嗡嗡响。老李看得脸红心跳，若换到今天，他一定要谈上十几个李玉香，最后再娶一个又大又甜的李玉香之王！单位很贴心，给老职工每人配了台神舟笔记本。一来慰藉退居二线愤愤不平的老将们；二来引导他们把注意力放在熟悉高科技上，而不是要求福利上。老李高兴死了，天天背着笔记本电脑上下班，做出自己很忙的假象，用来跟老婆手上那只被咬过一口的苹果 PK。天天摸来夜夜练，他把电脑当新媳妇使，在老婆眼皮下来了个热血沸腾的人机第二春。老李终于明白为什么有钱的中年男人都喜欢玩车了，谁到这个年纪不愿意来个新崭崭的机器小情人？百依百顺，比奴才还听话，又贴心又给面子。婆娘们向来只盯活的，这种车啊电脑啊统统归入个人爱好去了，谁还有精力管精神高潮？

到了这个年龄段，女人基本上分成两类：一类是雌性特征越来越不明显，衣服主打色调不外乎黑、灰、棕、褐，面部线条越来越方，沉稳得像京剧里的老生。多年夫妻成兄弟，亲是亲，那种湿漉漉痒酥酥的感觉没了。遥想老婆当年，还能不时在他头上叩个毛栗子，让他荡漾半天。他们那个年代的女人本来就正，年轻时有点荷尔蒙兑着，不至于那么硬。现在变成了女干部，缩了奶子长了脑子，理智、能干、识大体、顾大局，霸占了男性思维的全部优点，让你自叹弗如，恨不得把爹让给她当；另一类是雌性特性太明显，衣服的主打色调不外乎紫、金、红、绿，面部线条越来越圆，甜腻得像京剧里的花旦。年轻时一直压抑着，此时来了个报复性大反攻。在一张方圆三百平方厘米的脸皮子上，使用了大量的粉剂霜剂乳化剂。只要走进她周遭三米内，刺鼻的香味就像新开发的生化武器，熏得你找不着北。这香味像忠心耿耿的猎犬，走哪跟哪。她们总担心有臭男人想占她便宜，笑到一半就一脸警觉，唯恐给人勾引的错觉，像脂粉里掺了水泥，头一秒还香着，下一秒就结了块。其实她根本就是自惯自，谁还稀罕残花败柳？既然这两种都讨人嫌，那么理想化的中年女人是什么样呢？老李们答不上来。年轻时没见过理想化的青年女人，年老时自然也变不出理想化的中老年女性。总之现在的婆娘们素的太素，艳的太艳，还爱扎堆！几个女人好得密不透风，颇有母系氏族风范。她们越来越不需要男人了，动不动一桌麻将摆开，抢起膀子就上，把一堆浪漫还没耗完的老爷们儿，生生遗弃了！

四

还是电脑好呀！开机时睁着荧光蓝的独眼，键盘朝老李露齿一笑。显示屏未亮时，里面装着自己的影子，寂寞的、百无聊赖的、有所期待的。硬盘偶尔会咯咯两声，不要紧，那是它的小脾气。你不信摸摸那机身，热乎乎的，是有体温的呢！一个孤独的老男人背着笔记本，就像剑客背着他的剑。龙灯花鼓夜，仗剑走天涯。风鼓着羽绒服的下摆，笨拙的衣袂在汽车的尾气中，悠过来又悠过去。一不留神，少年子弟江湖老。既然电脑对我不离不弃，那我也不会亏待你，一定要做一名优秀的中老年网民！经过一番苦练，至少在打字速度上，老李跟90后们没区别了。老李敲键盘的样子，不是吹，跟郎朗弹贝多芬没什么区别。十指翻飞，表情微醺，字不醉人人自醉！老李还交了几个像样的网友，其中一个叫"无敌小子"的少年，跟他最要好。"无敌小子"今年十七岁，念高二，夜夜当飞行员，歼灭一至两架敌机，真乃少男硬如铁，老汉糯似虫。老李惭愧之余，十分羡慕。"无敌小子"是电脑高手，有本事把有码变无码，在马赛克下勇救被困的美女，还会翻墙去国外网站搜罗异国风情的姑娘，让她们的音容笑貌漂洋过海，物尽其用地给老李带来春天。老李发现，自己还是跟90后们最聊得来，他们个个青春逼人，神采飞扬，慷慨又伶俐，像潇洒乐观的少年天子。老李跟在后面当老臣、蹭青春，兴奋又自豪。他们很讲义气，可以在网速慢得像蜗牛的时候给你传一部2G的成人电影；他们的情欲相当纸上谈兵，聊女人时个个充大装老手，其实嗅到女生头发的香气都会手足无措；他们的审美干干净净——谈女人只围绕一个中心两个基本点，宝马比不上一对豪乳，别墅也抵不过两瓣翘臀，一切以肉身为标准，非常公平；他们的江湖味青涩又迷人，没有铜臭味跟钩心斗角，只有淳朴的拉帮结伙跟一致对外；他们耍起帅来也没有侵犯性，自个儿耍自个儿的，不打压你；他们还很有人道主义精神，你老得耍不动了，这些嘴上无毛的小男人还会伸手拉你一把。看成人电影于他们是新鲜，于老李是怀旧。这怀旧里又有一点新鲜，老李发现，有些花样自己根本都没玩过。一来没有配合的对象，二来没有共同探讨学习的风气。如今万事俱备，而东风却不再了，老李懊恼不已。

每天 11 点多，是"无敌小子"夜生活开始的时间。他可爱的小头像一亮，老李就慈爱起来。他不厌其烦地问他今天做了什么、吃了什么——这样他才能够把扁平的 QQ 头像替换成立体的大活人。少年的一颦一笑多半都在他过往的经验内，有惊无险。上午跟同学打篮球，下午逃课在水库边对着蓝天发呆。想当年老李还是小李的时候，也对着同一片天空发过呆。发个几百回呆，他的青春就不知不觉被分批运走了。对于这种私人资源，向来是当事人大方，局外人小气。"无敌小子"每天都愁什么时候才能放假，放假又愁什么时候才开学，因为上学很无聊，放假更无聊。"无敌小子"告诉老李，他妈妈是个商人，买下闹市区一栋写字楼的顶层准备出租，一次性付清。爸爸是空中飞人，三个城市都有他的公司，长年见不着面。来做饭的阿姨老是换，家里常常就他一个。冰箱塞满速冻食品，是他妈妈开车去超市采购的，够他吃一星期。这位小宅男的"空巢现象"跟老李挺像，只不过老李总觉得有点凄凉。"无敌小子"说：要他们在家干吗呀？大家又不熟，多别扭！我就喜欢一个人待着，大王都这样啦！老李忍不住对着电脑哈哈大笑。他心里一直有个死结,左解右解,解不开。"无敌小子"一刀把它砍开,盘古开天地,重的往下沉,轻的往上飘,天地间霎时一片清明。少年的热血注入了干瘪的血管,滋润了龟裂的河道,大地回春,万物复苏。

老李想,无敌小子呀,你应该是我在这世上交的最小一个,也是最后一个兄弟了吧?你我素不相识,但你就是有本事带动我。我也真是没出息,怎么一过就过回头了呢?也许黄粱一梦五十年,他从来就没长大过。妻女都是华丽大梦中的人物,到头来他只得一具腐朽肉身,为这场近乎虚拟的人生耗空了自己。直到少年给他来了个精神换血,老李才大梦初醒,他发誓从五十三岁开始,好好为自己活一次。老李跟少年要了手机号码,请求少年有什么好玩的带上他,少年一口应允,他俩绝对可以成为闪亮的老少配二人组。终于某天,他的电话响了,意料之中的公鸭嗓,嘴里还呱唧呱唧嚼着奶茶里的珍珠。少年告诉他,摩漫城新开了一家地下游戏房,可以免费玩一天,免费的喔!五点见!就撂了电话。老李连犹豫的机会都没有,更别提拒绝了。搜了摩漫城地址后,老李开始盘算:现在才三点,但他地形不熟,又怕堵车,得马上出发。穿什么去呢?他大人家三十六岁,别弄得像个爷爷。老李心一横,把老婆给他买的大红阿迪达斯运动服套上了。乖乖,这衣服是老婆买来勒令他减肥的,一穿上肚子凸得像只青蛙。老李深吸一口气,还好,腹部只有一点合理的突出。他提着气走两步,自我感觉良好,无意中朝镜子一瞥,妈呀,简直是嫌疑犯上法庭,秃瓢脑瓜猪肝脸，两眼浊得像旺鸡蛋。他把屁股往床沿一挂，别折腾了，还是平时那件夹克算了！衣服渐渐扔了一床，少年的邪笑浮起来：肚子大一点怕什么？领导都这样啦！老李无声地笑了，掸掸裤脚，抹抹头发。你也太贪心啦，你没年轻过？知足吧！闺女都二十多了，还指望身轻如燕？小时候赖着不肯长大，现在赖着不肯老，风头都叫你一个人占了！你就不能学学人家"无敌小子"，那叫一个王者风度，那叫一个贵族气派！年轻就相当于家产万贯哪！手里握着大把时间，底气十足，难怪一举手一投足，全是千金散尽还复来的李白范儿。难怪人年纪大了就开始追逐名利！因为最大的财富没有了，要拿其他替代品来凑。少年可不需要，他就是青春本人！就快跟青春本人会面了，老李屈指一算，五点？不对，到底是晚饭前还是晚饭后？是吃了去还是去了吃？老李把摩漫城周遭的饭店跟快餐店都搜了一遍。好久，他没有这样慎重地安排一次会面了。谈恋爱的时候，他总能在小巷深处挖出色香味俱全的小吃店，让老婆惊喜——那是他多次踩点、试吃的结果。老婆看人果然很准，他的确是个周全的丈夫。结婚二十来年，兢兢业业，脚踏实地，俯首甘为妻女牛。老李非常热衷照顾人，能把人宠到厌烦、冷血，甚至歇斯底里。老婆，还有后来叛变的女儿都是如此。老李也不知道该怎么办，他就是喜欢做牛做马，事事都关心过头。这位未成年的小家伙正好没人管，他这点余热不用也浪费，就一股脑儿浇在这株小苗上吧！

五点整，一只大红青蛙准时出现在摩漫城门口，他好奇、羞赧，还有点激动。这只装满了几百种情绪混合物的瓮，稍微摇动就会溢出。摩漫城在最繁华的观前街南面，一个小公园附近。公园是开放式的，几株象征性的绿树，枝干上缠着彩灯，生满密密的光的疱疹。摩漫城在负一楼，地下通道的入口处，各种广告灯箱都呕出一摊光，红绿交错，淌了一地。老李仰头望望天，西边尚在血淋淋地埋葬夕阳，东边，一痕幼细的月已描上了淡蓝天幕。五点零五了，人呢？老李发了条短信：我在门口，穿红色运动服。兴许人家早来了，躲在暗处偷看他呢！他赶忙站好，双手插袋，肚子一缩。这么挺尸一样站着太蠢了，总觉得嘴角在轻微抽搐，表情不自然。他假装在人群中辨认着，脸上刻意带了点虔诚的痴。过去了一对母女，小女孩一身洁白无垢，唯右耳有个小伤疤，像烙面饼时焦了个芝麻大的小点；嘻嘻哈哈的女孩，一股口香糖味，粉底圆点公主裙。走近了才发现，那些圆点都是微型骷髅头；注意！这个很有嫌疑，寸头，棒球帽，一身黑压压。狭长的单眼皮，眼睑垂，眼珠小，像豆荚里含了一枚豆。是他吗？这家伙踩着听不见的口令，径自走了过去。难道是诈敌计？老李做好肩上被反拍一掌的准备，结果什么都没有；软骨症样的女孩，唇色晦暗，抬手撩发时亮出腕上艳丽的牡丹文身，让老李呆了半晌；奇怪的三人组合，高瘦的女郎拥着两个矮肥的男伴，像苗条的李玉香挑着两个大粪桶。在这里进出的物种，多半都相当年轻，很嚣张也很善良。他许久不到人间，少女都发育得很好。斗转星移，姑娘们不知轮回了几茬，脱净了泥腥气，有的压根不像吃人饭长大的。此时老李才明白，老婆给女儿滤掉了多少夸张元素，挡掉了多少惊悚成分，删掉了多少甜腻品味！遍地都是奇花异卉，老李觉得每个人都认识他，都欢迎他回到这陌生又芜杂的红尘中来。

五

过尽千帆皆不是，老李有点急。他连拨了三个电话，没人接。老李一边朝负一层走，一边短信汇报自己动向，以防少年找不到他。大概在他十五岁的时候，最别扭的少年期，那时他还没有"无敌小子"大。一位远房表叔的儿子来他家玩，不知怎么两人就打得火热，形影不离。分别时这位小哥哥红了眼眶，他也红了鼻头，两人像再也见不到一样互送东西。大人们看了也不忍，安慰说小哥哥肯定会再来的。等小哥哥真的上车走了，他反而松了口气。只怪他开场没刹住，热乎过了头。结果收场太难，得演，不演哪对得起小哥哥的一片深情厚谊？哪对得起大人们的交口称赞？其实他很累，疲乏至极，巴不得他快点走，早走早超生。送客完毕，他一个人回到房间，伏在床上，耳朵贪婪地吮吸着喧闹后迷人的清寂。大人都替这个长情的孩子难过，都过来安慰他。他恼了，他们又误以为他不愿提那伤心事，互相使个眼色，叹息着走开了。大概一个月后，小哥哥随父亲北上，路过此地，闹着要来看他。他听说了，躲进屋后的竹林，听大人焦急地唤他的名字，近了又远，远了又近。竹林是个天然屏障，挡掉了不依不饶的西晒，隔出了一块幽凉的小天地。这块小天地里，没有无缘无故的爱，也没有无缘无故的恨。竹林外，有个人千里迢迢专程来看他，他想不通自己有什么好，值得人家这么器重。他敏锐地感觉到，对方一向都这么热情如火，但一直没找到能与之呼应的对象。这次偶然选中了不设防的自己，就突突突朝着他一顿猛扫。还有一群等着看好戏的大人们，起着不怀好意的哄，他斗不过他们。他受不了短平快的感情轰炸，他很后悔上次半感动半同情的陪演，发誓以后再也不去撩拨这类甩不脱的牛皮糖。竹林呵护着这个躲避连体婴友情的少年，这个家人眼中的小异类。天色渐渐退烧，竹林的色调由碧转青，又由青转黛。饱和度一点点调低，边缘越来越不清晰。烧秸秆的味道蓬蓬地灌进鼻管，混着鸡鸭身上被晒了一天后毛烘烘的暖香。浪子心的褶皱被细细抚平，他觉得该回家了，那枚燃烧弹应该走了吧？一进家门，家人齐刷刷的注目礼让他极不自在，那目光里有两分怜悯，一分担忧，余下全是自以为看透了他的慈悲。父亲黑着脸，劈头就问：野哪儿去了！人家等了你一个下午！他还未来得及装出刻意的无辜，脸上就火辣辣吃了一掌，这一掌开始极麻，然后极辣，最终极烫。他咽下这份痛，只觉神清气爽，自责与愧疚一扫而光。刚才气头上发的松垮垮的誓，也被这一掌拍严实了。打他的那只手早已化灰，但这一掌的余响，绵绵不绝了近半个世纪。

人为什么要有回忆？为了趋利避害。比如，你被人放鸽子时，就可以想想十五岁那年，你放人鸽子的壮举。这样一来你就可以心安理得地当个几十年的养鸽专业户，不断被老婆、女儿、领导甚至路人甲放鸽子。用你那张观音菩萨般的热脸，去温暖无数个冷屁股。老李真想给自己一个大耳刮子——在回忆自己曾经那种孤寒的同时，他向少年拨出了无数个电话。他还不知廉耻地在游戏房门口站了一站，让浊而暖的年轻空气把浑身浸个透。不用照镜子，老李知道自己这张老脸一定垮了，每道褶子每条沟壑都在走下坡路，被地心引力吸着往下坠。他把手机攥在手里，调成振动，只要"无敌小子"一个电话一条短信，这具老尸定会原地复活，奔赴那回光返照的青春幻觉。年老的人假正经，年轻的人最无情。也许，他在永远到达不了的时间尽头，少年正打电动嗨到满头大汗，手机丢在一边，一明一暗的屏幕上，显示着一个老男人用余生不多的时间拨出的来电。这位青春富豪不时瞄一眼手机，坏坏地露齿一笑。老李知道这是个主动即掉价的时代，他不怕掉价，他醒悟太晚，只能觍着脸硬上。可怕的是，这位不识愁滋味的少年，掂着他一寸光阴一寸金的老年时光，耍他。

七点十八分，一个肚子空空的隐性杀人犯走在烽火路上。他一身血红，肥头大耳，丑陋不堪，所有人都比他好看，都比他年轻，都比他幸福。他无父无母，无儿无女，无牵无挂，连兄弟也背叛他。他还走反道！一辆辆车像身手不凡的猎豹，成功地避开了这颗期待同归于尽的人肉炸弹。好久没有这样纯粹地愤怒过了，血压噌噌往上升，他有点头晕。你老了，啥也干不了了！糖不能多吃，会糖尿病；盐不能多吃，会高血压；酒不能多喝，会伤肝；油不能多吃，会胆固醇超标。时间最阴险了，一样一样给你拿走，何止是偷人发上黑？把你温柔贤惠的老婆给抢了，塞给你个男人婆；把你活泼可爱的女儿给盗了，抛给你个非主流；把你雄姿英发的同学给废了，扔给你个啤酒肚。他恨透这个叫作时间的东西了，连他恨它的时候它都在无情地朝前走！它扼住他的咽喉，使着暗劲，不把他掐死誓不罢休！他冲着护栏咣当来了一拳，巨大的反冲力把他掀翻在地，车水马龙在此断了，结了一个瘤。他吃这一摔，疼极而怒，红着眼吼：看什么看？看客们纷纷带着"我比你正常"的优越感，绕道而行。左拳破了，皮开肉绽，血和着灰往下流。他被疼痛绑架了，一时半会儿还起不来。视线凭空矮了一截，裤腿上全是土。他觉得自己这一刻非常，低贱。对，低到尘埃里的那种贱。人群像避瘟疫一样避开他，在寸土寸金的市中心大马路上，仁慈地给他留了六百多平方厘米的私人领地。千人踩万人踏的水泥地面，防滑纹已磨到辨不真。头顶路灯低垂，拿光钵扣住他，防止他再拿自己作法。仰头望天，天是明媚的海军蓝，缝着一枚金扣子，是月亮。身上有个部位一直在轻微痉挛，他懒得管。一个小姑娘在自行车后架上灼灼地望向他，单眼皮齐刘海，黑白分明的眸子吸人吸很牢。她不介意他跟她陌生到近乎两个对立面，只是单纯地摄取这副颓败皮相，在内存有限的脑盘里谨慎地运算着。一双木黄坡跟鱼嘴鞋走近了，结实的小腿上爬着藤蔓样的黑色蕾丝。蟒蛇纹丝袜，杀气腾腾的军绿风衣。这是个神似他老婆的中年女人，卷发扎马尾，细框眼镜。她的目光仅仅在他边界触探了一下，就极有礼貌地收回了，他猜她一定把自控力当成文明人的基本要求，很明显地，他远在她的理解力之外。在这漫长又短暂的几分钟内，他的心门砰砰封死，感官却如往常样洞开：臭豆腐被煎成鼓鼓的小油枕头，黄黑条纹的减速带是蜜蜂的腹部，尾气有好闻的工业醚味，垃圾车的腐臭像极短的噩梦。世俗的色香味攻击着他的眼鼻口，一心一意要这个怪僧还俗。一瞬间，他醒悟了，慌忙摸索着自己，寻找身上那个哆嗦已久的震源。他在裤兜深处挖出手机，摁下接听就往耳朵上凑。

爸你怎么才接啊？

老李虽然人还瘫在地上，精神上早立正了，脚后跟啪一声并上：我刚才在开会。声音柔和又坚定，颇有老婆清晨接电话的神韵。人家都急死了！女儿娇嗔。还有人为他急，他突然有点眼热。这事儿邪了，不就一个小毛头放他鸽子嘛！怎么弄得比女朋友分手还严重？幸亏女儿把他从私人情绪里拉回来了，这边一走神，那边早挂了。不管怎样，双脚离地的地狱时刻已经过去，他赶紧翻检手机。四个未接来电，一条短信，都是女儿的，她让他在回家路上帮她买双袜子。他突然明白过来，他之所以还撑着当老不死，无非是妻女还需要他。她们是需要他的，但远不及他渴望的那么需要。对，他是鸡肋，食之无味，弃之可惜。但他不能自弃呀！他得去给女儿买袜子呀！

七点四十，华润超市监视器里出现了一个穿大红运动服的男人。他样子很怪，身上很脏，在货架间可疑地转来转去。眼色最活的实习生张玉超跟了上去：先生您要买点什么？他不回答。张玉超细心地发现，这位顾客手上有伤，眼神凶恶，极有可能刚参与过一起刑事案件。他慢慢退后，挪到门口去拿拖把，顺便瞄一眼通缉令。空气里充满胶状物，阻力很大，十步的距离，他用了两分钟。年仅二十的推理爱好者张玉超犯了难，他发现两张通缉令上的照片都挺像：面相老实，目光呆滞，细看又有点豁出去的狠。估计平时是个好好先生，把受过的委屈以积分制的形式忍下来，一起算总账。张玉超正犹豫着，男人过来结账了。一双袜子，粉色的，脚踝处绣着两颗红樱桃。没记错的话，这是超市最贵的袜子。他应该不是买给自己的。是给女儿？孙女？嘀。张玉超熟练地扫描：您好，一共八元七角，请问需要袋子吗？男人疲乏地摇摇头，排出一堆大大小小的硬币。八元七角，正好。请拿好您的购物发票，欢迎下次光临！得赶快，要来不及了！ 1—1—0，三个数字在诺基亚 N97 屏幕上依次跃出，心跳大到震耳欲聋。这时，男人无意瞟了张玉超一眼，让他停了按键的手。那眼神澄净无波，怎么说呢？有三分委屈，七分自嘲，是超越了他这个年龄段的东西，让人不敢小觑。猛一看眼角依稀有泪光，细看又像是渴睡许久，一直死撑的、亢奋的晶亮。这是中年人才有的眼神，是被熬夜、衰老、孤单、责任，以及非自愿的酒色财气熏染出来，风味独特的，陈酿。他接过袜子，小心地握着，手背血迹斑斑。这匹受伤的独狼恍惚转了身，一步一晃。门口的塑料水晶帘让出一条道，又纷纷坠下，窸窣作响。张玉超心里那面擂得震天响的大鼓，就此停了。

六

啪！啪！啪！女儿左右开弓自抽小耳光，拍化妆水拍到物我两忘。他抬了三次手之后，她偏过头，春葱似的十指陡然停了：妈！妈你快来！爸流血了！女儿扶他到沙发坐下，一阵清新的甘菊味儿裹了他。她盯着他，黑洞洞的瞳仁深不见底，小时候扁着嘴要哭的表情又回来了：爸，爸你疼吗？他忍痛一笑：没事。老婆踢踢踏踏冲出来，肩膀跟耳朵间夹着手机，左手双氧水右手棉签。一大一小两个女人围着他，他自废武功，瘫进沙发，任由她们摆布。没过多久，他连同他身下的沙发一起上升、悬空，远离这喧腾起伏的人世，徜徉在云端。祥云朵朵，金光灿烂。画面突然被锯齿状的疼痛切成两半，老婆铁青的脸堵到他眼前：听到没？要打破伤风！她的节奏总是太快，转眼间他已被送往医院。车开得风驰电掣，老李忍不住小声嘀咕：开慢点，死不了！老婆在后视镜里逮住他，狠狠剜一眼：你想死还早了点！哟！亏她还是赵总！不就破了点皮嘛，大惊小怪！平时看都懒得看我，这个时候临时抱佛脚，巴结我，我就睬你啦？老李用双手把自己松松一抱，耸耸肩。车窗外是墨黑的夜，蓬松，微膻，像某种动物暖烘烘的皮毛，体味亲切。他很想把脸埋进去，嗅一嗅。车窗上有张脸，喜滋滋，笑意打嘴角溢出，止也止不住。背景是飞速后退的灯链，甩着璀璨的尾。神游了一路，他差点哼出小曲，幸好老婆及时把他押到一位白大褂对面。医生头也不抬，唰唰写病历：怎么回事？

对了，怎么回事呢？老李抬头，左看看女儿，右看看老婆，他成了三明治中间那块宝贵的肉。

得，这谎非撒不可！老李清清嗓子，开始编。

老婆拿医保卡去缴费，老李在大厅负手四顾。医院晚上人不多，除了看急诊的，几乎都是住院部的。手臂打石膏的男人，被绷带缠得直挺挺，表情打受伤那一刻就凝固了，成为一具惊惧的木乃伊。这真是个让人热爱生命的好地方呀！手伤了不要紧，去看看那些截肢的吧！截肢了不要紧，去看看那些癌症晚期的吧！癌症晚期不要紧，去看看那些太平间的吧！太平间的不要紧，去看看那些没出生就夭折的吧！相比之下，老李觉得自己是市立医院最幸福的人。好男人就不能坏一坏啦？他又没有反社会反人类，只不过放了点血而已。老李怜爱地举起被包扎好的右手，纱布雪白，纹理细腻，看来局部翻新得很彻底。他多少年没受过伤了？除了那人人必得的高血压，他壮得不像个活物。以前家里还没这么宽裕，娘俩吃不完的剩菜，统统由他扫尾，他练就了一副怎么吃也吃不坏的铁胃。炖只老母鸡，老婆啃鸡翅膀鸡爪，女儿撕鸡腿鸡胸肉，他吃下水！直到今天，他还保留着连吮带吸、把鸡脖子啃到剩余价值最大化，只剩一截精美骨骼的超能力。也许，太结实了就会激起别人的破坏欲，来试探你的承受极限；受伤了呢，就会有人来疼你、关心你，不响的轮子不上油嘛！伤好了还会长新肉，旧的不去，新的不来。这一拳，他赚了。

这次受伤是开了个小口，老蛹要破茧成蝶了。正如当年老李没有解释他为什么躲进竹林，"无敌小子"也没有解释他为什么没来。90 后不像他们 50 后这样一诺千金，给自己压力也给别人压力。"无敌小子"像天空中的一片云，偶尔投影在他的波心。他记得也好，最好他忘掉，交汇时互放的光亮！忘掉就忘掉！老李像个失恋的小青年，一边哼着《伤不起》，一边把"无敌小子"的手机号跟 QQ 删了个干净。不管怎样，是我先删的你！老李有点恶狠狠的小得意。这个时代很奇怪，留下的玩不过先走的，热情的玩不过冷酷的，真心诚意的玩不过三心二意的。那好，那咱们就比冷，斗酷，打碎牙齿撑架子！老李赢了，但自觉胜之不武，落了片白茫茫大地真干净。他向来喜欢把缠人这项主动权捏在自己手里，进与退，随自己高兴。只有他去缠人的，别人来缠他他就不自在。用老婆的话来说，天生的奴才命！他有本事把身边的人都捧成少爷小姐——他主动低声下气，别人不自觉地跟着演，慢慢地，对位关系就形成了，相处模式就定型了。但是这一次，他是真的想借"无敌小子"的热乎气诈一回尸啊！眼看新生活就要开始了，计划又泡汤了。把希望寄托在不可靠的小网友身上，本身就很危险，老李打算自救。

"无敌小子"曾经说过，咪咪聊天室的名字有两个用意：一来指猫咪，英文是 pussy，也可以翻译成女人下面那张嘴；二来呢，当然是指胸前那两坨啦！这些典故老李闹不清楚，总之聊天室里头这两样都有就是了。自从老婆变成了赵总，要么三天两头出差，要么就是深夜赶培训 PPT，老李常常守活寡。就算天时地利人和来个小别胜新婚，老婆在他身下配合着象征性动两下，是希望他快点解决，好让她回到电脑前写她永远也写不完的方案。这两下足以让他十分感激，至于更多的要求，他哪敢奢望？老李是个有大局意识的知识分子，他明白，为了一己之私欲，打扰了身为副总的老婆，就相当于间接阻碍了中国的经济发展。一个具有牺牲精神的男人，是不会把这类问题摆到桌面上去谈的。久而久之，这个不大不小的隐疾，变成心口的朱砂痣。认识"无敌小子"不久，少年就怂恿他来咪咪聊天室看一看，出出火。老李义正词严地拒绝了：里头那些姑娘们，个个都是人家的女儿。我自己就有女儿，我不能去干那种事！少年不耐烦了：哎哟大叔，就看看，又没怎样……再说，你女儿出门也会被人看啊！你就当是看回去嘛！老李被噎得翻白眼，不得不承认此话在理。古有易子而食，今有易女而看，大家看来看去，就生态平衡了嘛！如今"无敌小子"弃他而去，连句道别都没有。失之桑榆，收之东隅，尽管作为补偿，他收获了昙花一现的关爱，但少年的不告而别类似于遗弃，让他觉得那一拳是打在虚无上，徒耗力气。人生苦短，那是指黄金期。过了青春年少样样红的时刻，下坡路的每分每秒都很漫长，很难熬。尤其是在夜里，指针一圈一圈挠着钟面，身体的某个部位顽强地醒着，让人难堪又羞愧。结婚前还有个盼头，现在什么盼头都没有了。说他老吧，他离坟墓还有那么一段。这一段怎么打发？难道要他做和尚做到死？有些老男人不甘心，揣着人民币去找情人，烧的是真钱，玩的是鬼火！老李是聪明人，自然选择了危害最小、后遗症最少、隐蔽性最强的发泄方式。如果说之前的挥拳自残是林冲夜奔，现在就是逼上梁山了！

话说君子慎独，像老李这样的正人君子，跟那些猥琐男可不一样，哪怕在激情聊天的时候，也是坐姿端正，神情洒然。书房的门已反锁，窗帘也放下了，在这私密的小天地里，衰老的荷尔蒙气息逐渐浓郁起来。茶杯里是上好的碧螺春，老李每年清明前都要囤好几包，密封了放在冰箱里，一喝就喝一年。茶解油腻，跟裸聊开荤是绝配。聊天室的界面是浪漫的粉色，创始人一定是个潜藏在民间的社会心理学家，摸透了一大批保守派男士的心理，在色彩上想方设法把这事儿朝爱情上靠，显得上档次、年轻，又甜蜜。他别具慧心，冒着被抓的危险，勇敢地开了一家精神妓院，给了他们"因爱而性"的美丽幻觉，"动眼不动手"的距离美。在男人青黄不接的性荒时刻，另一个角落里有一批肉体丰美、时间宽裕，具有地母之心且缺点小钱的姑娘们。咪咪聊天室给二者提供了一拍即合的平台，实现了资源优化配置，制止了某些不必要的犯罪事件的发生。聊天室里有许多来自天南海北的"宝贝"，只要你买电子玫瑰献给她们，就可以一睹宝贝的真容。你买的玫瑰越多，看到的料就越多，计时收费。有众星捧月的一对多聊天，也有日月同辉的一对一聊天。聊天室有个规矩，一切都在网上进行，禁止私下约见宝贝——用"无敌小子"的话说就是它不玩大的，所以能隐秘地存在这么久。还有，它的聊天窗口是单向的，你能看见宝贝，宝贝却看不到你，这一点精准迎合了老李们"你在明我在暗"的喜好，贴心地保证了用户隐私，就像地道战。

　　第一个跟他聊天的叫玲玲，两扇假睫毛刷了厚厚的睫毛膏，压得她眼皮很沉，眨个眼都眨半天。摄像头不厚道地高清着，打哈欠时看得见后槽牙的蛀洞。一头栗色假发，可能是化纤的，油光水滑，搭在肩头，跟她本人一点都不亲。胸前一条苦心经营的小缝，还没有老李的屁股沟深。玲玲号称年方十八，港台腔很浓，叫他"先森"。老李一拍脑袋，怪不得叫玲玲，原来是向台湾同胞林志玲致敬啊！老李咂一口茶，像个下基层的干部：玲玲哇，你爸妈知道你干这个吗？玲玲的一张小嘴马上噘成了鸡腚眼：先森你讲话好没意思喔，那你老婆知道你聊这个吗？老李一个激灵，忙说不知道不知道。玲玲看出他是个新手，打蛇打七寸，直接点他死穴。点完了，玲玲笑得异常柔媚，嗓音又变回甜豆沙：哎呀先森人家逗你的啦，说不定你老婆也在跟帅哥聊天咧！你放屁！老李把茶杯一放，麦克风一摔，甩耳光一样合了电脑。这位玲玲心智还不够成熟，她以为来聊天的都是跟老婆有矛盾的，没想到遇上个把老婆奉为女神的。之前她可是用这个手段，把一大半男人都纳为裙下之臣。就算是聊天室的常驻用户，每天聊天时长不过一个多小时。一个多小时内你是女王，其余时间你什么也不是。老李怒火攻心，狠狠呸了一口：我老婆你也敢编派，我要去投诉你！你这叫毁人清白！他想着等下他一定要给这位山寨版林志玲扔一个电子臭鸡蛋，什么玩意儿！

每晚 11 点多，老婆在 0.003 公里外熟睡，女儿在 2000 公里外跟室友开卧谈会。他呢，在聊天室里享受姑娘们赐给他的数码肉身。聊天室拯救了多少潜在罪犯啊！讲到犯罪，中年人可是身心疲惫，五毒俱全，危险哪！成年太久，负重太沉，精神肉体双超载。每次老李看到通缉令里的哥们儿，总想拍拍他的肩：兄弟，你忍功不行哎！忍一时易，忍一世难。他不抽烟不喝酒不打麻将，不加入任何团体，尽可能地缩小自己。人一多就是小社会，又得磨合人际关系，该虐的开虐，该占下风占下风。相比之下，暗夜里目光炯炯地恶补青春旧账，就轻省得多。很明显，他年轻时没玩够，也没得玩，再不玩就要老了。老婆跟女儿占用了他最好的时光，为了这个家，无数绮梦被捣碎，化作油盐酱醋茶。他常常想，如今他职责已尽，完全可以云游四方，重拾十八岁时游遍全中国的梦想，而不是现在这样父不父，夫不夫，子不子。记得有次跟老婆吵架，那时女儿还小。老婆句句在理，咄咄逼人。他明知吵不过，又怕认输了让她气焰更盛，只好死撑着那点薄如蝉翼的面子，耍着不明显的无赖。老婆一向丁是丁，卯是卯，终于忍无可忍，狠狠摔门而去。望着雾蒙蒙的窗外，他突然灰了心，冲着天花板一声干号。号完觉得不对，一转头，两粒晶亮的黑眼珠在角落怯生生地望向他。晚了，来不及掩饰了。他蹲下来与女儿视线平齐，吃力地笑一笑：爸爸刚学狮子吼像不像？女儿不肯信这个谎，边后退边摇头，不小心摇落了眼里两粒小金豆。他再也撑不下去，把这个幼嫩的小人紧紧嵌进怀里，眼底一阵涩。他很抱歉未经她同意就把她带到这纷扰的人世间，并当着她的面率先流露出厌倦。他一辈子都不能忘记那个眼神，黝黑眸子直直瞄准他。眼神里除了惊慌、担忧、困惑、同情，还有拷问，拷问他这道无解的人生难题。他不知道女儿还记不记得那一眼，总之，很多关口，他就是靠这一眼熬下来的。

七

万事开头难，很快老李就适应了聊天室的规则，要想开心就不能那么较真。此后，宝贝们好心办坏事地帮他骂老婆，他也当作善意的小牢骚，宽容地接受了。这里的姑娘都久聊成精，藏着掖着逗着馋着，有意吊他胃口，这样可以延长聊天时间，花掉他更多点数，她们是凭点数拿报酬的。老李经常聊着聊着就走题，开始拉家常，讲他的英雄史、恋爱史、家族史，他本人就是一部二十四史。醉翁之意不在裸，在乎聊也。宝贝们一件衣服都不用脱，他能一人包场，从头说到尾。是吗？天哪！真的假的？后来呢？她们时不时应一句，公然在视频时刷淘宝、修指甲、吃零食。老李发现自己是个极度欠聊的人，也就是说，他昧着良心厚着老脸花着人民币干的那些见不得光的龌龊事，惊天内幕居然是——最最乏味的家长里短！除了出钱让人听，谁有闲工夫拿自个儿的两只肉簸箕收你那点鸡零狗碎？很多人带着他的故事死了，到死都没人知道，没人知道就等于没有存在过。就像老李的祖父，在他父亲出生不久就上前线打日本鬼子，这一去就没再回来，祖母只好带着孩子改嫁。老李对祖父毫无印象，只知道他牺牲时不过二十来岁，比现在的自己还年轻。二十来岁的年轻祖父对今后一无所知，他不知道他的遗腹子会被继父当亲生儿子养，他也不知道他的孙媳能干又漂亮，他更不知道他的曾孙女如花似玉，他绝对不可能知道，他那从小喜欢舞文弄墨的孙子，会发福、衰老，夜夜进色情聊天室，跟宝贝们聊起英年早逝的自己。也许祖父拼死杀敌、中弹牺牲时只有朴素的想法，希望下一代过得更好。如果祖父知道他进咪咪聊天室，会后悔当年的抛头颅洒热血吗？老李是读革命小说看红色电影长大的，自我放纵时难免有罪恶感。他跟"无敌小子"提起自己的内疚，这个小愣头青硬是没心没肺地来了句：No war！裸聊总比打仗好！惹得老李哈哈大笑。众人皆醉我独醒，老李感觉在咪咪聊天室里他就是个屈原！他马不停蹄地换人，把他们李家上至李世民，下到他女儿的辉煌历史，不厌其烦地一双耳朵一双耳朵灌过去。他不但解决了生理问题，还努力地朝着心理领域去靠拢、探索！他可比那些纯粹来释放下半身的糟老头子高尚多了！

你要说那些"宝贝"们有多缺钱，其实也没到那地步。除了极少数潘金莲，她们生活中大都也算个淑女，夹着腿做人。有个场合能毫发无损地骚一骚，扮演另一个烈焰红唇的自己，还能赚钱，真是一举两得。聊天室里的欲望总是那么饱满，喂饱了一个饿汉，又来了一个饥汉。每个男人都强烈地需要她，作为活在追光里的女人，是多么希望自己时时刻刻都被需要啊！这是一个男人无法做到的。如果在生活中实践这些，接踵而至的男人们不会仅仅停留于看一看的。这样你就惨了，被人骂不说，自己也伺候不过来。网络真是个好东西，一个晚上聊十个男人，你还是干干净净的，肉也没少一块。无数分身在意念里被反复使用，环保又节能。正如耶稣的五饼二鱼，取之不尽，用之不竭，是造物者之无尽藏也。这样一来，男多女少的问题就解决了嘛！咪咪聊天室另一个好处是，平时被千人指万人戳的色狼们，在此大大被正名了。你开黄腔，宝贝们不但不生气，反而鼓励你——隔着屏幕拿兰花指点上你的额头，娇嗔一句"死鬼"。那手势经过多次排练，娇羞又分寸得当，类似微型推拿。点完了，那儿的皮肤还凉凉的，凉意以同心圆的形式，一圈一圈，酥麻麻地扩散着。明知她们是为了应酬，说的都是场面话，胆子还是一天天被养肥了。老李的一双眼，在公交车上、电梯里也不闲着了。大街上那些腆肚剔牙的老男人们，曾经也是羞涩的纯白少男。他们被世俗腌渍、漂染，逐渐用旧自己，最终脱尽稚气，成为风月场的老手。胜利果实得来不易，这里头不知红了多少次脸，焦了多少次心！中年男人看美女，没有小伙子那么猴急，他们眼光老到，经验丰富，会比较专业地滤掉魔术胸罩、高跟鞋、美瞳等附加条件，得出货品的净重而不是毛重，且能充分考虑实用价值，而不是仅停留于外形。这年头干扰信息太多了，每个美女出门前都武装到牙齿，他们不得不在目光里支架 AK，粉碎了盔甲才能看见真身。

今天在 3 路车上，老李就发现了一个线下"宝贝"。肥嘟嘟，低胸装配低腰裤，前后各一条沟，大方极了。她真年轻啊，露了这么多，却一丝性感也没蹭上，就像小丫头穿大人衣服臭美，老李只担心她别冻着了。她也不是存心要勾男人，就是发育好了，挺自豪，拿出来晒一晒。好嘛，你晒一晒，我看一看，双方都满意。到站上客，司机大喊往里走，老李趁机换了只手，借着两排座椅和一个胖女人，将她虚虚拦在死角处。车辆启动，他站稳扶好，目光贴着脖子往下游，经过多次打断，好容易攀上了肉峰：香馥馥，软绵绵，热乎乎。车身恰到好处地颠簸着，帮他摇动这两团弹跳不已的沉甸甸。它们似乎被晃得涨大了一些，融化的奶油雪糕般，就快要滴下来……灵魂还未出窍，一对冷黑的眸子盯上了他，一点也不客气。阿弥陀佛！他不争气的老脸腾一下着了，在她闹起来之前，他必须马上下车。他拼命往后门挤，动作野得很。乘客极稠，他手脚并用，像在沙里游泳，好半天还在原地。背后一声"李叔叔"，当头棒喝，老李屁滚尿流地立定。他转头很慢，少女等不及，扑哧一笑：您认不得我啦？我爸爸叫周增德。记忆闸门嘭地开了，往事冲得他七零八落，差点站不稳。情急之下，他猛一拍脑袋，以示恍然大悟。手肘刮到了边上的胖女人，换来一句"有病"。骂得好！他真的有病，揩油揩到老同学女儿身上来了。笑纹刻进脸皮，老李的慈祥很逼真：哟，是珍珍吧？长成大姑娘了！怎么不上我家来玩？少女也笑，小虎牙洁白锋利，酒窝圆溜溜，一边一个：李叔叔，您还是分不清我们俩！他只敢看她的脸，其他部位自动虚焦。细汗沁出，脑门一层亮釉。报站声起，少女像得了暗号，朝他一挤眼，就往后门钻。等他反应过来，她已汇入人海，再寻不见。该死的，运气真背！出师不久，还没来得及饱览祖国美色，就撞枪口上了！人家是万花丛中过，片叶不沾身，他呢？偷鸡不成蚀把米！

老李回去跟论坛里的狼友们一说，大家都笑坏了。个个都开始讲糗事，齐心协力，把老李的心结给拆了。兄弟就是好哇！你再下流无耻，只要没有杀人越货给他戴绿帽，基本上还是向着你。老李发现，"无敌小子"好久不来了，点开他的资料，发现上次登录时间还是见他之前。估计学校里考试，没时间了。算你狠！老李恨恨地想：没有你，我也会过得很好，不信走着瞧！我还能输给一个小屁孩？最近老李年轻了许多，聊天果然排毒养颜。一个男人在女人那边得了意，哪怕是虚拟的，也会不自觉地开心。流氓永远不老，永远不死。起码男人坏一点，咸湿一点，就像腌鱼干，烂得没那么快。老李路过一堵墙，停住了。这墙老旧斑驳，石灰涂层剥落，水泥芯都风化得脆了，像小时候吃的五仁酥糖。他一抠，沙子扑簌簌往下掉。墙上写了个大大的"拆"，看上去是废了。不，一株蔷薇攀墙而走，随心所欲，一路开着花，粉嫩，热烈，不遗余力。春花救活了老墙，墙体的破败更显出花瓣的年轻，在最新与最旧之间，我们有很多事可干。

八

今天阳光豁亮，一片清朗。万物如帆，被撑开、张满，在蓝天里航行。这是老李生命中的第五十三个春天，作为一个拥有半个世纪过春天经验的人，老李仍然像第一次经历春天一样，从内到外焕然一新。一树玉兰高风亮节地开，远看，枝干上像是栖满了振翅的白鸽。一支支燃着大白花的烛台，高低参差，好心地朝院外倾斜，让路人也能分得春色一杯羹。树下一地软玉温香，一丝残败之气也无，好比花中好汉，喊声老子不干了，就打枝头一跃而下。柳条上布满绿色弹头状的小突起，一小点一小点，点连成线，线交成面。远远看去，一团绿雾缠了树不放，把它裹成茧。老李打开手机，确认了一下论坛聚会的时间地点：下午五点，新苏天地 B 座 12 号，露天酒吧。这次出门，老李摈弃了血淋淋的运动服，穿上了温柔的米色线衫，贤惠的卡其色条纹休闲裤。上次真是着了魔了，服装上就杀气腾腾的，跟斗牛一样，结果没出手就输了。老李预感这次一定很顺，说不定还能扳回一盘。一个少年在离他五米远的地方撒了车把，享受着短暂的下坡。老李赞许地望着他，踢起正步，把裤腿搓得嚓嚓响，遥遥向这位小兄弟致敬。路边修鞋的女人，耳朵上夹着烟；黑狗跑过去，腰身是流线型；白色本田无声无息地滑过树荫，烙了一身猫爪印。这个叫老李的小男孩，满肚子都是小心思，打捞着日常被忽略的美。万物都赏心悦目，都在向他示好，试图与他和解。

三个小时后，天色向晚，华灯璀璨，老李变成了李白。他还认识了杜甫、王维、苏东坡。通过这次版聚，老李体会到了快意恩仇、把酒言欢的江湖气，聚会散了，热血还在血管里蹿突，太阳穴直跳。他刻意要做最后走的人，跟真正的东家一样，扬手送客，点头致意。送走了三个拼出租的，两个坐地铁的，最后送一位以茶代酒的兄弟去地下停车场拿车。夜晚的地下通道空旷无人，脚步声打鞋底直敲上后脑勺，兄弟不说话，老李也不吭声。这个城市总有些角落残余着古风，神秘、刺激，好让大侠们躲过钢筋水泥的戕杀，歇口气。每个地下停车场总潜伏着一盏坏掉的日光灯，悬疑地一跳，又一跳。

这位兄弟被照得面如青鬼，他小老李一轮，开一辆黑色福特，在老李的指示下左拐右拐，顺利冲出了包围圈。老李示意他自己家在另一个方向，让他先走。他点点头，摆一个漂亮的甩尾，就消失在夜幕中。好了，现在就剩老李一个人了，整条街都是他的了。夜幕掀开，春风贴面滑过，一点也不嫌弃他油腻的额头、多褶的眼袋和肥垮的腮帮子。城市的灯红酒绿远了，绿化带里的青草气蹿进鼻腔，小虫子直扑他的脸。这位黑暗贵公子在夜色里巡游，酒劲是一只闷拳，此时开始揍他。街道略显 S 形，风骚地飘动。街景像隔了热汗横流的玻璃，颜色一条一条，交织厮杀。老李走路的姿势有点奇怪，身体里一半在坍塌，另一半在搀扶，又是伤员又是护士，一看就知道这人喝冒了。他脚不点地，宛如水上漂，轻功十分了得。就这样且醉且行大概 50 米，老李发现了一双妙人。

年长的一位面容沉静，肌肤润泽，乌发绾上去，露出两粒白玉般圆润的耳垂。西服料深灰连衣裙，下摆阔大，浑圆鲜红的小圆扣打锁骨一直扣到大腿根，端庄里埋伏着挑逗。她脚踝盈盈一握，小腿像被爱抚过上千次，与掌心的弧度互补，呈现出熟极而流的优美线条。脚上一双黑色真皮凉拖，脚尖处调皮地开了个梨形小洞，洁白的脚趾恰到好处地裸露着。她通身无首饰，无香气，腕上箍一只老式女表。年轻的一位发丝轻曳，周身雪白，眼神扫过时有一片半径很远的静。与其说那是一双乌溜溜的眸，不如说那是一对黑淋淋的洞。她像一枚质地坚硬的青果，严肃里带着稚气，忧郁中躲着俏皮。不笑时眉尖微蹙，似有所思，又似有所忆；一笑就花枝春满，天心月圆。腕上缚几圈宽皮绳，大到快要滑脱，险险吊在虎口处。两脚忽闪忽闪，翩跹如蝶，交替拍击地面。她的裙极短、极飘逸，一步迈出，落叶在脚边打转，那仙气吸起地皮，下一步又啪地撂了回去。半新不旧的圆头绊带小红鞋，鞋头一点点脏，更衬得一双鹿腿白皙修长。两位是姐妹，闺密？或者母女？他只觉她们极熟悉，像在哪里见过；又极遥远，好似天上人。原来终结他的饥渴的，不是欲，而是美。嗲兮兮的宝贝像肥腻红烧肉，能解一时馋，但那缭绕在云端的洁净的美，却能让人三月不知肉味。到了十字路口，红灯截停了她们，老李也慌忙止步，生怕唐突了佳人。年长的一位不经意地回了头，老李赶紧假装看手机。头一条消息是中国移动的，它语气欢快地告诉老李，最近有幸运抽奖送礼包活动，先到先得，送完为止。如果他还在这儿当痴汉，估计连根鸟毛都抢不到了。

八秒。七秒。六秒。

红灯极慢。老李正要翻开第二条消息，一个电话打了进来，是老婆。老李酒醒了一半，脑中飞快地计算着自己的方位。你在哪？背景有车声，老婆应该也在外面。我刚见完朋友，什么事？他刚说完，那边就啪一声挂了。此时，两双脚踏入他的视线，一黑一红，站定。老李一抬头，呆了。

她严厉的目光牢牢攥住他，让他动弹不得。她应该当场咔嚓下他这衣衫不整满身酒气的丑态，卖给小报头条，让他好好丢一回人。结婚二十多年，她从来没见他醉成这个样子，实在有辱家风。女儿的大眼睛里装着莹澈的灯火，还好，里面暂时还没有轻视，只有担忧。这奇怪的三人组合当街演默剧，行人都觉得深不可测，人群涩一涩，又通畅了。赵总保持了一贯宠辱不惊的风度，她不想把街头作为战场，让人家看笑话。在艰难的自我克制之后，她颅腔内响起尖厉的啸音。借了酒精的唆使，老李久被压制的血性抬头了，他斜睨着老婆，意思很明显：知道我为什么喝酒吗？你了解我多少？他用腹语气势汹汹地质问。显然，她不具备心灵感应的能力，只能沉默以对。她鬓边一缕头发滑落，在夜风中不安分地招摇，似乎在朝他抛媚眼。没用的，他才不上当呢！曾经，她身上的每一寸他都很熟悉，她爱吃蛋黄不爱芝麻油，喜欢抢被子，洗脚时喜欢叫他递拖鞋，每年冬天都要养水仙。如今，她变成了他完全不认识的物种。老李弄不清楚，到底当年歪辫斜编的赵筠梅是真，还是面前这位秀发轻绾的赵总才是真。女儿是她娩出的分身，还没有修炼到近乎神的境界，但已经展现出了发自肺腑的追随。这个继承了他一半血统的少女，早就不属于他了。母女二人联手，甩了这个脑满肠肥的龌龊男人几十里。行！不耽误二位了！他撇下两尊女观音，孩子气地大步朝前走。他知道他每走一步她们都在看，刻意地加大了动作的幅度。老婆他早就不指望了，也许，女儿六根未净，还能从他的背影里咂摸出一点孤独。他一直是个好爸爸，带着微笑的盔甲，刀枪不入。时间长了，那面具跟脸长在一起，撕下来时难免血肉横飞。日本男人喝得醉醺醺跌进家门，妻子温柔地道一声"回来啦"，就手脚麻利地进行清洗、抚慰及搬运。老李却必须搬运自己的身体，以直立行走的方式，把自己遣送回去。

九

大雪纷纷，把夜填实了。

雪白掺上玄黑，天地是中和后的灰。有亮度，但还是暗。一张熟宣从天而降，徐徐舒展在他面前，任他用红的、黑的、金的，一切触目惊心的颜色，来泼，来浇，来写。

雪片满天飞卷，他一步一趔趄，与其说是奔，不如说是逃。雪地上足迹散乱，厚厚的雪皮多处被踢破，露出了冻泥。雪冷血烫，眼眶瞪裂，这具滚热的肉身陪着他，不离不弃。

大雪吸音，万籁俱寂，脚步跟喘息被放大。因着醉，无谓的小动作骤然增多，给英雄气添了些许琐碎。无数雪花打云端跌堕，一刻也不停息，形成一个由绝对动态构成的阒静平面。而他，在这张雪毯的掩护下，踢打、咬啮、厮杀、愤懑。

鹅毛大雪蛮横落下，人有蹲下来抱头痛哭的冲动——快要忍完整部戏，最终还是提前爆破，再回头也不能了。当好汉不是他本意，怎奈这世间苛刻挑剔，做低伏小也无法容身。刀身饮血的刹那固然痛快，但事后反扑的悲愤却把这条汉子打垮了。纯雄性的悲哀，就算在最颓废的时候也是敞亮的。铁泪铮铮，将雪地砸穿。人生是不可逆的单程，他且醉且舞，无非是用风雪的拟态，朝着这烟火气的世间，恋恋告别。

听书的人都心弦紧绷，泫然欲泣。他们凑着胡三爷这根老柴，燃起了一堆同悲同喜的暗火。夏夜场地上乘凉的人自动分成两拨，听《水浒》的跟不听《水浒》的，他们谁也看不上谁。少年李伟东听得最投入，腿上被蚊子叮了几个大包，手心两把汗。他爱死这位草莽气的君子了，胡三爷成心吊人胃口，说到一半就拍拍蒲扇回家睡觉，可把他给急坏了。那个夜里，他第一次失眠了。故事在节骨眼上被叫了暂停，他觉得林冲被胡三爷点了穴，立在雪地里，一步也挪不了窝，任大雪簌簌落在血肉铸成的雕塑上，变白，变肿。等到明晚，估计林冲早被雪埋了。雪地那么冷，林冲又喝了酒，会不会就这么冻死了？他担忧了许久，突然明白过来，胡三爷虽然是个说书的，但他也是向着林冲的，不然怎么会一口一个"高俅那小人"？既然胡三爷把林冲丢在雪地里回家睡觉，那么林冲一定没事！林冲没事了，胡三爷也打呼了，少年李伟东却辗转反侧，把自己烙来烙去，快要自焚。他听到隔壁周增德起来解手，还把一口痰啪地啐在粪坑边上。一方面，他很羡慕这个听了《水浒》还能回家睡大觉的家伙；一方面，他又看不上这个啥事都不放在心上的傻大个。林冲拥有至高无上的痛苦，这种痛苦太高级了，成天下河摸鱼上树摘果的少年根本招架不住，够他回味个十天半个月的。他成天厮混，每天都过得很乏味，白白放掉了本可以用来干一番大事业的机会。林冲跟他一样，过着普普通通的白天黑夜，却把自己逼到燃点，烧得像块红炭！少年李伟东枕着手，望向正上方无限远的黑暗，耳边依稀一两声夜鸟的鸣叫，提醒他这夜醒着。他发现林冲的名字很有意思，林黛玉的林，横冲直撞的冲，绵里带刚，勇而不莽。林冲同时占据了女性的隐忍与男性的暴烈，亦柔亦劲，因着这撕扯分外迷人。他发誓以后要像林冲一样，做兵里的秀才，秀才里的兵！不对！先做秀才再做兵！之前的忍辱负重是紧锣密鼓的准备，为的就是能够在白茫茫的天地间，以披肝沥胆的姿态，熔炼出空前的孤绝。

没想到，三十八年后，发福的他做到了，以一种狼狈的方式。

他没有攒下足以爆破的痛苦，也没有铸出好汉的身段，更没有习得武者的胸襟与威严。只有一点，林冲借了酒劲，他也是。不要小看这黄汤，它把无数老实人打保护壳里挖出来，让他们重生一次。不然，另一个自我在身体里横冲直撞，刹不住，迟早把皮囊撑破。饮酒的确伤身，放虎归山留后患，你不仅要向别人解释你为什么私藏了一只虎，而且你还要向别人证明，那只虎跟你没有丝毫关系，它只是你酒醉的产物，"来如春梦几多时，去似朝云无觅处"，让爱你的亲友们安心。老李清楚，一场难缠的事后拷问在等着他，他懒得管。大街上无尽的车与人，都与他无关。他把夜色拨开一条缝，艰难挤入。他渐行渐远，把妻女抛在身后，变成一个有恃无恐的新人。

他固执地不肯回头，他害怕看到她们的表情，更害怕看到她们没有表情。他对她们的任何反应都无力承担，只能闷头狂奔。本该豪气干云的时刻，他居然羞愧了，这让他深以为耻。当惯了奴才，突然翻身做了主人，新主子身下还骑着旧奴才——另外半个自己。他不像"无敌小子"，无忧无虑；也不像林冲，无牵无挂。论年龄，他不够小；论血性，他不够旺。他被世俗的黑洞咬吮着，死撑许久，早已疲软。他生来就是一只蜾蜓，负重而行。万有引力作用在他身上分外明显，把他亚健康的身和心，都往土里拉。幸好他在没顶前托出了一尊雪白无垢的女儿，续上了火，替他活在这人世间。他也反抗了，但是晚了，积了几十年的毒素，让他面相晦暗，就算施朱傅粉，那先天不足的气色依然畏葸地存在着。胸腔里残余的些许雄性，燃起一股阴火，化作隐秘的软性自虐。他一路踉跄、飞奔，周身覆一层晶亮水皮，整条人在灼热的瀑布里涮。夜风分两股，一左一右在腋下架着他。老李遍体森森欲仙，头一回感到了零压力的极乐，仿佛高烧退去，只余下松快甜美。他以舞者的姿态，避过车流，游走于大喜与大悲之间。

隐隐约约，他听见妻子和女儿低声交谈，不对，是母亲和妻子。还是不对，是父亲和母亲。两人为他熬红了眼，一脸倦容。外面高墙红瓦，庭院幽静，有人轻声走动、咳嗽，替他照看这失父的世界。他睡在深深的被里，感到极度的疲惫与满足。饭香蚀骨，一揭锅，雪白耀眼。桌上四样小菜，凉拌莴笋，香椿芽炒蛋，小葱烧豆腐，芹菜兑香干。每次发热忌口，母亲便按他的喜好，做一桌色彩明快的素斋。父亲也显出少见的忧郁，用扇过他耳光的大手摸他额头，手心像砂纸，那毛糙感让人鼻酸。就算临终前，父亲也没有这么摸过他。他把两泡眼泪关在眼里，拼命装睡。李伟东前面还有个哥哥，没满月就夭折了。他出生后，算命的说他是"独种"，果然，之后的一个妹妹也没保住。这根独苗从小就身子弱，还好母慈父严，平平安安长大了。父亲的大手停了，他使劲把眼皮掀开一条缝，狭长的空隙里，有张被淘汰的老书桌。一只蜡黄灯泡，像收藤瓜，笔直地悬着。灯下有个穿粉红棉袄的小姑娘，扎俩羊角辫，在做算术，李伟东发现，这个小人长得十分对称，如果把她从中间对折，左右两边一定完全重合。小姑娘被他身上不同寻常的肃静吸引，丢下作业来看他。棉袄是新打的棉花，绗得很厚，她只能岔着两手，一摆一摆地走。走近之后，他不由大吃一惊：这不是他女儿吗！五岁的女儿双手托腮，黑眼珠溜溜转，鼻息像小狗，好奇地盯着十五岁的父亲。在这奇异的对视中，他突然开悟，四大皆空，颤巍巍的眼皮再也撑不住，轰一下塌了，渴睡的眼球饱饮着久违的黑暗。

　　梦里，五彩大蟒妖娆翻动，凉而黏。半透明虫卵密密麻麻，悬浮半空。他试图一一掐破它们，但困意像福尔马林溶液，不由分说地浸了他。这一觉他睡得又长又累，自己跟自己搏斗，没有人坐在床头，拿活人的体重替他压一压惊。妻女像是知道他不便见人，一并静静地遁了。谁此刻孤独，谁就永远孤独。雪中送炭要趁早，来得晚了，就永久性冻伤了。只要一个眼神就可以解咒，可就是没有。在他缺席的十八个小时里，这个世界脱了节。也可能是他自己掉了链子，导致整个环节的松垮。总之，有什么不对劲了。到底是什么不对劲呢？他说不出。他回想昨晚自己是怎么进的门，怎么把自己扔到沙发上，竟然一点印象都没有。是大脑出于自我保护主动删掉了这一段，还是后天的羞愧出于精神洁癖擦除了记忆？老李像一尾搁浅在时间里的鱼，圆睁着不愿醒来的巨眼。天花板的图案在视网膜上成了像，耳膜忠实地刻录了枕芯摩擦的沙沙声，红烧肉味来了又走。所有感官都在讨好他，向他显摆着徒劳的灵巧。他被魇住了，大气不敢出。他怕他一个轻微的动作，这个摇摇欲坠的世界便四分五裂。远远的，谁家电视送来几句糯软女声，不是越剧就是锡剧，这翻山越岭的抚慰让老李湿了眼。他突然很想回去，回到那个歌声甜美、万象更新的年代。蝴蝶牌缝纫机、上海牌手表、水仙牌洗衣机、熊猫牌黑白电视、健力宝、旭日升冰茶、中华鳖精、大海啊故乡、人证、陈晓旭、汪明荃、费翔、李谷一，甚至，黑猫警长。那时候天总是很蓝，日子总过得太慢。那时候汗水特别晶莹，那时候泪珠非常清澈。那时候爹地年轻妈咪美，那时候这个世界刚刚成型，幼嫩洁净，大家都轻拿轻放。

十

包子上的褶皱像肚脐眼，一定是拿大拇指当圆心转着捏的。

香樟开花了，又落了，一地绿皮屑，挺香。

一只黑猫被车轧死了，四脚朝南，僵成个废零件。

哪家小孩在学琴，凡是两个音跨得远，必然断。

炒货店门口总有股香喷喷的火味，跟老朋友似的。

修车的老王盹着了，双手交握扣在肚子上，给自己围了个肚兜。

包子店下了卷帘门，上面贴了张红纸：家有喜事，休假三天。

路灯像说好了，噌噌噌全亮了。有个别落后的，挣扎了一下，也赶上趟了。

天幕抖搂开来，层层加厚，西南边还有点固执的残红。这个时间点天蓝得最好看，路灯鲜丽可人，盏盏高举，斟满光之酒，泼洒一路。老李背着手，量着地，像个大病初愈的老首长，走得虚弱又庄严。每一步都踏在暖黄的晕里，影子长了又短。他出了小区，沿着泰南路，一样一样看过去，一条街成了一卷布，角落的褶皱也被细心展平。物物鲜洁美丽，仿佛褪去薄膜，朝他展示着珍藏的内芯。他看得过分用心，以致错过了一个熟人的招呼。万物被分类编号，连路边的电线杆上，也白底黑漆标了数字。这个世界看久了乏味，不看又不放心，总觉得在密谋着什么。

最近妻子女儿都很正常，丝毫看不出上次事件的影响。夜里，窗帘滤过的微光，照亮老婆的背，老李总是疑心，把它掀过来还是一张背。也许她们是故意冷他，作为小惩罚？敏感度高的人时刻盯牢了自己，连喝个酒的后遗症也被放大无数倍，分分秒秒都在惭愧。不过，他身体里那头狮子总算闹够了，把他吮干，弃壳而去，去寻找下一具愤怒的青春之神。折腾完毕，自我之战平息，他那颗老心也收山了，可以平心静气地长老年斑了。是的，他颓了。人一颓起来就会特别好看。他甚至可以拈一支箫，持一柄折扇，长身玉立，衣袂飘飘，吟一句"十年生死两茫茫"。那些暴雨般的喧哗与骚动，烈日般的燥热与烧灼，瞬间化为秋之清熟，优雅圆融。这生活配不上我们，它拉长、兑水、偷工减料，夜不像夜，奔不成奔！送走人生中最后一波愤懑，他更像个老头了。

每当一个小鬼蹬着山地车反超老李一次，老李就怀念"无敌小子"一次。正因为老李没有见过"无敌小子"，他就绝对不可能失去他！街上每个生龙活虎的少年，都有可能是"无敌小子"，老李拥有无数个疑似"无敌小子"！他很喜欢这种神秘感，说不定脚下这块地，"无敌小子"也踏过，他俩在不同时空擦身而过，站在各自的年龄段，朝对方挥手致意。如果没有遇见你，我将会是在哪里？日子过得怎么样？人生是否要珍惜？尽管他们的友情中途夭折，但那前无古人后无来者的艳与寂，深深镌进老李的大脑皮层。少年糅合了不自觉的残忍与天真，加之反省力尚未成熟，很少自我怀疑，个个都理直气壮地做自己。他们真拉风啊！从你身边经过时，真的拉起了一阵风——不是轿车那炫富式的尾气，不是摩托车那瘆人的黑烟，更不是洒水车那搬运自护城河的腥臭，那是干净汗液的气味，像被太阳蒸腾过的草地。这股人力风是他用自己的肉身发动的，他开足马力，几乎把空气淬出火星。花衬衫或白T恤在身后狂舞，仿佛要挟他飞去。此刻他生命中最重要的就是速度，他甚至抬起屁股，稳操车把，一气把脚踏板踩到底，汗水溅落一路晶莹。腰身饱劲地一凹一陷，左右款摆，简直是在马路上公然、狂野地，用最原始的后进式，与自行车做爱。树荫嗖嗖，从背上掠过，少年把重心压低，蹲成一只斑点豹。老李每次看到这群追赶着虚无的小猎犬，都在心里喝一声彩，发自肺腑。他本人已经没有任何不甘了，他隔岸观火，无心追随，安全又寂寞。火光映得他脸孔红红，像尊慈眉善目的佛——早早出家，断了念想。说白了，"无敌小子"跟那些少年没有任何区别，他不过是代表整个青春团队，对老李进行一次实质性的抛弃，好让他死心。罢！罢！罢！老李算是明白了，句号画得早，趁腕力还在，还能画得圆一些。莫待白了少年头，晚节不保，下场惨烈，空悲切！什么叫怀念？怀念就是在承认"往者不可谏"的基础上，翘一根化悲凉为赏玩的兰花指。

何以解忧？唯有过往。检点那一大半是窝囊的过往，其实老李心头埋着一件压箱底的旧事，足以让他在人前扳回自信。怀揣这么个无价之宝，老李在别人笑他时也能保持风度。到底是谁宠幸了老李，让他如此满足呢？没错，是李玉香。

三十多年前的一个春天下午，小李在阅览室值班。那时他真年轻啊，午睡时间一长裤子里就支小帐篷，醒来都不敢站起来。他羞愤极了，恨不得把它摁下去。这太让人苦恼了，一向文质彬彬的小李，没想到自己还有如此狂野的灵魂，他真不知道拿它怎么办。午后是个奇妙的时刻，血液黏稠，头脑昏聩，穿簇新军装的少年骑着单车在荒凉又耀眼的马路上游荡。大街是濒死的巨蟒，有人从它软塌塌的身上蹿过，它居然毫无知觉。少年逡巡着，检视着疲惫的万物，连他们自身也叫那倦怠感浸透了。小李隔了窗框看他们，觉得自己是这个世界上唯一醒着的人。场景经过无数次描画，逐渐看不真，变成失真的黑白画面，且不断闪烁，跃动着旧胶片的噪点。

何谓美女？小李的认识以这个下午为界，发生了质的飞跃。美女一定要是不规则多面体。美丽的雌性处处都有，如果她一味地骚，攻男人下半身，玩女特务那套把戏，那些正派的小年轻们，不但不会上当，反而深恶痛绝；如果她一味地正，走梁红玉路线，那她就忽略了大伙儿久被压制的老二们，顶多算个长了胸肌的男人。李玉香何等冰雪聪明，她很会看菜吃饭，能在短时间内摸准客户的需求，嗅清投资风向，进行自身气质的无障碼切换。

　　时光飞速倒回，在某个奇妙的时刻猝然刹车，刹得太急以致剐擦地面腾起团团狼烟。狼烟散尽，一位长身玉立的青年，逆光站在阴影里，背影透出一股没有落脚点的蓬勃。他颈后头发推得很短，正站在窗口看大街。大街被窗户分成六格连环画，他有时看二四六，有时看一三五。不知什么时候，办公室的门悄无声息地开了。他到底被她看了多久，至今是个谜。他惊觉脑后有人，猛然回头，发现她笑吟吟地倚着门，两手背在身后。之前小李对这位本家美女是只闻其名，知道她家是南京来的下放户，且在生产队广播里听过她字正腔圆的普通话，仅此而已。跟那群饿狼不一样，他凭着点小本事，已经在禁书里见识过不少颜如玉了。这个纸上谈兵的高手，更醉心于欧化的资本主义审美。他近距离看她的时候，没有表现出相应的激动，觉得不过尔尔。

　　春末夏初，一朵柳絮像小水母，在碧天里游。这只袖珍小云彩可调皮啦！一条长裤在风里下死劲蹬腿子，它从它胯下悠然驶过，又险险地被风撩上屋顶，翻过墙头，最终，悬浮在李玉香眉骨正前方。瞅见这团小雾，李玉香的眼神活了，她变成一头小母狮，紧追着这只绣球不放。这一幕被小李用视网膜摄下，将主角换成"一个女的"，跟人讲了无数次。经多人转述，极偶然地，被县党校的女老师邓安庆听了去，心有触动。七年后她写了一篇散文《柳絮之舞》，登在市晚报周五 B9 版的副刊上，选段如下：

她不是宝钗，柳絮也不是蝶。她像醉中湘云，雪里宝琴，花下黛玉。她扑那柳絮，体态轻盈，娇憨天真。鬓角毛毛的，出了层微汗。她在这一剪、一扑、一探、一擒之间，竟把那一身骂名，抖得干干净净！这分外的青春与美丽，好像童子面山茶，开了碗口大的花，满溢着熏风。在那段贫瘠的岁月里，女性美被压制了不知多少年，这少女戏柳絮的画面一直藏在我记忆的夹缝里，如今才得以见天日……

可惜老李没能读到这一段，否则他一定会把报纸一抖，啐两个字：嚼蛆！根本！根本不是这样的！到底是怎样的呢？如果去采访当年的老听众们，应该有几百个版本。什么是真相？想象就是真相！这个画面随着描述人年龄的增长、转述次数的增多，被时间长河冲刷，被反复创造、篡改，变成了口头造神与灭神。李玉香不知道，自己童心未泯，一时兴起扑那柳絮玩，形成了怎样的蝴蝶效应。而直接受益人小李，从身姿的灵动及柳絮的慵懒里得出了对比，从脖颈的洁白与胸脯的起伏里得出了躁动，从少女的活泼与暮春的阑珊里得出了惆怅，从旁若无人的娇媚与生气勃勃的机警里得出了青春，从局内人的沉醉与旁观者的别扭里得出了徒劳，从对方的耀眼与自身的黯淡里得出了安全，从一瞬的易逝与回味的绵长里得出了人生。每个人的一生中总有些慢镜头时刻，有点马赛克也不要紧，脑容积就是在此时才得以扩充的。虽然这画面在李伟东牌录像机内循环播放的频率逐年走低，但作为检测画质标准的官方样本，它依然拥有着不容置疑的审判力量。老李知道，如果有那么一天，他连李玉香扑柳絮都想不起来了，就意味着他的记忆彻底报废。目前为止，永不衰老的李玉香仍旧在那个永不逝去的暮春下午，永不停息地扑着永不落地的柳絮。

十一

也许是咪咪聊天室进多了，产生反弹，最近老李常常梦到过去。梦得最多的是毕业那天，他送一个又一个好兄弟去车站。从来，他都是最后走的那个人，他宁愿被告别。他一个人夹在天地间，宝贵又孤独，他知道黄金时代已逝，今后要在人世间摸爬滚打了。他在软面抄的扉页上写下两句诗：两脚踏翻尘世路，一肩担尽古今愁。六年后，与他告别时流下热泪的兄弟们，有的超生了，有的出车祸了，有的当官了，有的办私立学校了。软面抄也旧了，三岁的女儿在上面用水彩笔画了只狗熊，旁边写着：爸爸是大坏蛋！再后来，水彩笔的颜色淡去，洇开。在这怀旧的底子上，黑色马克笔粗暴地记下了申通快递的号码（没错，是他自己干的），散发出新而恼人的松节油味。

小时候，女儿做噩梦醒来总是哭着喊爸爸，他总是把她抱在怀里，拍着她瘦骨嶙峋的脊背。爸爸！我梦见鳄鱼咬我耳朵！她总是详细地讲述她的梦，把她夜里大脑皮层的活动精准地汇报给他。如今，他连她白天在想什么都一无所知。他甚至想，如果哪一天，老少恋这种不伦摊到他头上，那也是他曲线救国，想通过金钱撬开90后姑娘的嫩颜，由此及彼揣测女儿的所思所想。看着她小而圆的脑壳，他真想上去叩一叩，听听这个脑瓜有几成熟。她在他眼里，已经成为棘手的异性。她每天刷微博、玩手游，转一些心灵鸡汤文，传一堆P过的自拍照，偶尔去漫展参加cosplay。很快，她就会和老婆一样，会开车，英文流利，化一手好妆，对香水牌子如数家珍，熟悉丝巾的N种结法，把巨贵的皮衣穿得帅气又迷人。也许，要不是他（曾经）是她的父亲，他们之间永远只能是屌丝与女神的关系。

老李常听老人说，多养一个娃，就多一个自己人。他只养了这么一个女儿，是不是自己人他越来越拿不准。老李总觉得，打自己成为咪咪聊天室的VIP会员后，女儿看他的目光就有点神秘莫测。它像透明的蛛丝，总在他身后牵着。只要他一回头，它就秒遁了。女儿低眉敛目，清清白白，而他，仍旧是一位上得厅堂下得厨房的父亲。父亲怎么能在女儿面前有性欲呢？闺女要是知道了，你还有脸见人吗？的确有那么一两次，老李忘记将门反锁，女儿推门而入，歪头看看他，又翩然而去。她看到了视频聊天窗口上的光腚女人没有？是没看到，还是根本没有兴趣看？是看到了没说，还是根本没有兴趣说？女儿眼睛长得像老婆，瞳仁湿淋淋的，黑到近乎盲，看人总像在朝虚空中瞪，眼波流转里总藏着若有若无的泪影。就算为了这点臆想出来的无告，炮弹来了挡在她面前他也愿意。自家的观音，总比别家的要亲和些吧。多少次，在深刻的虚拟里，痛哭流涕的自己在父性的蒲团上长跪不起，跟元春归省时叩拜的贾政一样，心中交织着敬畏与心酸，等待观音娘娘（长得酷似女儿）唇边漾起一抹赦免的微笑。肮脏养育了纯净，纯净反哺着肮脏，衰老乃青春之父。废墟上的植物吸食腐臭的肥料，开出脱胎换骨的洁白花朵。这是万劫不复的无间道，永远无解的内部循环。也许，再过个十年八年，他能够将那把玩了太久的不洁感，化为手泽，光鉴可人。

千年防贼实在太累，老李决定化被动为主动，试探一下女儿的反应。在几次消除嫌疑的闲聊后，老李在饭桌上谈起了蓄谋已久的"新闻报道"：外国一个七十多的老头裸聊被抓。起初设定的人物年龄是五十多，老李觉得自首嫌疑太明显；换成六十多呢，又像是在讲他的近期人生规划；索性换成七十多的洋鬼子，跟他代沟挺深，这样一来义愤填膺就容易多了。他撅一筷土豆丝，精准地直送口腔，一副呱呱叫的正人君子范儿：七十多还做出这种事，你说丢人不丢人！饭桌是妻子买的，购自无印良品，水曲柳木长条餐桌，妻女一边，他一边。在他十点钟方向的妻子，不易察觉地皱了一下眉。十二点钟方向的女儿是只失聪的小松鼠，一直在文雅地咀嚼。她身后是毕加索那位哭泣的女人，丑得像钟馗，感觉正在扮鬼脸嘲笑他！老李不甘心地追了一句：这要是被他家儿子知道了，他还有脸见人吗！说完他把头往边上一偏，一脸愤慨。静候许久，培根蛋卷少了两个，柠檬汁矮了两寸。突然，女儿啪地放了筷子，起身去盛番茄蛋汤。示威？嫌弃？他腮帮子里藏着一团忘了嚼的空心菜，苦苦思量。妻子说了句什么，他没听清。她把头发撩到耳后，指甲剪得很短，没有指甲油。女儿开始喝汤，一颗粉嫩的小痘乖巧地卧在腮上。花椒在他口中碎了，半个嘴麻了。米粒被泡涨，变得很长，细看，还一节一节的，有点像，蛆。一顿饭下来，母女二人清凉无汗，唯有他热汗交流，干了又冷。最终，饭饱人散，饭桌上只剩他一人，把最后一口饭嚼出惘然的甜。

十二

2 路公交是条好线，它不但贯穿园区和市区，还打新区兜那么一兜，车次又多，末班车一直到晚上 11 点，因此它顺理成章地成为老李的御用班车。他每天开 10 分钟电动车到站台，把车停在华润超市门口，坐 2 路直达单位。有几次，老李加班到很晚，万籁俱寂之时，2 路车仍身披霓虹光膜，慵懒地驶过大街，款款而来。黑而沉静的轮胎沙沙擦着地面，尾气暖洋洋地扫过老李的小腿。它风尘仆仆，为他一个人而停，带着亲密的默契。稀稀拉拉一车人坐成一道完形填空题，等他来填。老李有个随车后勤部部长的癖好，只要车上有一个老人未落座，有一位孕妇还站着，他就坐立不安。老弱病残孕专座上长期盘踞着闭目养神的青壮年好汉，让他如鲠在喉。后来他学聪明了，上车后如果有座位，他就先占着，等下一站上来老人或抱小孩的，他就让座。被人需要的感觉真好啊！也曾被叫成爷爷，也曾遇到视让座为侮辱的老硬汉，这位忠心耿耿的五讲四美标兵，总觉得自己是全人类的穴位，只要带头针灸自己，就能打通全社会的经脉。

如果说文人相轻，那色人就是相唾了。对于那些跟自己一样在公交车上猎艳的老男人，老李恨不得像千手观音那样，刮刮几十下，把那一脸猪油扇紧实点。他坚定地认为，色而不淫的人只有他一个，他才是真正的中老年贾宝玉，其他都是仿冒！这些馋痨一样的登徒子们，哪个像他一样家有仙妻，不施脂粉都能甩那些小妖精们半条街？他那个漂亮女儿，能让他看任何美女都带着一点父性。你当我没见过世面？我闺女可比你俊多了！我看你，那等于老首长视察小女兵！公交车上美女占有率本来就低，老李又是半馋半嫌弃，所以他一直没遇上他的警幻仙姑。别说仙姑了，仙奶也没个影儿。

综上所述，小李玉香的出现就弥足珍贵了。从她扬起悬在手腕上的小卡袋，轻情地刷卡开始，老李就注意到她了。她转了转小山雀般灵活的眼珠子，喀一声把卡袋合拢，掖进鹦嘴红的贝壳包。那失传了许久的娇憨与放肆，绝对不会错！老李坚信，只要给她一朵柳絮，她会变成另一个李玉香！她的表情极其丰富，每一帧都有不同的截面，旧的美转瞬即逝，新的美紧接着来，需要持续追拍，这个人形万花筒让他迟迟挪不开眼。许久，老李才注意到她的衣着——圆领白衫，胸口打着风琴褶，捂着美好的小花苞。藏蓝背带裙，黑色系带小皮鞋。几乎在同时，一个满身烟臭的男人也发现了这个小精灵，像鲨鱼闻见了血腥，开始朝她身边挤。老李不动声色，把公文包换到右肩，左一撇抓扶杆，右一捺攀吊环，架成一个大写的人字，正好把男人拦在自己身后。在这方半包围结构里，小李玉香倚着扶杆，一脸专注，安全地玩着《神庙逃亡》。她人中很短，嘴唇极薄，像只漂亮机警的小豹子。老李突然悟到，就算过了三十年，他还是不能从容地面对李玉香们。这些猫科小动物聪慧有时，呆傻有时，卖萌有时，咬人有时——根本无从把握。老弱病残孕专座上的两位都穿了黑丝，有一位的黑丝上还带着点，像被烟头烫了一腿疤。而另一位的重点在眼部，烟熏妆的眼角加了点银粉提亮，感觉是被狠揍后挤出了两粒白色眼屎。老李真想不通这些女的都怎么了，打扮得像家暴后遗症就叫性感吗？好好当个姑娘家有什么不好？比如说身边这位，浑身上下没有透露出一点点勾引，就有本事让两只绿头老苍蝇围着她转。

男人不甘心，绕到车后门，一手反扣椅背，拧成不自然的遒劲姿态。哟，你当你是黄山迎客松啊！老李冷笑一声，极其残酷地观察他的面相：长期睡眠不足，眼白早变作牙黄。眼袋大，脸上像多了两张小嘴，嘴角还在微笑！真正的嘴倒像是横过来的牛阴户，肥、厚、黑，里头还有黏液。老李终于明白，为什么满大街都是成人用品灯箱了，客户多嘛！你看这个臭不要脸的，早该进行成人保健了，还好意思朝小姑娘身边凑！黑丝中的其中一位要下车了，男人眼疾臀快，擦着一位老婆婆的菜篮子，一个屁墩霸住了座位。天杀的！真该一把揪住他的衣领子，吼一声：你给我起来！不对，应该像个黑老大，把住椅背，对准他的耳朵眼，吹气如兰：你，给我起来。方案只有两种，男人的反应却成千上万。万一他是个武将呢？老李虚长了五十三岁，还从来没跟人动过手。您好，请主动给老弱病残孕让个座，谢谢！司机按了两遍，这聋子却盯住姑娘的大腿，舌头探出眼眶，舔来舔去。坏螳螂捕蝉，好螳螂在后，老李恨不得把那身肥肉一刀一刀削飞，落进滚烫的开水里，烫熟！喂狗！夕阳跌跌撞撞跟着车跑，高楼后面佛光灿灿。报站声插入，老李发觉自己早坐过了站。好！我今天舍命陪君子！我倒要看看你有多废寝忘食！男人咳一口痰，一犹豫，又伸脖咽了。他环顾一圈，施施然把手放进口袋。小李玉香丝毫没有意识到危险，她在狭小的空间里自得其乐，不时被印着"彩香中学"的后背挡住半边脸。

为了让监视更自然，老李换成了两手抓吊环的大字造型，好像要做引体向上。他挨个儿看了一遍抱小孩的妇女、挠后背的小伙子、亲嘴的小情侣、让座的民工，以及蹲下去找硬币的老太太。暮色四起，车厢里一切发光物都十分奇幻。晶红的灯映着暗蓝的天，天际一条银亮的飞机线。晚霞有着鸡尾酒的层次，看起来很好喝。收回视线的刹那，一枚金属利器的反光跃入视线。

开闸，放血，流速太快，快要撑爆血管。

手在抖。他用力握一握，抖得更厉害了，像帕金森综合征。他攥紧拳头，有意把目光落在男人裤兜附近，好让纷乱的大脑平静。原来如此！原来如此！他比他想的还要下三烂。车厢颠簸，钱夹从新割的长缝里探出头。男人唰地站起，手掌兜住下巴一阵猛搓，胡楂毕毕剥剥响。他似乎嫌自己太急切，陡然放慢了动作，只等机会适宜，把钱夹一抽，就下车走人。车里，一正一邪两颗老心剧烈跳动。老李从来没有觉得一站路这么短过，他必须抢在他得手前采取行动。老李小心控制着肺叶的开合，每次呼吸都成了负担。扶杆上布满了小凹坑，他拿大拇指挨个轻轻抚着，像是要抚一生一世。他变成了看客，非常期待接下来会发生什么。是发生，还是不发生？事情的走向完全由他决定，想到这个，他后背一凛。从那双污脏的皮鞋看起，他的视线只升到男人的脖子就停了。得避免和他对视，他可不能暴露了。小李玉香手机里那个逃亡的小人其实就是他自己，他跑了好久，也没跑出那个屏幕。眼一闭，正常下车，穿马路，搭反向公交，这个非正常的傍晚就提前结束了。且慢！那你在这儿耗半天干什么来了？"也许我告别将不再回来，你是否理解你是否明白？"万一发生了什么，很多年没为他哭过的赵筠梅会哭吗？他脑中突然起了铙钹之声，煞是热闹。一根烂熟的男腔悠悠升起，周头抢了他一棍：

愿红旗五洲四海齐招展，哪怕是火海刀山也扑上前！我恨不得急令飞雪化春水，迎来春色换人间！

路灯像花洒，喷着细粉样的光雾。阵雨后的人行道黑白分明，大张的梧桐叶反扣在路边。树影斑驳，那些摇曳的明与暗，让地面看上去凹凸不平。正忧着心，车轮已然轧过，居然无碍。货车大灯很亮，光的梯形铲车一路破开夜色。树叶不动，尘土不扬，行人都有不同程度的发福。新疆小贩的眼睛美丽又阴郁。黑衣女郎嗒嗒走过，身边的男人像藏獒。被人摁在地上的时候他居然在想晚上吃什么，真奇怪。菜场里的南瓜被灯光一照，变成一堆假肢。穿亲子装的男人正在揍穿亲子装的儿子。拉毛的马路是枯山水。救护车在尖啸，不对，是洒水车。桂花香得令人发指。前面女人的丝袜松了，感觉在蜕皮。月亮倒是出来了，一块膏药粘在云层的破损处，隐约透亮。电动车的倒后镜里竖着两片颤抖的脸，一左一右，都是他的。斑马线被修补过多次，每根白线都略凸于地面，骑上去一跳一跳的，是笑不出来的恶作剧。他开得很细致，前方似乎有准星，所有的水洼都被妥善处理了，没有任何喷溅。

打得好！你为老不尊！你进咪咪聊天室！活该！还咋呼不？还看美女不？那个王八蛋趁乱溜了，她把包上的缝也算在他身上，他没有辩解。他不觉得自己清白，他需要被教训，不然他停不下来。他早就知错了，但怎样改，他很困惑。先不谈冤枉不冤枉，其实他挺希望有人能像长辈那样剋他一顿。一顿饱拳过后，麻木与死气没了，拳头替他刮痧，鞋底为他推拿，他浑身通泰，胸中甚至升起悲壮的自豪。好久没尝过暴力的粗鲁与热切了，这力道极足的肌肤之亲，向他展示着陌生人的友好。不打不相识，从本质上说，打他的都是跟他一样疾恶如仇的好人，真正的汉子！没错，他浑身都疼，这点皮肉之苦算什么！既然他没种对那个贼出手，那让人来治治他这个没用的孬种也好。车上有没有熟人他不知道，他豁出去了。他当了五十三年的好男人，今天是他第一次，也是最后一次摸女人大腿。她瞪他的时候他心都碎了，少女的瞳仁是两汪纯黑，一丝杂质也无，教人惭愧。她显然被他吓坏了，可他是为她好！想知道我为什么要摸你吗？想知道我的色翁之意吗？想知道我为什么甘愿被人当流氓打吗？如果有机会，我会给你讲一个人，一个永远在扑柳絮的人，你愿意听吗？

他被薄薄一层人皮收拢，勉强拼为人形，不至于散架。六层楼爬到头，家门就在手边，门缝下透出一条金线，像是一个礼物，他迟迟不能把它打开。他把耳朵贴在门上，依稀听见老婆和女儿的笑声，防盗门冰镇着他肿胀的嘴角。他顺势滑下去，瘫在楼梯口的水泥台阶上。感应灯灭了，是在帮他闭上眼。动物受伤了就得躲在黑洞里，光太刺眼了。他拿后背抵住门，对着黑暗仰起头，像个死不了的烈士。突然，幽蓝的手机屏幕亮起，一条陌生的短信钳住了他，他动弹不得：

大家好，我是赵无敌的妈妈，我儿子已于今晚六点四十分二十六秒停止呼吸。他走的时候和往常一样，深度昏迷，没有任何痛苦。我拿了他的手机，给每个号码都发了谢谢。感谢车祸后这半年来大家的关心与慰问，感谢所有陪伴过他的人，让他度过了快乐而短暂的十七年。

良久，他松开手机，拉上睡眠的拉链。

2014 年 5 月获豆瓣首届征文大赛"复兴中篇"
小说组优秀奖

图书在版编目（CIP）数据

断头螺丝 / 何荣著 . -- 成都：四川文艺出版社，
2022.12

ISBN 978-7-5411-6472-9

Ⅰ . ①断… Ⅱ . ①何… Ⅲ . ①短篇小说—小说集—中
国—当代 Ⅳ . ① I247.7

中国版本图书馆 CIP 数据核字 (2022) 第 209769 号

本书简体中文版权归属于银杏树下（北京）图书有限责任公司，
并由其授权出版。

DUANTOU LUOSI

断头螺丝

何荣 著

出品人	张庆宁
选题策划	后浪出版公司
出版统筹	吴兴元
编辑统筹	朱 岳 梅天明
责任编辑	邓 敏
特约编辑	陈志炜
装帧设计	李 扬
装帧制造	墨白空间
营销推广	ONEBOOK
责任校对	段 敏

出版发行 四川文艺出版社（成都市锦江区三色路 238 号）
网 址 www.scwys.com
电 话 028-86361781（编辑部）

印 刷 天津中印联印务有限公司
成品尺寸 130mm×210mm 开 本 32 开
印 张 11.5 字 数 230 千字
版 次 2022 年 12 月第一版 印 次 2022 年 12 月第一次印刷
书 号 978-7-5411-6472-9 定 价 58.00 元